KB105640

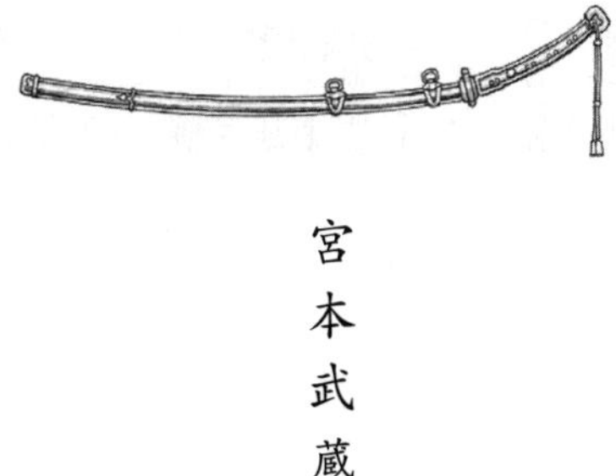

宮本武蔵

요시카와 에이지 대하소설

미야모토 무사시

8

니텐二天의 권

잇북 it BOOK

차례

소문과 진실	6
벌레 소리	18
독수리와 매	36
풋감	56
날다람쥐	74
취중 좌담	94
회화나무 문	116
사이카치 언덕	132
다다아키의 깨달음	145
백골	169
북채	182
마귀의 권속	194
이도류 대 야에가키류	209
누명	234
옻칠 상자	246
두 제자	254
천하의 대사	269
석류	290
몽토	299
꽃이 지고, 꽃이 피다	320
신기루	335
출세의 문	361
천음	380

소문과 진실

1

호소카와 다다토시細川忠利는 아침식사 전에 공부를 하고, 낮에는 번藩(에도江戶 시대 다이묘의 영지나 그 정치 형태)의 사무를 보거나 때로는 에도 성에서 대기했다. 그러는 동안에도 수시로 무예를 연마하고 밤에는 대개 젊은 무사들과 함께 허물없이 한담을 나누었다.

"근래에 뭐 재미난 이야기라고 들은 것은 없는가?"

다다토시가 이렇게 말을 꺼내면 가신들은 마치 가장을 둘러싸고 앉은 가족처럼, 그러나 서로 예의를 지켜가면서, 화기애애하게 여러 가지 화제를 꺼냈다.

주종관계가 있기 때문에 다다토시도 공무에 관해서는 준엄한 태도를 견지했지만, 저녁식사를 마치고 나면 가벼운 옷차림으로 숙직하는 가신들과 격의 없이 세상 이야기를 나누곤 했다.

게다가 다다토시 자신도 아직 젊기 때문에 그들과 무릎을 맞대고 그들이 하고 싶은 말을 듣는 것을 좋아했다. 아니, 좋아할 뿐만 아니라 세상물정을 아는 데 있어서는 아침에 읽는 경서보다 오히려 살아 있는 공부가 되었다.

"오카야岡谷."

"예."

"자네의 창 실력이 꽤 늘었다지?"

"좀 늘었습니다."

"본인 입으로 그렇게 말해도 되는 건가?"

"사람들이 모두 그렇게 말하는데 저만 겸손을 떠는 것은 도리어 거짓을 고하는 것이 되지 않겠습니까?"

"하하하, 꽤나 자신이 있는 모양이군. 어디 어느 정도인지 언제 한 번 봐야겠어."

"그래서 빨리 출전하는 날이 오기를 기도하고 있지만, 좀처럼 오지 않는군요."

"오지 않는 것이 좋을지도 모르지."

"주군께선 요즘 유행하는 노래를 알고 계십니까?"

"무슨 노래 말인가?"

"창술가는 많아도 오카야 고로지岡谷五郎次의 창이 최고다."

"거짓말 말게."

다다토시가 웃자 모두 웃었다.

"그건 〈나고야 산자名古谷山三는 최고의 창〉이라는 노래가 아닌가?"

"아, 알고 계셨군요."

"그 정도야……."

다다토시는 좀 더 세상 돌아가는 이야기를 하려다가 참으며 물었다.

"평소 수련할 때 창을 쓰는 자와 칼을 쓰는 자 중, 어느 쪽이 더 많은가?"

그 자리에 있던 일곱 명 중 다섯 명은 창이라 대답했고, 칼이라고 대답한 자는 두 명밖에 없었다.

다다토시는 다시 물었다.

"왜 창을 배우는가?"

"전장에서는 칼보다 창이 유리하기 때문입니다."

"그러면 칼은?"

칼을 수련하고 있다는 두 사람이 대답했다.

"전장에서뿐 아니라 평시에도 유리하기 때문입니다."

2

창이 유리한가, 칼이 유리한가는 항상 토론의 좋은 주제가 되었다. 창을 쓰는 자들은 평소 잔재주를 훈련하는 것은 전장에서는 도움이 되지 않으며 무기는 자기 몸이 다룰 수 있는 한도에서는 가장 긴 것이 유리하다고 주장했다. 특히 창은 찌를 때와 후려칠 때, 돌격할 때 장점이 있고 싸우다 부러져도 칼 대용으로 쓸 수 있지만, 칼은 부러지거나 휘어버리면 그것으로 끝이라고 했다.

이에 대해 칼이 유리하다는 자들은 무사는 전장에서뿐만 아니라 앉아 있거나 누워 있을 때도 항상 칼을 자신의 혼처럼 여기며 지니고 있기 때문에 검술을 수련하는 것은 평소 혼을 닦는 것이라고 주장했다. 따라서 전장에서 다소의 불리함이 있어도 칼을 본위로 무예를 연마해야 하며, 무도의 심오한 경지에 이르면 칼로서 터득한 비법으로 창을 들면 창을 다룰 수 있고 총을 들면 총도 능히 다룰 수 있으니 결코 미숙한 실수를 저지르지 않을 일기만법一技萬法이라고 하였다.

이 논쟁은 끝이 날 것 같지 않았다. 다다토시는 어느 편에도 가담하지 않고 듣고 있다가 칼이 유리하다고 역설하는 마쓰시타마이노스케松下舞之允라는 젊은 무사에게 물었다.

"마이노스케, 방금 한 말은 아무래도 자네의 생각이 아닌 듯한데, 누가 한 말인가?"

마이노스케가 정색하며 말했다.

"아닙니다. 제 지론입니다."

"아니야, 내가 어디선가 들어본 적이 있어."

마이노스케는 그제야 실토했다.

"실은 언젠가 이와마 가쿠베에岩間角兵衛 님의 거처인 이사라고位皿五에 초대받아 갔을 때 똑같은 논쟁이 벌어졌는데 마침 동석한 사사키 고지로佐々木小次郎라는 그 댁의 식객에게서 들은 말입니다. 하지만 제 평소의 주장과 일치하기 때문에 제 생각이라고 말씀드린 것이지 속이려는 뜻은 없었습니다."

다다토시는 쓴웃음을 짓다가 문득 번의 공무 하나를 떠올렸다. 예전에 이와마 가쿠베에가 천거한 사사키 고지로라는 인물을 번에 받아들일지 말지를 아직 정하지 못하고 있었던 것이다.

가쿠베에는 그를 천거하면서 아직 젊기 때문에 녹봉으로 200석을 주면 된다고 했지만, 녹봉이 문제가 아니었다. 한 사람의 무사를 키우는 것이 얼마나 중요한지, 특히 신참을 들이는 경우에는 더욱 그러하다는 것을 그는 부친인 호소카와 산사이細川三斎에게 배웠다.

첫 번째가 인물이고, 두 번째는 조화다. 아무리 필요한 인물이라도 호소카와 가문에는 호소카와 가문의 오늘을 있게 한 가신들이 있다. 돌담에 비유하자면 아무리 크고 좋은 돌이라도 이미 담을 이루고 있는 돌과 돌 사이에 끼워 넣을 수 있는 돌이 아니면 사용할 수 없다. 조화를 이루지 못하는 돌은 그것이 아무리 얻기 힘든 돌이라도 담장을 이루는 하나의 돌로 받아들일 수 없다.

세상에는 애석하게도 그처럼 아귀가 맞지 않아서 들판에 묻혀 있는 돌이 헤아릴 수 없을 정도로 많았다.

특히 세키가하라關ヶ原 전투 이후에는 더 많을 것이었다. 하지만 어느 담장에나 끼워 넣을 수 있는 적당한 크기의 돌은 이미 다이묘大名(넓은 영지를 가진 무사. 특히 에도 시대에 봉록이 1만 석 이상인 무가武家)가 너무 많이 갖고 있어서 주체할 수 없을 정도였고, 이것이라고 점찍은 돌은 모가 너무 많이 나거나 타협의 여지가 없어서 자기 담에는 바로 끼워 넣을 수 없는 경우가 많았다.

그런 점에서 고지로가 젊고 뛰어나다는 것은 호소카와 가문에 받아들이기에 무난한 자격이었다. 아직 담장에 끼워 넣을 수 있는 돌로 다듬어지지 않은 미완성 상태였기 때문이다.

3

호소카와 다다토시는 사사키 고지로를 떠올리자 동시에 미야모토 무사시宮本武藏라는 자가 자연스럽게 떠올랐다. 무사시에 대해서는 노신인 나가오카 사도長岡佐渡에게 처음 들었다. 예전에 사도가 오늘 밤과 같이 군신이 한자리에 모여 있을 때 불쑥 "근래 별난 무사를 하나 보았습니다."라며 호텐가하라法典ヶ原의 개간에 대해 이야기했다.

그리고 호덴가하라에서 돌아온 뒤에는 탄식을 하며 "애석하게도 그 후의 행방을 알 수 없습니다."라고 보고했다.

하지만 다다토시는 단념하지 않고 꼭 만나보고 싶은 자라며 사도에게 명을 내려놓았다.

"잊지 않고 있으면 거처도 알 수 있을 것이네. 사도, 그대도 기억하고 있게."

그래서 다다토시의 마음속에선 이와마 가쿠베에에게 천거를 받은 사사키 고지로와 무사시가 어느새 비교 대상이 되었던 것이다.

사도의 말에 의하면 무사시는 무예가 뛰어날 뿐만 아니라 산골과 들판의 시골 마을에서도 마을 사람들에게 농지를 개간하는 법과 스스로를 지키는 법을 가르치는 등 삶의 지혜를 갖추고 생각의 폭도 넓은 인물이라고 했다.

또 이와마 가쿠베에의 말에 의하면 사사키 고지로는 명문가의 자제로 검에 조예가 깊고, 전술을 구사하는 데도 능할 뿐만 아니라 이미 간류巖流라는 일파를 세웠으니 그 또한 예사 호걸에 비하면 뛰어난 점이었다. 특히 가쿠베에 외에 다른 사람들에게도 최근 에도에서 떨치고 있는 고지로의 검명에 대해서는 계속해서 듣고 있었다.

스미다 강隅田川의 강변에서는 오바타小幡의 제자들을 네 명이나 베고 태연하게 돌아갔고, 간다 강神田川의 제방에서뿐만 아니라 복수를 하러 온 호조 신조北条新蔵까지 꺾었다는 소문도 들었다.

그에 비해 무사시라는 이름은 전혀 들을 수가 없었다.

수년 전에 교토京都의 이치조 사一乘寺에서 무사시가 수십 명의 요시오카吉岡 일문을 상대로 싸워 이겼다는 소문이 한때 파다하게 돌았다. 하지만 바로 그 반대론이 나오며 소문이 의심스럽다든가 무사시는 자신의 명성을 떨치기 위해 안달이 난 자로 처음엔 멋지게 이긴 듯했지만 결정적인 순간이 되자 에이 산叡山으로 도망쳤다는 것이 진상이라는 소문도 들렸다.

어쨌든 무사시라는 이름이 거론되면 바로 나쁜 소문이 돌아서 묵살되며 같은 무사들 사이에서도 있는지 없는지 그 존재조차 의심될 정도였다.

게다가 무사시는 미마사카美作의 산촌에서 태어난 이름도 없는 고시鄕士(농촌에 토착해서 사는 무인, 또는 토착 농민으로 무인 대우를 받는 사람)의 자식이어서 아무도 눈여겨보는 자가 없었다. 오와리尾張의 나카무라中村에서 도요토미 히데요시豐臣秀吉라는 인물이 나왔지만, 세상은 여전히 계급을 중시하고 혈통을 과시하는 풍조에서 조금도 벗어나지 못하고 있었다.

"그래!"

다다토시는 무릎을 치며 젊은 무사들을 둘러보면서 무사시에 대해 물어보았다.

"자네들 중에 미야모토 무사시란 자를 아는 사람은 없는가? 무슨 소문이라도 들은 것이 없는가?"

"무사시?"

젊은 무사 대부분이 뭔가 알고 있는 듯한 표정으로 서로를 쳐다보았다. 그들 중 한 명이 말했다.

"근래 그 무사시란 이름이 거리마다 나와 있어서 이름만은 알고 있습니다."

4

"무사시의 이름이 거리마다 나와 있다니 무슨 말인가?"

다다토시는 눈이 휘둥그레져서 물었다.

"팻말에 쓰여 있었습니다."

누군가가 그렇게 말하자 모리森라는 자가 덧붙였다.

"그 팻말의 글을 다른 사람들이 베껴 가기에 소인도 재미있을 듯하여 종이에 베껴 왔는데 들어보시겠습니까?"

"음, 읽어보게."

모리가 종이를 펴 들고 읽기 시작했다.

언젠가 우리에게 등을 보이고 꽁무니를 친

미야모토 무사시에게 고하노라.

모두가 킥킥거리며 웃었지만 다다토시는 진지했다.

"그뿐인가?"

"아닙니다."

모리는 계속해서 읽었다.

혼이덴 가의 노파도 원수인 너를 찾고 있다.

우리도 형제의 원한이 있다.

나타나지 않으면 무사이기를 포기한 것으로 알겠다.

"이것은 한가와라 야지베에半瓦彌次兵衛라는 자의 부하들이 써서 곳곳에 세워놓은 것이랍니다. 그 내용이 사뭇 건달답다고 사람들이 재미있어 하고 있습니다."

다다토시는 자신이 생각하던 무사시와 너무나 달라서 씁쓸한 표정을 지었다. 사람들이 뱉는 침이 무사시를 향한 것이 아니라 흡사 자신의 아둔함을 비웃고 있는 듯했다.

"흠…… 그런 인물이었단 말인가."

다다토시가 아직 일말의 미련을 버리지 못하고 그렇게 말하자 모두가 이구동성으로 말했다.

"아무래도 변변치 않은 자인 듯합니다."

"아니, 무엇보다도 몹시 비겁한 자인 듯합니다. 사람들에게 이렇게까지 창피를 당하고도 전혀 모습을 드러내지 않는다고 하니 말입니다."

이윽고 종이 울리자 젊은 무사들은 모두 물러갔다. 다다토시는 잠자리에 들어서도 생각에 잠겨 있었다. 하지만 그의 생각은 사람들과는 조금 달랐다.

"재미있는 자군."

그는 무사시의 입장이 되어 이것저것 복잡하게 생각해보는 것에 흥미를 느꼈다.

다음 날 아침, 평소처럼 공부방에서 경서 강의를 듣고 툇마루에 나오자 정원에 나가오카 사도가 와 있었다.

"사도, 사도."

다다토시가 그를 부르자 사도는 뒤를 돌아보더니 정원 끝에서 공손하게 아침 인사를 올렸다.

"그 후로도 명심하고 있겠지?"

갑작스러운 다다토시의 말에 그는 그저 눈만 크게 뜨고 멀뚱히 쳐다볼 뿐이었다.

"무사시 말이네."

다다토시가 덧붙였다.

"아, 예!"

사도가 고개를 숙이며 대답했다.

"어쨌든 찾으면 한 번 데려오게. 그를 만나보고 싶네."

같은 날, 평소와 다름없이 다다토시가 점심이 조금 지나서 활터에 나타나자 그를 기다리고 있던 이와마 가쿠베에가 은근히 고지로를 다시 천거했다.

다다토시는 활을 잡고 고개를 끄덕이면서 말했다.

"잊고 있었군. ……음, 언제든 좋네. 그 사사키 고지로라는 자를 이 활터로 한 번 데려오게. 받아들일지 말지는 그 후에 정할 테니."

벌레 소리

1

이사라고 언덕의 중턱에 이와마 가쿠베에의 사택이 있다. 고지로의 거처는 그 사택 안의 독립된 작은 별채다.

"계십니까?"

누군가 밖에서 그를 불렀다.

고지로는 안에 앉아서 조용히 애검인 모노호시자오物干竿를 바라보고 있었다. 얼마 전에 집 주인인 가쿠베에에게 부탁해서 호소카와 가에 출입하는 즈시노 고스케厨子野耕介에게 갈아달라고 부탁한 검인데, 그 사건 이후로 고스케와 껄끄러운 사이가 되어서 이와마 가쿠베에에게 재촉하자 오늘 아침 고스케가 돌려보낸 것이다.

'물론 갈지 않았을 거야.'

고지로는 그렇게 생각하며 방 한가운데에 앉아서 칼을 뽑아

보았더니 검은 깊고 검푸른 백년의 때를 벗고 마치 달빛을 머금은 연못의 물처럼 하얀 빛을 발하고 있었다. 군데군데 멍처럼 있던 녹도 지워져 있었고, 핏자국에 가려진 본연의 은빛 무늬도 으스름달밤의 하늘처럼 아름다운 모습을 드러냈다.

"완전히 새것으로 탈바꿈했군."

고지로는 하염없이 바라보고 있었다.

이곳은 달의 곶이라고 불리는 고지대였기 때문에 방에 앉아서도 시바노하마芝の浜에서 시나가와品川의 바다는 물론 가즈사上総의 먼 바다에서 이는 구름 봉우리와도 마주할 수 있었다. 그 구름 봉우리의 그림자와 시나가와 바다의 빛도 검 속에 녹아들어 있었다.

"어디 가셨나? 고지로 님 안 계십니까?"

문밖에서 들렸던 목소리가 잠시 후에 다시 사립문 쪽에서 들렸다.

"누구시오?"

고지로는 칼을 칼집에 넣고 말했다.

"여기 있으니 볼일이 있으면 사립문에서 툇마루 쪽으로 돌아오시오."

"아, 계셨군."

그런 목소리가 들리더니 오스기お杉와 건달 한 명이 툇마루 쪽에 모습을 드러냈다.

"누군가 했더니 할머님이셨군요. 날도 더운데 용케도 오셨습니다."

"인사는 나중에 하기로 하고, 먼저 발부터 씻고 싶은데……."

"저기에 우물이 있는데 여긴 고지대라 굉장히 깊습니다. 어이, 할머님이 빠지지 않도록 잘 도와드리게."

오스기를 안내하며 한가와라의 집에서부터 따라온 사내가 그녀와 함께 우물가로 갔다.

우물가에서 땀을 닦고 발을 씻은 후 방으로 들어와 인사를 한 오스기는 불어오는 바람에 눈을 가늘게 뜨며 말했다.

"이렇게 시원한 집에서 한가로이 지내고 계시면 게으름뱅이가 되지 않겠소?"

고지로가 웃으며 대꾸했다.

"전 마타하치又八와는 다릅니다."

오스기는 잠시 씁쓸한 표정으로 눈을 깜박이다가 말했다.

"참 선물로 드릴 건 없고 이건 내가 베낀 경문인데 한 부 드릴 테니 읽어보시구려."

오스기는 그렇게 말하고《부모은중경》을 한 부 꺼냈다. 고지로는 전부터 오스기의 비원을 들은 터라 저것인가 하고 바라만 볼 뿐이었다.

"아, 맞다. 거기 자네!"

고지로가 뒤에 있는 건달에게 물었다.

"언젠가 내가 써준 팻말은 거리마다 세워놓았나?"

2

사내는 상체를 앞으로 내밀며 물었다.

"무사시 나와라. 나오지 않으면 무사이기를 포기한 줄 알겠다, 라고 쓴 팻말 말씀입니까?"

고지로는 고개를 크게 끄덕이며 말했다.

"그래, 거리마다 세워놓았는가?"

"이틀 동안 눈에 잘 띄는 곳마다 거의 다 세워놓았는데, 선생님은 보지 못하셨습니까?"

"난 볼 필요도 없어."

오스기가 옆에서 끼어들었다.

"오늘도 여기까지 오는 도중에 그 팻말을 보았는데, 팻말을 세워놓은 곳마다 사람들이 모여서 수군거리고 있더군요. 얼핏 들어도 속이 다 시원하고 좋더이다."

"그 팻말을 보고도 나타나지 않는다면 무사시는 무사로서의 생명이 끝난 것이나 마찬가지일 테고, 천하의 웃음거리가 될 겁니다. 할머니도 그것으로 이젠 원한이 풀렸다고 봐도 좋을 것이오."

"웬걸요. 아무리 사람들이 비웃는다 해도 수치를 모르는 그놈은 아무렇지도 않을 겝니다. 그 정도로는 내 가슴속에 맺힌 원한이 조금도 풀리지 않을 게요."

"후후후."

고지로는 오스기의 일념을 헤아리며 웃으면서 말했다.

"과연, 할머니는 아무리 나이를 드셔도 처음 세운 뜻을 전혀 굽히지 않으시는군요. 존경스럽습니다."

그리고 오스기를 부추기더니 물었다.

"그런데 오늘 이처럼 찾아온 연유는 무엇입니까?"

오스기는 정색하며 말했다.

"다름이 아니라 한가와라의 집에 몸을 의탁한 지도 벌써 이태가 지났소이다. 언제까지 신세를 지고 있을 수도 없고, 이젠 사내들의 뒤치다꺼리를 하는 데도 지치는구려. 때마침 요로이鎧의 나루터 부근에 적당한 셋집이 나와서 거기로 옮겨 혼자 살고 싶은데 고지로 님은 어떻게 생각하시오? 당분간은 무사시도 나타날 것 같지 않고, 마타하치도 여기 에도에 있는 게 틀림없지만 거처를 모르니 고향에서 돈을 가져와 한동안은 그렇게 살고 싶구려……."

이의가 있을 리 없는 고지로는 그렇게 하는 것도 좋겠다고 건성으로 대답했다. 사실 고지로는 한때 흥미도 있고 이용 가치도 있었지만, 요즘 들어서는 건달들과 어울리는 것도 조금 성가셔

졌다. 주군을 모시게 된 후의 일도 고려하면 이 이상 깊이 관여하는 것은 삼가야 할 일이라고 생각했다. 그래서 최근에는 그들의 수련에도 발을 끊고 있던 참이었다.

고지로는 이와마 가의 하인을 불러 뒷마당에 있는 밭에서 수박을 따오라고 해서 오스기와 사내에게 대접했다.

"무사시에게 무슨 소식이라도 오면 바로 내게 알리게. 난 요즘 바빠서 당분간 발길을 하지 않을 생각이네."

고지로는 그렇게 말하고 해가 지기 전에 두 사람을 쫓아내듯 돌려보냈다.

오스기가 돌아가자 고지로는 방을 대충 치우고 마당에도 우물물을 뿌렸다. 참마 덩굴과 박 덩굴이 담장에서 손 씻는 물을 담아둔 그릇의 다리까지 친친 감고 있었다. 하얀 꽃들이 하나하나 저녁 바람에 춤을 추기 시작했다.

"가쿠베에 님은 오늘도 숙직인가?"

안채에서 피어오르는 모깃불을 바라보면서 고지로는 방 한가운데에 드러누웠다. 등불은 필요 없었다. 켜봐야 바람에 금방 꺼질 것이다. 이윽고 초저녁달이 바다에서 떠올라 그의 얼굴을 비췄다.

그때 한 젊은 무사가 언덕 아래의 묘지에서 울타리를 뚫고 이곳 이사라고 언덕의 절벽으로 들어왔다.

3

이와마 가쿠베에는 한테이藩邸(제후의 저택, 일종의 관사)에 갈 때는 늘 말을 타고 다녔지만 자신의 집이 있는 언덕 아래에 당도하면 말에서 내렸다. 그러면 그의 모습을 본 절문 앞의 꽃집 노인이 나와서 그의 말을 맡아주었다.

그런데 오늘 저녁에는 꽃집 처마를 들여다보아도 노인이 보이지 않자 가쿠베에는 자신이 직접 뒤쪽 나무에 고삐를 매고 있었다.

"아, 나리."

꽃집 노인이 절 뒷산에서 뛰어내려와 여느 때처럼 가쿠베에의 손에서 고삐를 건네받으며 말했다.

"방금 묘지의 울타리를 부수고 길도 없는 절벽으로 올라가는 수상한 무사가 있기에 거기는 샛길이 아니라고 가르쳐주자 무서운 얼굴로 저를 돌아보더니 그대로 가 버렸습니다."

그는 묻지도 않은 말을 하더니 다시 말을 이었다.

"그자가 요즘 빈번하게 다이묘들의 저택에 숨어든다는 도적이 아닐까요?"

노인은 아직도 마음에 걸리는지 해가 저물어 어둑어둑해진 숲속을 올려다보았다.

하지만 가쿠베에는 별로 신경 쓰지 않는 모습이었다. 다이묘의 저택으로 도적이 숨어든다는 소문은 있었지만, 호소카와 가는 아직 그런 일을 당한 적이 없었고, 설령 도둑질을 당했다 해도 다이묘 스스로 부끄러움을 무릅쓰고 자기 집에 도적이 들었다고 말한 예도 없었다.

“하하하. 그건 단지 소문에 불과하네. 절 뒷산 등으로 숨어드는 도적이라면 기껏해야 좀도둑이거나 떠돌이 낭인일 게야.”

“하지만 이 부근은 도카이도東海道의 초입이라 타지로 도망치는 자가 종종 빈 말로 가는 김에 실어다 주겠다며 강도짓을 벌이는 바람에 저녁 같은 때 그런 자들을 보면 그날 밤은 왠지 께름칙해서 말입니다.”

“무슨 일이 생기면 바로 와서 문을 두드리게. 우리 집에 묵고 있는 분은 그런 때를 학수고대하고 있는데도 그런 일이 생기지 않아서 매일 한숨만 쉬고 있을 정도니까.”

“아, 사사키 님 말씀이군요? 겉모습은 참으로 다정해 보이는데 실력은 대단하다고 이 근방 사람들 사이에서 평판이 자자합니다.”

고지로에 대해 좋은 소문을 듣자 이와마 가쿠베에는 우쭐해졌다.

그는 젊은 사람을 좋아했다. 특히 요즘은 유능한 청년을 자기 집에서 키우는 것을 무사로서 고상한 미풍이라 여기고 있었다. 또 유사시에는 한 명이라도 더 많은 젊은 무사들을 데리고 주군의 말 앞에 나서는 것은 평소 자신의 소양을 보여주는 것이었고, 게다가 그 젊은 무사 중에서 출중한 실력을 가진 자를 주군에게 천거하면 일종의 봉공이 될 뿐만 아니라 자신의 세력을 심는 것이기도 했다.

자신의 일신을 우선하는 것은 가신으로서 바람직하지 않은 모습이지만, 호소카와 가문 같은 큰 번에서조차 자기를 온전히 버리면서까지 봉공하려는 자는 얼마 되지 않았다.

그렇다고 해서 이와마 가쿠베에가 불충한 자인가 하면 절대로 그렇지 않았다. 그저 대대로 주군을 섬기는 평범한 무사일 뿐이었고, 평소에는 오히려 이런 사람이 남들보다 일을 더 잘하기 마련이었다.

"다녀왔다."

이사라고 언덕은 경사가 심했기 때문에 가쿠베에는 집 앞에 도착하면 늘 숨을 조금 헐떡였다.

아내와 자식은 고향에 두고 왔기 때문에 처음부터 이곳엔 하인과 하녀 들뿐이었다. 그들은 가쿠베에가 숙직하지 않는 날 저녁에는 주인이 오기를 기다리며 붉은 대문부터 현관까지 이어지는 대나무 숲에 물을 뿌려놓았는데 지금도 물방울들이 반짝이고 있었다.

"어서 오십시오."

가쿠베에는 자신을 맞으러 나온 하인들에게 고개를 끄덕이고는 바로 물었다.

"사사키 님은 집에 계시느냐? 아니면 외출을 하셨느냐?"

4

"오늘은 하루 종일 집에 계신 듯한데 지금도 주무시고 계실 겁니다."

"그런가. 그럼 술상을 준비하고, 준비가 되는 대로 사사키 님을 이리 모시고 오너라."

가쿠베에는 그동안 목욕탕에 들어가 바로 땀에 전 옷을 벗고 욕의로 갈아입었다.

그리고 서원으로 나오자 고지로가 한 손에 부채를 들고 먼저 와 앉아 있었다.

"이제 오셨습니까?"

술상이 나왔다.

"우선 한잔합시다."

가쿠베에가 술을 따르며 말했다.

"오늘은 좋은 일이 있어서 그걸 알려드리려고 이렇게 모셨소이다."

"좋은 일이라니요?"

"일전에 그대를 주군께 천거했었는데 주군의 귀에도 차츰 그대에 관한 소문이 들리자 가까운 시일 내에 데리고 오라고 하시더군요. 이만큼 진척시킨 것도 쉬운 일은 아니었소. 가신들이 너도나도 천거하는 자들이 워낙 많아서 말이오."

가쿠베에는 공치사를 하며 고지로가 매우 기뻐할 것이라고 기대하고 있었다.

"……."

그러나 고지로는 아무 말도 없이 술잔을 입술에 대고 듣고 있다가 "잔을 받으시지요."라고 짧게 말할 뿐 기뻐하는 표정이 아니었다.

하지만 가쿠베에는 그런 고지로의 모습을 언짢아하기는커녕 오히려 의젓한 모습을 존경한다는 듯 다시 잔을 채우며 말했다.

"이것으로 청을 받은 나도 나름의 보람을 느낄 수 있게 되었고. 오늘 밤은 밤새 축배를 들도록 합시다."

고지로는 그제야 고개를 조금 숙였다.

"괜히 성가시게 해드려 죄송합니다."

"무슨 말씀이오? 그대와 같이 출중한 무사를 주군께 천거하는 것도 내 임무 중 하나라오."

"과찬의 말씀입니다. 저는 애초에 녹봉은 바라지 않고 그저 호소카와 가는 유사이幽斎 공, 산사이 공, 그리고 당주이신 다다토시 공까지 3대째 이어오는 명문가라 그러한 번에 봉공하는 것이야말로 무사의 소임이라 여기고 청을 드린 것입니다."

"아니, 나는 그대를 조금도 치켜세운 적이 없었소. 사사키 고지로라는 이름은 이미 에도에선 모르는 사람이 없으니까요."

"이렇게 매일 빈둥거리는 몸이 어떻게 그리도 유명해졌는지."

고지로는 자조하듯 씁쓸하게 웃으며 말했다.

"딱히 제가 특출나서가 아니라 세상에 겉만 번드르르한 자들이 많기 때문이겠지요."

"다다토시 공께는 언제라도 모시고 가겠다고 말씀드렸는데…… 그래, 한테이에는 언제 가시겠소?"

"저도 언제든 좋습니다."

"그럼, 내일이라도 당장 가시겠소?"

"좋습니다."

고지로는 당연하다는 표정으로 말했다.

가쿠베에는 그 모습을 보고 고지로의 인물됨에 더욱 경도되었는데, 문득 다다토시에게 들은 말이 떠올라 고지로에게 미리 일러주었다.

"그런데 주군께서는 어쨌든 한번 사람을 본 뒤에 가부를 결정하겠노라 말씀하셨습니다. 허나 그것은 형식적인 과정이고 이미 9할 9푼까지는 정해진 것이나 다름없소."

그러자 고지로는 술잔을 내려놓고 가쿠베에의 얼굴을 물끄러미 바라보았다. 그리고 의연하게 말했다.

"그만두겠소. 가쿠베에 님, 죄송하지만 호소카와 가문에 봉공하는 일은 보류하겠습니다."

술에 취한 가쿠베에의 귓불이 금방이라도 터질 것처럼 붉어졌다.

5

"아, 아니, 왜?"

가쿠베에는 사뭇 당황한 듯 고지로를 쳐다보았다.

"마음이 내키지 않네요."

고지로는 뜬금없이 그 한마디만 하고 이유는 말하지 않았다.

하지만 고지로가 갑자기 기분이 나빠진 것은 다다토시가 사람을 본 후에 들일지 말지 가부를 결정하겠다는 조건 때문인 듯했다.

'꼭 호소카와 가가 아니더라도 곤란한 건 없다. 어딜 가도 300석이나 500석은…….'

가쿠베에가 있는 그대로 전한 다다토시의 말이 평소 은근히 과시하던 그의 자부심을 상하게 한 것이 틀림없었다.

고지로는 다른 사람의 기분은 생각하지 않는 성격이었기 때문에 가쿠베에가 당혹해하며 난감한 표정을 짓든, 자신을 제멋대로 구는 인간이라고 생각하든 개의치 않고 식사를 마치자 훌쩍 거처로 돌아가 버렸다.

등불이 없는 방 안을 달빛이 환하게 비추고 있었다. 고지로는 방에 들어가자마자 벌렁 드러누워서 팔베개를 했다.

"후후후."

그는 무슨 생각을 했는지 혼자 웃으면서 중얼거렸다.

"어쨌든 솔직한 사람이군, 가쿠베에는."

그렇게 말하면 가쿠베에가 주군에게 입장이 곤란할 것도, 또 어떻게 행동해도 자신에게 화를 내지 않으리라는 것도 모두 꿰뚫고 있는 그였다.

"녹봉에 욕심은 없다."

평소 말은 그렇게 했지만 그는 야망으로 가득 차 있었다. 그런 그에게 녹봉에 대한 욕심이 없을 리가 없고, 자신의 능력으로 최대한의 명성과 입신을 얻으려는 갈망 또한 컸다.

그렇지 않고서야 무엇 때문에 고달픈 수련 따위를 하겠는가? 입신을 위해, 명성을 드높이기 위해, 또 고향에 금의환향하기 위해서였고, 인간으로 태어난 보람을 모든 점에서 만족시키기 위해서였다. 그러기 위해서는 지금과 같은 시대에서는 무엇보다도 검술에 뛰어난 자질을 갖추는 것이 출세의 지름길이었다. 다행히도 그는 검에 천부적인 자질을 지니고 태어났다고 자부하고 있었다. 또 현명하게 처세의 길을 걷고 있다고 생각했다.

따라서 그의 일진일퇴는 모두 그런 목적을 위해 계산되어 있었다. 그런 그의 눈으로 보면 이 집의 주인인 이와마 가쿠베에 따위는 자기보다 나이는 훨씬 많지만 참으로 어리숙하게 여겨질 수밖에 없었다.

고지로는 어느새 잠이 들었다. 방 안을 비추던 달이 한 자나 이동했지만 잠에서 깨지 않았다. 바람이 대나무 창을 흔들고 그의 몸을 감싸도 한낮의 무더위에서 해방된 그의 몸은 도무지 깰 기미가 보이지 않았다.

그런데 그때까지 모기가 들끓는 절벽 그늘에 숨어 있던 그림자 하나가 때가 되었다는 듯 등불이 없는 집의 처마 아래로 두꺼비가 기어가듯이 살금살금 다가왔다.

6

제대로 갖춰 입은 무사였다. 저녁때 언덕 아래의 꽃집 노인이 절 뒷산에서 거동이 수상한 자를 봤다더니 바로 그 젊은 무사인 듯했다.

"……."

그림자는 툇마루 끝으로 기어와 한동안 방 안을 은밀히 엿보고 있었다. 달빛을 피해 웅크리고 있었기 때문에 소리를 내지 않는 한 그곳에 사람이 있다고는 짐작조차 할 수 없을 정도였다.

"……."

고지로의 코 고는 소리가 희미하게 들렸다. 잠깐 뚝 그쳤던 벌레 소리가 아무 일도 없었다는 듯 다시 풀숲에서 들리기 시작했다.

이윽고 그림자가 벌떡 일어섰다. 그리고 칼을 뽑자마자 툇마루로 훌쩍 뛰어올라 자고 있는 고지로를 향해 이를 악물고 칼을 휘둘렀다.

"이얏!"

그 순간 고지로의 왼손에서 검은 봉 같은 것이 바람을 가르며 날아와 그림자의 손목을 강하게 때렸다. 그러나 그림자가 칼을 얼마나 강하게 휘둘렀는지 손목을 맞고도 칼은 그대로 다다미까지 베어버렸다.

그림자의 칼 아래에 있던 고지로는 파도가 치는 수면 아래에서 유유히 헤엄치는 물고기처럼 벽 쪽으로 훌쩍 몸을 피하더니 그림자 쪽을 향해 섰다. 왼손에는 칼집을 오른손에는 애검인 모노호시자오를 들고.

"웬 놈이냐!"

이렇게 외친 그의 호흡으로도 알 수 있듯이 고지로는 이미 자객의 습격을 예상하고 있었다. 이슬이 떨어지는 소리나 벌레 소리에도 방심하지 않는 고지로는 조금도 흐트러지지 않은 모습으로 벽을 등지고 서 있었다.

"나, 나다!"

그에 비해 기습을 한 자의 목소리는 떨리고 있었다.

"나라니 누구냐? 이름을 대라. 잠잘 때 기습을 하다니 무사답지 않은 비겁한 놈이구나!"

"오바타 가게노리小幡景憲의 아들 요고로 가게마사余五郎景政다."

"요고로?"

"이놈, 얍삽하게……."

"얍삽하다고? 무슨 말이냐!"

"아버님이 병상에 누워 계신데 얍삽하게 그 틈을 타서 세상에 오바타에 대한 험담을 퍼뜨리지 않았느냐!"

"잠깐만, 세상에 퍼뜨린 것은 내가 아니다. 세상 사람들이 스스로 퍼뜨린 것이다."

"복수하러 온 문하생들을 죽인 것은?"

"그건 내가 맞다. 하지만 실력의 차이이니 결투에서는 어쩔 수 없는 일이다."

"시끄럽다! 한가와라라고 하는 건달들의 도움을 받아……."

"그건 상관없는 일이다."

"잔말 마라!"

"에잇, 귀찮아!"

고지로는 화를 내며 한 발 앞으로 나서면서 말했다.

"원망을 하려거든 얼마든지 원망해라. 정당한 결투에 원한을 품는 것은 비겁자 중에 비겁자라고 비웃음만 살 뿐. 하물며 너의 목숨까지 걸어야 할 것이다. 그럴 각오가 되어 있느냐?"

"……."

"각오는 하고 왔겠지?"

고지로가 다시 한 발 다가서며 겨눈 모노호시자오의 칼끝에 처마 너머의 달이 하얗게 비쳤다. 번쩍, 요고로의 눈이 부실 정도로 하얀 빛줄기가 반사되었다.

오늘 갈아온 칼이다. 고지로는 굶주린 배가 만찬을 마주한 듯 요고로를 마치 먹잇감인 듯 가만히 노려보았다.

독수리와 매

1

고지로는 관직을 알선해달라고 부탁해놓고 주군이라는 사람의 말이 마음에 들지 않는다며 다 성사시킨 일을 멋대로 보류했다. 가쿠베에는 더 이상 관여하지 않겠다고 생각했다. 그리고 후진을 아끼는 것은 좋은 일이지만, 그 잘못된 생각까지 너그럽게 봐줄 수는 없다고 반성했다.

하지만 가쿠베에는 처음부터 고지로라는 인간이 좋았다. 예사 인물이 아니라고 믿고 있었다. 따라서 그와 주군 사이에 끼어 자신의 입장이 난처해지자 당장은 화가 났지만 며칠이 지나자 생각이 바뀌었다.

'아니야, 그것이 그의 훌륭한 점일지도 몰라. 보통 사람이었다면 드디어 주군을 알현하게 되었다고 기뻐하며 갔을 텐데.'

가쿠베에는 좋게 해석하며 오히려 젊은 사람이 그런 기개를 가지고 있다는 점이 믿음직스러웠다. 또 그에게 그만한 자격이 있다고 생각하자 고지로가 한층 더 큰 인물로 보였다.

그래서 나흘쯤 지나 그간 숙직도 있고 마음도 풀리지 않아 고지로를 만나지 않았던 가쿠베에는 이날 아침 고지로의 처소로 가서 마음을 떠보았다.

"고지로 님, 어제 관저에서 물러나는데 주군께서 아직이냐며 재촉을 하셨소이다. 활터에서 만나자고 하시는데 가신들의 활솜씨도 구경할 겸 한번 오시는 게 어떻겠습니까?"

고지로가 싱긋 웃기만 하고 대답을 하지 않자 가쿠베에는 다시 말했다.

"관직을 얻으려면 한 번은 뵙는 것이 어디에서나 거치는 과정이니 수치스럽게 여길 일은 아닐 것이오."

"하지만 가쿠베에 님."

"예."

"만약 마음에 들지 않는다고 거절하시면 이 고지로는 중고품이 되지 않겠소이까? 난 아직 날 상품처럼 팔고 다닐 만큼 타락하진 않았습니다."

"내가 말을 잘못 전했습니다. 주군의 말씀은 그런 뜻이 아니었소."

"그러면 다다토시 공께는 어떻게 대답하셨습니까?"

"아직 대답하지 않았소. 그래서 주군께선 그분대로 기다리고 계신 듯하오."

"하하하, 내겐 은인이신 가쿠베에 님을 난처하게 해드려서 죄송하군요."

"오늘 밤도 숙직인데, 주군께서 또 물어보실지 모르오. 날 그렇게 곤란하게 만들지 말고 어쨌든 한 번 한테이에 얼굴을 내밀도록 하시죠."

"좋습니다."

고지로는 은혜에 보답이라도 하듯 고개를 끄덕이며 말했다.

"가도록 하지요."

가쿠베에가 기뻐하며 물었다.

"그럼, 오늘이라도 당장?"

"흐음, 그럴까요?"

"그러는 게 좋겠소."

"시간은?"

"언제든지 좋다고 하셨고, 점심때가 조금 지나서는 활터에 계실 터이니 거기서 부담 없이 배알할 수 있을 거요."

"알겠습니다."

"분명히 약조하셨소!"

가쿠베에는 다짐을 두고 먼저 한테이로 출발했다.

그 후 고지로는 느긋하게 준비를 했다. 평소 옷차림 따위는 신경 쓰지 않는 호걸처럼 말하지만, 사실 고지로는 겉모습에 신경을 많이 쓰는 성격이었다.

고지로는 비단 옷에 외국에서 들여온 옷감으로 만든 하카마袴(일본 옷의 겉에 입는 주름 잡힌 하의)를 입고 신발과 삿갓도 새것으로 내오게 하고는 이와마 가의 하인에게 물었다.

"말은 없는가?"

언덕 아래의 꽃집 헛간에 가쿠베에가 갈아타는 백마를 맡겨 놓았다는 말을 듣고 고지로는 그곳으로 갔지만 노인은 오늘도 없었다. 그래서 저편의 경내를 보자 절 옆에 꽃집 노인과 중들, 근처에 사는 사람들이 모여서 머리를 맞대고 뭔가 웅성거리고 있었다.

2

'무슨 일이 있나?'

고지로가 그곳으로 가서 보니 시체 한 구가 거적에 덮여 있었다. 사람들은 그 시체를 둘러싸고 매장을 할 것인지 의논하고 있었다.

시신의 신분은 알 수 없었다.

나이는 젊었다. 그리고 무사라고 했다.

어깻죽지에서 아래로 깊이 칼에 베여 있었다. 피는 검게 말라

붙었고, 소지품은 아무것도 없는 듯했다.

"이 무사를 본 적이 있어. 나흘쯤 전 저녁때였지."

꽃집 노인이 말했다.

"정말입니까?"

중과 근처에 사는 사람들이 그의 얼굴을 쳐다보자 노인이 다시 뭐라고 말하려는데 누군가 그의 어깨를 두드렸다. 노인이 뒤를 돌아보자 고지로가 말했다.

"헛간에 이와마 님의 백마가 있다고 들었는데 내주게."

노인은 황망히 인사를 하며 물었다.

"어디 출타하십니까?"

"그렇네."

노인은 고지로와 함께 서둘러 집으로 돌아왔다. 노인이 헛간에서 끌고 나온 말을 쓰다듬으며 고지로가 말했다.

"좋은 말이군."

"예, 좋은 말이지요."

"다녀오겠네."

노인은 안장에 올라탄 고지로를 올려다보며 말했다.

"잘 어울리십니다."

고지로는 주머니에서 약간의 돈을 꺼내 노인에게 건네며 부탁했다.

"이것으로 향과 꽃이라도 사서 올려주게."

"예? 누구한테 말입니까?"

"방금 그 시신에게 말이네."

고지로는 그렇게 말하고 언덕 아래의 절문 앞에서 다카나와高輪 가도로 나갔다.

"퉤!"

고지로는 말 위에서 침을 뱉었다. 께름칙한 것을 본 후의 불쾌한 군침이 아직 입 안에 남아 있었기 때문이다. 나흘 전 달밤에 새로 갈아온 모노호시자오에 베인 사내가 거적을 젖히고 말 뒤에서 따라올 것 같았다.

'원한 살 일은 하지 않았어.'

그는 마음속으로 자신이 한 행동을 변명했다.

고지로가 탄 백마는 찌는 듯한 더위를 뚫고 내달렸다. 마을 사람들과 나그네, 길을 가던 무사들이 그가 탄 말을 피하며 뒤를 돌아보았다.

말을 탄 고지로의 모습은 에도 거리에 들어선 뒤에도 눈에 띌 만큼 멋있었다. 사람들은 어느 집 무사인가 하고 그에게서 눈을 떼지 못했다.

호소카와 가의 한테이에 도착한 것은 약속한 대로 무더위가 기승을 부리는 대낮이었다. 말을 맡기고 저택 안으로 들어가자 이와마 가쿠베에가 곧장 달려왔다.

"잘 오셨소."

가쿠베에는 마치 자기 일처럼 기뻐했다.

"잠시 땀이라도 닦고 한숨 돌리시지요. 곧 주군께 연통을 넣겠습니다."

그러고는 보리숭늉과 냉수, 담뱃갑 등을 권하며 정중하게 환대했다.

잠시 후 다른 무사가 안내를 하러 왔다.

"자, 활터로 가시지요."

고지로는 모노호시자오를 가신에게 맡기고 작은 칼만 지닌 채 따라갔다.

호소카와 다다토시는 오늘도 활터에서 활을 쏘고 있었다. 여름 내내 100발씩 계속해서 쏠 계획을 갖고 있었는데, 오늘이 그 중 하루였다.

많은 수행 무사들이 다다토시를 둘러싼 채 과녁에 꽂힌 화살을 빼러 달려가거나 옆에서 시중을 들거나 마른침을 삼키며 그가 활을 쏘는 것을 지켜보고 있었다.

"수건, 수건."

다다토시가 활을 내리며 소리쳤다. 땀이 눈 속으로 흘러들 만큼 그는 활쏘기에 지쳐 있었다. 가쿠베에가 그 틈에 그에게 다가가 무릎을 꿇고 말했다.

"주군."

"뭔가?"

"저쪽에 사사키 고지로가 와서 기다리고 있습니다. 말씀을 내려주십시오."

"사사키? 아, 그래."

그러나 다다토시는 고지로에게 눈길도 주지 않고 화살을 활시위에 걸더니 다리를 벌리고 왼손으로 시위를 당겨 눈썹 위에 갖다 댔다.

3

다다토시뿐만 아니라 가신들도 누구 하나 고지로에게 눈길을 주는 사람은 없었다.

이윽고 100발을 다 쏘자 다다토시가 크게 숨을 내쉬며 말했다.

"물, 물을 가져오너라."

가신들은 우물물을 퍼서 큰 대야에 부었다. 다다토시는 웃통을 벗더니 땀을 닦고 발을 씻었다. 옆에서 하인들이 옷자락을 들거나 새 물을 길어오는 등 부지런히 시중을 들었지만, 그럼에도 다다토시는 흔히 볼 수 있는 다이묘답지 않게 행동에 거침이 없었다.

고향에 있는 산사이 공은 다인茶人이었고, 선대인 유사이 공도 그에 못지않은 풍아風雅한 가인이었다. 그러하니 필시 3대째인 다다토시 공도 우아한 귀족풍의 인물이거나 어전에서 귀하게 자란 젊은 귀족일 것이라 생각하던 고지로는 다소 의외라는 눈으로 그를 바라보았다.

다다토시는 제대로 닦지도 않은 발로 신을 신더니 뚜벅뚜벅 활터로 돌아와서 아까부터 어쩔 줄을 모르고 있는 이와마 가쿠베에의 얼굴을 보자 생각난 듯 말했다.

"가쿠베에, 만나볼까?"

그는 휘장을 둘러친 그늘에 의자를 놓게 하고 구요九曜(중앙의 큰 별 둘레에 여덟 개의 작은 별을 배치한 문장의 이름) 문장을 등 뒤에 두고 앉았다. 가쿠베에가 손짓하자 고지로는 다다토시 앞으로 가서 무릎을 꿇었다. 인재를 중용하고 무사를 후하게 대우하던 이 시대에도 군주를 알현하는 자는 이처럼 정중히 예를 갖춰야 했다.

다다토시가 말했다.

"의자를 내줘라."

의자를 받으면 손님이다.

"감사합니다."

고지로는 일어서면서 예를 취하고 의자에 앉아 다다토시를 마주보았다.

"자세한 얘기는 가쿠베에에게 들었는데 고향이 이와쿠니岩國라고 했는가?"

"그렇습니다."

"이와쿠니의 깃카와 히로이에吉川広家 공이 꽤나 영매하다는 말이 들리던데, 그대의 부친과 조부도 깃카와 가문에 봉공하였는가?"

"멀리는 오우미近江의 사사키가 일족이라고 들었습니다만, 무로마치室町 막부가 멸망한 후에 어머님의 고향에서 은둔한 연유로 깃카와 가의 녹은 받지 않았습니다."

"무사 봉공은 처음인가?"

"아직 섬기는 주군은 없습니다."

"가쿠베에로부터 당가에 봉공하고 싶다는 말을 들었는데 당가의 어떤 점이 좋아서 그리 말했는가?"

"제 목숨을 바칠 만한, 또 기꺼이 죽을 수 있는 가문이라 생각해서입니다."

"흐음."

다다토시는 마음에 드는 듯 고개를 끄덕였다.

"무도는?"

"간류라 합니다."

"간류?"

"소인이 창안한 유파입니다."

"그래도 연원淵源은 있겠지?"

"도다 고로에몬富田五郎右衛門의 도다류富田流를 배웠습니다.

또 고향인 이와쿠니의 은사隱士인 가타야마 호키노카미 히사야스片山伯耆守久安라는 노인에게 가타야마 이아이居合(앉아 있다가 재빨리 칼을 뽑아 적을 베는 검술)를 사사했고, 또 한편으로는 이와쿠니의 강가에서 제비를 베며 체득하기도 했습니다."

"아하, 간류라는 것이 이와쿠니 강에서 유래한 이름이었군."

"그렇습니다."

"한번 보여주겠나?"

다다토시는 가신들의 얼굴을 둘러보며 말했다.

"누가 사사키의 상대로 나서겠는가?"

4

'저 사내가 근래 소문이 자자한 사사키 고지로인가? 생각보다 젊군.'

아까부터 다다토시와 고지로가 이야기를 나누는 모습을 지켜보던 가신들은 다다토시가 갑자기 그렇게 말하자 다시 서로의 얼굴을 쳐다보았다. 그리고 이내 그들의 눈은 자연스럽게 고지로 쪽을 향했지만 고지로는 당황하는 기색도 없이 오히려 바라던 바라고 말하는 듯 얼굴에 홍조를 띠었다.

하지만 정작 앞으로 나서는 자도, 자기가 상대하겠다고 일어서는 자도 없었다. 보다 못한 다다토시가 직접 지명했다.

"오카야."

"옛!"

"일전에 창과 검에 대해 논쟁을 벌였을 때 창이 유리하다고 주장하던 이가 자네였지?"

"예."

"좋은 기회다. 한번 겨뤄봐."

오카야 고로지는 명을 받자 고지로를 바라보며 물었다.

"제가 상대하고자 하는데 괜찮겠습니까?"

고지로는 크게 고개를 끄덕이며 대답했다.

"잘 부탁드리겠습니다."

그렇게 서로 공손하게 예의를 차리는 와중에도 왠지 오싹해지는 듯한 기운이 감돌았다.

휘장 안에서 활터의 모래를 쓸던 자들과 활을 정리하던 자들이 그 말을 듣고 모두 다다토시의 뒤쪽으로 모여들었다.

아침저녁으로 무예를 논하고 검과 활을 한시도 놓지 않는 자에게도 연습이 아닌 실제 결투를 하는 경험은 평생 몇 번 있을까 말까 했다. 가령 '전장에 나가 싸우는 것과 평시의 결투 중에서 어느 쪽이 두려운가?'라는 물음에 솔직히 답하라고 한다면 이 자리에 있는 많은 무사들 중 열이면 열이 '결투'라고 답할 것이다.

전쟁은 집단의 행동이지만 결투는 개인과 개인의 싸움이다. 이기지 못하면 죽거나 불구가 된다. 발가락부터 머리카락 한 올까지 모든 것을 총동원해서 목숨을 걸고 싸워야만 한다. 전쟁에서처럼 다른 사람이 싸우고 있는 동안 잠시 숨을 돌릴 여유조차 없다.

엄숙한 분위기 속에서 오카야의 동료들은 모두 그의 움직임에 집중했다. 그러나 오카야가 침착한 모습을 보이자 마음을 좀 놓으며 '그라면 지지 않는다.'고 생각했다.

호소카와 번에는 원래 창을 전문으로 다루는 자가 없었다. 유사이 공과 산사이 공 이래로 수많은 전쟁에서 살아남은 자만이 주군의 측근이 된다. 아시가루足軽(평시에는 잡역에 종사하다가 전시에는 병졸이 되는 최하급 무사) 중에서도 창에 능한 자는 많았지만, 창을 능숙하게 다루는 것이 반드시 봉공 무사의 특별한 특기는 아니었다. 그래서 별도로 창술을 가르치는 사범은 필요가 없었다.

하지만 그중에서도 오카야 고로지 등은 번에서 창의 명수라 불리고 있었다. 실전 경험도 있었고, 평소에도 훈련과 공부를 병행하고 있는 노련한 자였다.

"잠시 유예를……."

오카야는 다다토시와 고지로에게 양해를 구하고 조용히 물러갔다. 물론 결투 준비를 하기 위해서였다.

아침에 웃는 얼굴로 나와서 저녁에 시체가 되어 돌아갈지 모르는 것이 봉공 무사의 신세였다. 그래서 그들은 늘 속옷조차 때가 묻지 않은 깨끗한 것을 입고 있었는데, 결투 준비를 하기 위해 잠시 물러가는 그의 마음에선 결연함이 묻어나는 듯했다.

5

고지로는 온몸을 쫙 편 모습으로 서 있었다. 석 자 남짓한 목검을 들고 옷자락도 걷어 올리지 않은 채 결투 장소를 골라 기다리고 있었다.

누가 보아도 늠름하고 사내다운 모습이었다. 특히 독수리처럼 용맹하고 아름다운 옆얼굴은 평소와 조금도 달라 보이지 않았다.

'뭘 하고 있는 거야?'

동료 가신들은 고지로의 상대로 나선 오카야에게 우정이 솟았다. 고지로의 특이한 모습을 보면서 그의 실력이 어느 정도인지 가늠이 되자 오카야가 준비하러 간 막사 쪽으로 자연히 불안한 시선을 보내게 되었다.

그러나 오카야는 이미 침착하게 준비를 마친 상태였다. 그가 시간을 끌고 있는 것은 창끝에 젖은 천을 정성껏 감고 있었기 때문이다.

고지로가 그것을 보고 물었다.

"오카야 님, 그것은 무엇입니까? 만일 저를 걱정해서 그리 감는 것이라면 지나친 배려입니다."

고지로의 말은 정중했지만, 그 속에 담긴 의미를 곱씹어보면 교만한 망발이나 다름없었다.

지금 오카야가 젖은 천을 감고 있는 창은 그가 전장에서 자신만만하게 사용하는 단도 모양의 국지창菊池槍이었다. 자루의 길이는 아홉 자 남짓이고, 청색 자개를 칠해서 연마한 손잡이에서 날 끝까지가 일고여덟 자는 되는 예리한 창이었다.

"진창眞槍으로 하시지요."

고지로는 창을 바라보며 그의 배려를 비웃듯 말했다.

"괜찮겠습니까?"

오카야가 고지로를 응시하며 묻자 다다토시를 비롯한 동료들은 모두 아무 말 없이 눈빛으로 끄덕였다.

'저렇게까지 말하는데.'

'상관없네.'

'죽여버려.'

고지로는 어서 나오라고 재촉하듯 오카야의 눈을 똑바로 응시했다.

"그렇다면."

오카야는 창날에 감았던 젖은 천을 풀고 장창을 중단으로 겨눈 채 뚜벅뚜벅 앞으로 걸어 나오며 말했다.

"원하는 대로 하겠소. 그러나 내가 진창을 잡은 이상 그대도 진검을 잡도록 하시오."

"아니, 이것으로도 충분하오."

"안 될 말."

"아니오."

고지로가 오카야의 말을 제지하며 말했다.

"적어도 외부인이 다른 집 주인이 보는 앞에서 진검을 빼드는 무례는 범할 수 없소."

"그래도……."

오카야가 언짢은 듯 입술을 깨물자 그의 태도가 답답해 보였는지 다다토시가 말했다.

"오카야, 진창을 들었다고 비겁한 것이 아니다. 상대의 말에 따라 어서 시작해라."

다다토시의 목소리에서도 고지로에 대한 감정이 분명히 움직이고 있었다.

"그럼."

두 사람은 목례를 나눴다. 날카로운 낯빛이 서로의 눈동자에 비쳤다. 순간, 오카야가 펄쩍 뛰어 뒤로 물러났다. 고지로는 창대 아래를 따라 오카야의 가슴 쪽으로 곧장 뛰어들었다. 창을 찌를 틈이 없는 오카야는 몸을 휙 돌려서 창의 물미로 고지로의 목덜미 부근을 내려쳤다.

"딱!"

물미 끝이 둔탁한 소리를 내며 공중으로 튕겨져 올라갔다. 그 반동으로 드러난 오카야의 늑골을 향해 고지로의 목검이 낮게 신음하듯 날아갔다.

오카야는 뒤로 몸을 날렸다.

다시 옆으로 날렸다.

숨 쉴 틈도 없이 피하고 또 피했지만, 이미 독수리에게 쫓겨 막다른 곳에 다다른 매와 같았다. 끈질기게 따라붙는 목검 아래로 창이 뚝 부러졌다. 순간, 오카야의 혼이 그의 육체에서 강제로 뽑혀져 나간 듯한 신음 소리가 나며 승부는 순식간에 갈렸다.

6

이사라고의 '달의 곶'으로 돌아온 고지로는 이와마 가쿠베에를 찾았다.

"오늘 어전에서 좀 지나치지 않았나 모르겠습니다."

"아니, 잘하셨소."

"다다토시 공께서는 제가 돌아간 뒤 뭐라고 하시던가요?"

"딱히."

"무슨 말씀을 하셨을 텐데요?"

"아무 말씀도 하시지 않고 안으로 들어가셨습니다."

"흐음……."

고지로는 가쿠베에의 대답에 불만족스러운 표정을 지었다.

"조만간 기별이 올 겁니다."

"가부야 어찌 되든 상관없습니다. ……다만, 다다토시 공은 소문대로 명군으로 보였소. 어차피 주군을 섬길 바엔 다다토시 공과 같은 분을 주군으로 섬기고 싶다고 생각했지만 그것도 다 연이 닿아야겠지요."

가쿠베에의 눈에도 차츰 고지로의 잔인함이 보이기 시작했는지, 어제부터 다소 기분이 좋지 않은 표정이었다. 사랑스러운 어린 새라고 여겨 품고 있었는데, 자세히 보니 어느새 품속에서 독수리가 되어버린 느낌이었다.

어제 다다토시의 앞에서 적어도 네다섯 명을 상대하게 할 계획이었는데, 처음에 오카야와의 결투가 너무나 잔인했던 탓인지 다다토시는 결투를 중지시켜버렸다.

"잘 봤다. 이제 됐다."

오카야는 나중에 깨어났다고 하지만 필시 절름발이가 되었지 싶다. 왼쪽 허벅지 아니면 허리뼈가 부러졌을 것이다. 고지로는 그만큼 실력을 보인 것만으로도 호소카와 가의 녹은 받지 못해도 후회는 없다고 생각했지만, 미련은 아직 남아 있었다.

앞으로 몸을 의탁할 곳으로 다테伊達, 구로다黒田, 시마즈島津, 모리毛利 다음으로 호소카와가 믿을 수 있는 번이었다. 오사카성大坂城(도쿠가와 이에야스에게 패한 도요토미 쪽 세력이 남아 있는 곳)이라는 아직 해결되지 않은 존재가 전란의 기운을 품고 있었기 때문에 몸을 의탁하는 번에 따라서는 다시 빈털터리 낭인으로 전락하거나 패잔병 신세가 될 우려가 다분했다. 봉공할 번을 구하는 데에도 앞날을 정확하게 예측하지 않으면 반년의 녹을 얻으려다 평생을 망칠지도 모른다.

고지로에겐 이미 그 앞날에 대한 예측이 서 있었다. 산사이 공이 아직 고향에서 빛을 발하고 있는 이상 호소카와 가는 태산같이 안전하게 보였다. 장래성도 충분했고, 어차피 배에 오른다면 이런 큰 배에 올라 새로운 시대의 조류에 일생의 운명을 맡기는 것이야말로 현명하다고 판단하고 있었다.

'하지만 좋은 가문일수록 쉽게 들어갈 수 없는 법.'

고지로는 다소 초조해졌다.

그로부터 며칠 뒤 무슨 생각을 했는지 고지로는 오카야 고로지의 병문안을 다녀오겠다며 급히 집을 나섰다.

그날은 도보로.

오카야의 집은 도키와常盤 다리 근처에 있었다. 고지로의 갑작스러운 문병을 받은 오카야는 아직 병상에서 일어나지 못하는 몸이었지만 웃으면서 맞았다.

"결투의 승패는 실력의 차이이니 내 미숙함이야. 원망해도 어찌 그대를……."

오카야의 눈에 이슬이 맺혔다.

"친절하게도 이렇듯 찾아와서 위로해주시니 몸 둘 바를 모르겠소."

오카야는 고지로가 돌아가자 머리맡에 있던 동료에게 말했다.

"어쩐지 호감이 가는 무사야. 교만하다고 생각했는데 의외로 정감도 있고 예의도 바르군."

고지로는 오카야가 그렇게 말하리라 이미 예상하고 있었다. 아니나 다를까 마침 문병을 와 있던 동료에게 오카야가 자신을 칭찬한 것이다.

풋감

1

고지로는 이틀 혹은 사흘 간격으로 네 차례나 오카야의 집을 찾아갔다. 어느 날은 어시장에서 살아 있는 생선을 사 가기도 했다.

삼복 무렵의 에도는 공터의 풀들이 집을 뒤덮고 메마른 길에는 게가 느릿느릿 기어 다니고 있었다.

'무사시 나와라. 나오지 않으면 무사이기를 포기한 줄 알겠다.'

한가와라 일당이 세운 거리의 팻말도 수풀에 묻히거나 비에 쓰러지고 땔감으로 훔쳐가서 이젠 보이지도 않았다.

"어디서 밥을 먹어야겠는데."

고지로는 끼니를 해결할 만한 곳을 찾아 여기저기 둘러보았지만 교토와 달리 식당이라 할 만한 집은 아직 없었다. 다만, 공터 수풀가의 갈대발을 친 곳에 '돈지키屯食'라고 써서 세워놓은 깃발이 보일 뿐이었다.

먼 옛날 주먹밥을 돈지키라고 불렀다는 소리를 들은 적이 있는데, 여럿이 모여 먹는다는 뜻에서 생긴 말인 듯했다. 그런데 이곳의 돈지키란 대체 뭘 하는 곳인지 갈대발 뒤에서 흘러나오는 연기가 수풀을 휘감고 좀처럼 사라지지 않았다.

가까이 다가가자 음식을 끓이는 냄새가 났다. 설마 정말로 주먹밥을 파는 것은 아니겠지만, 어쨌든 음식점인 것만은 분명해 보였다.

"차 한 잔 주시오."

안으로 들어가자 두 사람이 앉아 있었는데, 한 명은 술잔을 들고, 다른 한 명은 밥그릇을 들고 게걸스럽게 먹고 있었다. 고지로는 그들과 마주한 의자 끝에 앉았다.

"주인장, 여긴 뭐가 있소?"

"밥집입니다. 술도 있습니다."

"들어오다 보니까 간판에 돈지키라고 쓰여 있던데, 그게 무슨 뜻이오?"

"다들 그리 묻는데 저도 잘 모르겠습니다."

"그대가 쓴 것이 아니오?"

"예. 여기서 쉬다 간 어느 나이 드신 분이 써주신 겁니다."

"그러고 보니 꽤 달필이더군."

"신심信心을 다지기 위해 전국을 돌아다니고 있는 분이라는

데, 기소木曾에서도 굉장한 부잣집 나리처럼 보였습니다. 히라카와텐진平河天神 신사와 히카와氷川 신사, 또 간다묘진神田明神 등에도 큰돈을 기부했다는데 그것이 유일한 낙이라고 하시던 별난 분이셨습니다."

"흠, 그 사람의 이름을 아는가?"

"나라이奈良井의 다이조大蔵라고 하셨습니다."

"들어본 것 같긴 하군."

"돈지키라고 써주셨지만 무슨 뜻인지 몰라도 그런 후덕한 분이 써주신 간판을 걸어두면 조금은 가난을 면하게 해줄 부적이 되지 않을까 싶어서 말이죠."

주인장이 빙긋이 웃었다.

고지로는 그곳에 놓여 있는 도기 그릇에서 반찬과 밥을 덜어 와 젓가락으로 파리를 쫓으면서 뜨거운 물에 말아 먹기 시작했다. 맞은편에 앉아 있던 두 명의 무사 중 한 명이 어느새 일어서서 찢어진 갈대발 사이로 초원을 내다보다 일행을 돌아보며 말했다.

"왔어. 하마다浜田, 저 수박장수 아닌가?"

하마다라고 불린 사내도 황급히 젓가락을 놓고 일어서더니 갈대발 틈으로 바라보다 무겁게 고개를 끄덕이며 말했다.

"그래, 저놈이야."

2

수박장수는 천칭을 어깨에 메고 수풀에서 뜨거운 열기가 올라오는 뙤약볕 아래를 걷고 있었다.

그를 쫓아 돈지키의 갈대발 뒤에서 나간 낭인들이 갑자기 칼을 뽑아 들더니 천칭의 끈을 후려쳤다. 수박장수와 수박은 공중제비를 돌 듯 앞으로 굴렀다.

"이얍!"

돈지키 안에서 하마다라고 불린 낭인이 곧장 달려들어 수박장수의 멱살을 잡아 일으켰다.

"수로 옆 채석장에서 얼마 전까지 차를 나르던 여자를 어디로 끌고 갔느냐? 시치미를 떼도 소용없다. 네놈이 숨긴 것이 틀림없어."

그가 다그치자 다른 한 명이 그의 코끝에 칼을 들이대며 소리쳤다.

"어서 실토해."

"네놈의 집이 어디냐?"

칼등으로 수박장수의 뺨을 툭툭 친다.

"이런 낯짝으로 여자를 꾀어내다니 어이가 없군."

수박장수는 흙빛이 된 얼굴을 그저 옆으로 가로젓다가 틈을 노려 갑자기 한쪽 무사를 들이받고는 천칭을 주워 들고 다시 다른 한 명을 향해 덤벼들었다.

"어림없다."

낭인은 이렇게 소리치며 동료에게 외쳤다.

"하마다, 저놈은 단순한 수박장수가 아니야. 방심하지 마."

"그래 봤자 수박장수지."

하마다는 달려드는 수박장수의 천칭을 빼앗아 그것으로 수박장수를 때려눕힌 뒤 수박장수의 등에 천칭을 짊어지게 하고 밧줄로 꽁꽁 묶었다.

그때 그의 등 뒤에서 고양이의 비명 같은 소리와 함께 쿵쿵 지축을 울리는 소리가 나서 아무 생각 없이 뒤를 돌아보자 이슬을 머금은 여름풀이 날아와 그의 얼굴을 찰싹 때렸다.

"앗!"

수박장수 위에 걸터앉아 있던 하마다가 펄쩍 뛰어서 뒤로 물러나며 소리쳤다.

"웬 놈이냐? 뭐 하는 놈이야?"

그러나 그런 그의 가슴을 향해 살모사처럼 곧장 날아오는 칼끝은 냉담하게 아무 대답도 하지 않았다.

사사키 고지로였다. 칼은 말할 것도 없이 그가 늘 지니고 다니는 모노호시자오였다. 즈시노 고스케가 오래된 녹을 갈아서 광택을 낸 이래로 칼은 피에 굶주린 듯 피를 갈구하고 있었다.

"……."

소이부답笑而不答, 고지로는 뒷걸음질 치는 하마다를 계속해서 몰아붙였다. 그때 천칭에 묶여 있던 수박장수가 그를 보더니 크게 놀란 듯 소리쳤다.

"앗! 사사키…… 사사키 고지로 님. 도와주십시오."

고지로는 수박장수에겐 눈길조차 주지 않고 계속해서 뒤로 물러서기만 하는 하마다의 호흡을 헤아리며 죽음의 심연까지 밀어붙이려는 듯 그가 한 발 물러나면 따라서 한 발 전진하고, 그가 옆으로 돌면 따라서 옆으로 돌면서 칼끝에서 놓치지 않고 계속 밀어붙였다.

"뭐, 사사키?"

이미 얼굴이 하얗게 질려 있던 하마다는 사사키 고지로라는 이름을 듣자 갑자기 당황하면서 몸을 빙글 돌리는가 싶더니 도망치기 시작했다.

"어림없다!"

그 말이 끝나자마자 모노호시자오가 허공을 가르며 하마다의 한쪽 귀를 자르고 그대로 어깻죽지까지 깊이 베어버렸다.

3

고지로가 밧줄을 풀어주어도 수박장수는 풀숲에서 고개를 들지 않았다. 잠시 후 일어나 앉기는 했지만 여전히 고개를 들지 않았다.

고지로는 모노호시자오에 묻은 피를 닦아서 칼집에 넣고 뭔가 우스운 듯 수박장수의 등을 두드렸다.

"마타하치, 그렇게 부끄러워할 건 없지 않은가?"

"예."

"그럼, 얼굴을 들게. 참 오랜만이군."

"별고 없으시지요?"

"물론이지. 그런데 자네 참 희한한 장사를 하고 다니는군."

"부끄럽습니다."

"어쨌든 수박을 주워 모으게. 그래, 저기 돈지키 가게에 맡기는 게 어떻겠나?"

고지로는 벌판 한가운데에서 돈지키의 주인장을 불러 그곳에 짐과 수박을 맡기고 먹통을 꺼내 돈지키의 창문 옆에 아래와 같이 써서 붙였다.

공터의 시체 둘을 벤 것은

이사라고 언덕 달의 곶에 사는

사사키 고지로,

후일을 위해 적어두는 바이다.

그리고 주인장에게 말했다.

"주인장, 이렇게 해놓으면 당신에게는 피해가 가지 않을 것이네."

"고맙습니다."

"뭐, 그렇게 고마워 할 일은 아니지만, 시체의 연고자가 오면 전해주게. 도망가 숨지 않을 테니 언제든 찾아오라고 말이야."

고지로는 갈대발 밖에 있는 마타하치를 재촉하며 걸음을 옮겼다.

"가세."

혼이덴 마타하치本位田又八는 말없이 따라갔다.

요즘 그는 수박을 지고 에도 성 곳곳에서 일하고 있는 채석장 인부와 목수 오두막의 장색, 바깥 성채의 비계에 있는 미장이 등에게 수박을 팔고 있었다.

그도 에도에 처음 왔을 때는 오쓰お通에게만이라도 수련이든 사업이든 남자답게 큰 뜻을 품고 있다는 것을 보여주려 했지만, 무슨 일을 하든 금방 의욕이 사라지고 생활력이 약한 천성 탓에 직업을 바꾼 것만 해도 한두 번이 아니었다.

특히 오쓰가 도망친 뒤로 마타하치는 의지가 더욱 약해져서 건달들과 함께 방에서 빈둥거리며 지내거나 도박하는 자들의 망을 봐주고 한 끼를 해결하기도 하고, 또 축제나 명절 같은 연중행사 때면 그때그때 필요한 물건을 팔러 다니는 등, 어쨌든 아직 일정한 직업조차 구하지 못하고 있었다.

그러나 그것을 이상하게 여기지 않을 정도로 고지로도 그의 성정性情은 전부터 잘 알고 있었다. 다만, 돈지키에 그처럼 써놓은 이상 머지않아 아까 죽인 자들의 연고자가 찾아올 것이 분명했기에 마타하치에게 연유를 묻지 않을 수 없었다.

"그 낭인들에게는 대체 어떤 원한을 샀는가?"

"실은 여자 때문에……."

마타하치는 말하기가 거북한 듯했다.

그에겐 늘 여자 문제가 따라다녔다. 고지로는 그와 여자 사이에 전생부터 깊은 악연이라도 있는가 싶어서 쓴웃음을 지었다.

"흠, 자넨 여전히 호색가인 듯하군. 그래서 어떤 여자를 어떻게 했다는 건데?"

마타하치의 입을 열게 하는 것은 쉬운 일이 아니었지만, 이사라고로 돌아가도 딱히 할 일이 없는 고지로는 여자 얘기로 무료함을 달랠 수 있을 듯하여 마타하치를 만난 것이 뜻밖의 횡재를 만난 것처럼 여겨졌다.

4

마침내 마타하치가 자초지종을 털어놓았다.

수로 끝에 있는 돌을 쌓아둔 곳에는 성 안의 작업장에서 일하고 있는 인부와 행인 들을 상대로 장사를 하는 휴게소 찻집이 수십 채나 될 정도로 성행하고 있었다. 그중 한 곳에 사람들의 눈을 끄는 차를 따르는 여자가 있었는데, 매일 그 여자를 보기 위해 마시고 싶지 않은 차를 마시러 가거나 먹고 싶지도 않은 우무묵을 먹으러 가는 사내들 중에 하마다라는 자도 있었다.

마타하치도 가끔 수박을 팔고 돌아가는 길에 들르거나 쉬러 가곤 했다는데 어느 날 한 아가씨가 다가와 몰래 자신에게 귓속말을 했다는 것이다.

"난 저 무사가 싫은데 찻집 주인이 가게 문만 닫으면 자꾸 저 무사랑 놀러가라고 해요. 그러니 아저씨 집에 좀 숨겨주지 않을래요? 부엌일이나 바느질 같은 일이라도 할 테니까요."

마타하치는 싫다고 할 이유가 없어서 그녀의 말에 따라 자기 집에 여자를 숨겨준 것밖에 없다고 자꾸 그 점을 강조해가며 변명했다.

"이상한데?"

고지로는 납득이 가지 않았다.

"뭐가 말입니까?"

마타하치는 자신이 한 얘기 중에 어디가 이상하냐는 듯 다소 반항적으로 대꾸했다.

고지로는 뙤약볕 아래에서 마타하치의 사랑 이야기인지 변명인지 모를 장광설을 듣고는 쓴웃음조차 짓지 않고 말했다.

"아무려면 어때. 어쨌든 자네 거처에 가서 천천히 듣도록 하지."

그러자 마타하치는 걸음을 멈추더니 얼굴을 찌푸렸다.

"왜, 안 되겠어?"

"너무 누추한 데라서……."

"상관없네."

"그래도……."

마타하치는 양해를 구하듯 말했다.

"다음에 하시지요."

"왜?"

"오늘은 좀……."

마타하치가 난처한 얼굴로 말하자 사사키도 억지로 강요할 수는 없어서 깨끗이 단념하며 말했다.

"음, 그래? 그럼 자네가 때를 봐서 내 거처로 한번 찾아오게. 이사라고 언덕의 중간에 있는 이와마 가쿠베에 님의 댁에 있네."

"수일 내로 꼭 찾아뵙겠습니다."

"그래…… 그건 그렇고 요즘 각지의 거리마다 세워두었던 팻말을 봤는가? 무사시에게 고하는 한가와라의 무리들이 세운 팻말 말이야."

"봤습니다."

"혼이덴 가의 할머님도 찾고 있다고 쓰여 있었을 텐데?"

"예, 있었습니다."

"그럼 왜 바로 노모를 찾아가지 않았어?"

"꼴이 이래서……."

"멍청하긴. 어머니한테 무슨 체면을 차리는데? 언제 무사시와 맞닥뜨릴지도 모르잖아? 그때 자식으로서 함께 있지 않으면 평생 후회하게 될 거야."

마타하치는 고지로의 조언을 곧이곧대로 받아들일 수가 없었다. 모자간의 감정은 다른 사람이 보는 것과는 달랐다. 기분이 나빴지만 고지로는 방금 전에 자신을 구해준 은인이었다.

"예. 조만간에……."

마타하치는 내키지 않았지만 그렇게 대답하고 고지로와 네거리에서 헤어졌다.

하지만 고지로는 그리 착한 사람이 아니다. 헤어지는 척하고 실은 다시 돌아와서 좁은 뒷골목으로 들어가는 마타하치의 뒤를 밟기 시작했다.

5

나가야長屋(칸을 막아서 여러 가구가 살 수 있도록 길게 만든 집. 연립 주택) 몇 동이 이어져 있었다. 이 부근은 수풀과 잡목을 베어낸 뒤 사람이 들어가 살기 시작한 곳이었다. 사람이 다니면 그것이 길이 되었고, 집집마다 목욕물이며 부엌의 구정물이 그대로 하천으로 흘러 들어가고 있었다.

인구가 급격하게 불어나고 있는 에도에서는 그런 것에 무신경하지 않으면 견딜 수 없었다. 인구 중에서는 노동자가 역시 가장 많았다. 특히 하천 개보수와 성 개축 일을 하는 자들이 많았다.

"마타하치, 돌아왔는가?"

옆집의 우물 파는 일을 하는 사내가 대야 속에서 책상다리를 하고 앉아 옆으로 난 덧문 위로 목을 내밀고 말했다.

"목욕하나 봅니다."

방금 집에 돌아온 마타하치가 말하자 사내가 대답했다.

"난 이제 다 했는데 자네도 하겠는가?"

"고맙지만 오늘은 집에서 아케미朱実가 물을 데워놓았다고 합니다."

"사이가 좋구먼."

"그렇지도 않습니다."

"남매인지, 부부인지 옆집에 살면서도 아직 모르겠는데 대체 어떤 사인가?"

"헤헤헤."

그때 아케미가 나타나자 마타하치도 사내도 입을 다물었다.

아케미는 들고 온 대야를 감나무 밑에 놓고 곧 들통에 있는 더운 물을 부었다.

"마타하치 님, 물이 어떤지 봐요."

"좀 뜨거운데."

두레박을 끌어올리는 소리가 난다. 마타하치는 알몸으로 뛰어가 들통의 물을 가지고 와서는 물 온도를 맞추고 대야 속으로 들어갔다.

"아아, 기분 좋다."

옆집 사내는 이미 욕의를 입고 선반 아래에 있는 대나무 의자를 꺼내서 앉더니 물었다.

"오늘은 수박 좀 팔았나?"

"팔아봤자죠."

마타하치는 손가락 사이에 피가 말라붙어 있는 것을 보고 기분 나쁜 듯 수건으로 닦아냈다.

"그렇겠지. 수박 따윌 파는 것보단 내 밑에서 우물을 파는 게 벌이가 더 낫지 않겠나?"

"매번 그렇게 권하시지만, 우물 파는 인부가 되면 성 안으로 들어가야 해서 집에 잘 올 수 없지 않습니까?"

"그렇지. 감독관의 허락 없이는 집에 올 수 없지."

"그래서 아케미가 하지 말라고 합니다."

"허허, 공처가가 따로 없군."

"우린 절대 그런 사이가 아닙니다."

"국수라도 한턱내야 되는 거 아닌가?"

"아얏!"

"왜 그러나?"

"머리 위에 풋감이 떨어져서."

"하하하, 마누라 자랑을 해대니 벌을 받은 거지."

사내는 들고 있던 부채로 무릎을 치면서 웃었다. 그는 이즈伊豆의 이토伊東에서 태어난 운페이運平라는 사람으로 이곳 사람들로부터는 존경의 대상이었다. 나이는 이미 예순이 넘었고, 마처럼 덥수룩한 머리를 하고 있었는데, 니치렌 종日蓮宗(가마쿠라鎌倉 시대에 니치렌日蓮 대사가 창시한 일본 불교 종파의 하나)의 신자여서 아침저녁으로 나무묘법연화경南無妙法蓮華經을 암송했고, 아직도 젊은이들을 어린아이처럼 다룰 수 있을 만큼 체력도 강했다.

이 나가야의 입구에 '성의 우물 공사 알선-운페이'라는 팻말을 세워놓은 것은 이 나가야가 자기 집이라는 뜻이다. 성곽의 우물을 파는 일은 특별한 기술이 필요했기 때문에 여느 우물을 파는 사람은 할 수가 없었다. 그래서 성에서는 이즈의 금광에서 일했던 경험이 있는 그를 공사 상담과 인부를 감독하는 일을 맡기기 위해 불러왔던 것이다. 운페이는 그 애기를 저녁 반주로 소주를 마시면서 늘 자랑삼아 하곤 했다.

6

허가 없이는 집에 돌아갈 수도 없고, 일하는 동안에도 감시를 받고, 집에 있는 가족들은 인질이나 마찬가지였다. 물론 관리와 감독관의 속박을 받는 대신 성 안의 일은 성 밖의 일보다는 편하고 임금도 거의 배나 되었다. 공사가 끝날 때까지 성 안에서 숙식을 해결하기 때문에 돈을 쓸 데도 없었다.

그래서 운페이는 수박이나 팔고 있지 말고 그렇게 잠깐 꾹 참고 돈을 모아서 장사라도 할 궁리를 하라고 진작부터 마타하치에게 말해왔지만, 아케미가 고개를 저으며 협박하듯 반대하고 나서는 것이었다.

"만일 마타하치 님이 성 안으로 들어가면 난 도망쳐버릴 거예요."

"너 혼자 두고 내가 어딜 가겠어?"

마타하치도 그런 일은 하고 싶지 않았다. 그가 찾는 일은 몸이 편하고 좀 더 체면을 차릴 수 있는 일이었다.

그가 목욕을 마치고 일어나자 이번엔 아케미가 주위에 판자를 치고 목욕을 했다. 욕의로 갈아입은 두 사람은 다시 그 이야기를 나눴다.

"돈을 좀 더 벌 수 있다고 해도 죄수처럼 속박을 받으며 일하는 건 싫어. 나도 언제까지나 수박 장사를 할 생각은 아니야. 아케미, 당분간 어렵더라도 참고 견디자."

마타하치가 차가운 두부에 차조기 잎 냄새가 나는 밥상을 마주하고 그렇게 말하자 아케미도 더운물에 만 밥을 떠먹으며 말했다.

"그럼요. 평생 한 번이라도 좋으니까 세상 사람들에게 남자의 기개를 보여주세요."

아케미가 여기에 온 뒤로 이웃 사람들은 두 사람을 부부간이라고 여기고 있었지만, 아케미는 마타하치처럼 의지가 약한 사내를 자신의 남편감으로는 생각하지 않았다.

남자를 보는 그녀의 눈은 점점 높아졌다. 에도에 온 뒤로, 특히 화류계에 몸을 담고 있는 동안에 수많은 유형의 사내들을 보았다. 아케미가 마타하치의 집으로 도망쳐온 것은 일시적인 방편에 지나지 않았다. 그녀는 마타하치를 발판으로 삼아 다시 날아오를 하늘을 찾고 있는 작은 새였다.

하지만 지금 마타하치가 성에 들어가서 일하는 것은 그녀의 상황에 좋지 않았다. 아니, 그녀에겐 위험한 일이었다. 찻집에서 일할 때 만난 하마다라는 낭인에게 발각될 가능성이 있었기 때문이다.

"그래, 그래."

밥을 다 먹자 마타하치는 낮에 있었던 일을 이야기했다. 그는 하마다에게 붙잡혀 곤경에 처해 있는데 사사키 고지로가 구해준 일과 고지로가 이 집까지 따라오겠다는 것을 핑계를 대고 따돌린 일 등을 그녀의 눈치를 살피며 이야기했다.

"예? 고지로를 만났다고요?"

아케미는 얼굴이 하얘지면서 숨을 내쉬었다.

"그럼, 내가 여기에 있는 것도 얘기했나요? 설마 그런 말은 하지 않았죠?"

마타하치는 그녀의 손을 자기 무릎에 올려놓으며 말했다.

"그런 놈에게 네가 있는 곳을 말했을까 봐? 말했다가는 끝장일 텐데. 그 집요한 고지로가 또……."

그 순간 마타하치는 갑자기 비명을 지르더니 자신의 얼굴을 감쌌다. 누가 던졌는지 뒤뜰 쪽에서 날아온 풋감 하나가 그의 얼굴을 때린 것이었다. 아직 딱딱한 풋감이었지만 그 하얀 파편이 아케미의 얼굴에도 튀었다.

이미 저녁달이 뜬 덤불숲에서 고지로를 닮은 듯한 그림자가 쓸쓸한 표정을 지으며 마을 쪽으로 사라졌다.

날다람쥐

1

“스승님.”

이오리伊織가 쫓아갔다. 가을이 코앞인 무사시노武蔵野 들판의 풀은 이오리의 키보다 더 높이 자랐다.

“빨리 오너라.”

무사시는 이따금 뒤를 돌아보며 수풀을 헤치고 달려오는 발소리를 기다렸다.

“길은 있는데 통 모르겠어요.”

“과연 열 개의 군郡에 걸쳐 있다더니 무사시노 들판은 정말 넓구나.”

“어디까지 가시려고요?”

“어디 살기 좋은 곳까지.”

“여기서 살려고요?”

"왜 싫어?"

"……."

이오리는 좋다고도 싫다고도 하지 않고 넓은 들판 위로 드넓게 펼쳐진 하늘을 올려다보며 중얼거렸다.

"글쎄요, 어떨지……."

"가을이 되면 하늘이 이토록 투명해지고, 들판에도 이슬이 이만큼이나 맺히는구나. ……생각만 해도 마음이 맑아지는 것 같지 않니?"

"스승님은 역시 사람이 많은 곳을 싫어하시는 것 같아요."

"아니, 사람들 사이에 있는 것도 재미있지만, 저렇게 거리마다 험담을 하는 팻말을 세워놓았으니 내가 아무리 낯가죽이 두껍다고 해도 그런 곳에서는 살기가 거북하지 않을까?"

"그래서 도망쳐온 거예요?"

"그래."

"분해요."

"그만한 일 가지고 무슨 소리냐?"

"하지만 어딜 가도 스승님을 좋게 말하지 않잖아요. 분해요."

"어쩔 수 없다."

"어쩔 수 없지 않아요. 험담을 하는 놈들을 모조리 혼내주고, 불만이 있는 놈들은 다 나오라고 팻말을 세우고 싶어요."

"아니다. 그렇게 싸울 상대를 모르는 싸움은 하는 게 아니야."

"하지만 스승님은 건달이 나와도, 어떤 놈을 상대해도 지지 않잖아요."

"져."

"어째서요?"

"떼거리로 덤비면 진다. 열 명의 적을 이기면 적은 백 명으로 늘어나고, 백 명의 적을 물리치는 동안 천 명의 적이 달려들 텐데 내가 어떻게 대적하겠느냐?"

"그럼 평생 사람들의 웃음거리로 지낼 거예요?"

"나에게도 명예는 중요하다. 조상님께도 죄송한 일이니 어떻게든 비웃음을 사는 인간은 되고 싶지 않아. 그래서 무사시노 들판의 이슬에서 그것을 찾으러 온 것이야. 어떻게 하면 남에게 비웃음을 당하지 않는 사람이 될 수 있을까 하고 말이다."

"아무리 가도 그런 집은 없는데요? 있다 해도 농부가 살고 있을 테니 또 절에서 신세를 져야 되겠네요."

"그것도 좋지만, 나무가 있는 곳에 가서 나무를 베고 대나무를 깔고 새 이엉을 이어서 사는 것도 괜찮지."

"호텐가하라에 있을 때처럼요?"

"아니, 이번엔 농사는 짓지 않을 거다. 매일 좌선이나 해볼까? 이오리, 너는 글을 읽거라. 그리고 검술 연마도 하게 해주마."

고슈甲州의 초입에 있는 역참인 가시와기柏木 마을에서 이 들판으로 들어왔다. 주니쇼곤겐十二所權現의 구릉에서 짓칸 언덕十貫坂이라 불리는 덤불 언덕을 내려오고부터는 아무리 걸어도 똑같은 모습의 들판만 펼쳐졌다. 좁다란 길은 여름풀의 물결 속에서 끊어질 듯 끊어질 듯 이어지고 있었다.

이윽고 삿갓을 뒤집어놓은 것 같은 소나무 언덕이 나왔다. 무사시는 그곳의 지세를 보고 말했다.

"이오리야, 여기서 살자."

발길을 옮기는 곳에 하늘과 땅이 있고, 발길을 옮기는 곳에서 생활이 시작된다. 새가 둥지를 짓는 것과 비교하면 두 사람이 살 암자 하나를 짓는 것은 한결 간소했다. 이오리는 근처 농가에 가서 일꾼 한 명을 사고 도끼, 톱과 같은 연장을 빌려왔다.

2

며칠 사이에 초가집이라고도 할 수 없고 오두막이라고도 할 수 없는 기묘한 집이 완성되었다.

"태곳적 집이 이렇지 않았을까?"

무사시는 밖에서 자기 집을 바라보며 혼자 신이 난 듯했다.

나무껍질과 대나무, 새 이엉, 판자로 지은 집이다. 기둥은 근처의 통나무를 썼다. 집 안의 벽과 장지에 바른 얼마 안 되는 반고지反古紙(글씨 따위를 써서 못 쓰게 된 종이)가 너무나 귀해 보였고, 또 문화적인 빛과 향기를 담고 있어서 태곳적의 집이 아님을 보여주고 있었다.

게다가 골풀로 만든 발 너머에서는 이오리의 글 읽는 소리가 낭랑하게 들려오고 있었다. 가을이 되어도 매미는 여전히 목청을 높여 요란하게 울어댔지만, 이오리의 글 읽는 소리를 이기지는 못했다.

"이오리야."

"예."

이오리는 대답과 동시에 무사시의 발치에 와서 무릎을 꿇고 앉았다. 요사이 예의범절을 엄하게 가르친 효과였다.

예전의 제자인 조타로城太郎에게는 이오리에게 한 것처럼 하지 않았다. 자기가 하고 싶은 대로 하게 내버려두는 것이 한창 자라는 아이에게는 좋을 듯했고, 한 인간을 자연스럽게 성장시키는 길이라고 생각했다. 무사시 자신이 그렇게 자랐기 때문이었다. 하지만 나이를 먹으면서 그의 생각도 바뀌었다.

인간의 타고난 성질 가운데에는 키워도 되는 것이 있고, 키워서는 안 되는 것이 있다. 그냥 내버려두었다가는 자칫 키워서는 안 될 성질은 자라고, 키워야 될 성질은 자라지 못하는 수가 있다.

이 초암草庵을 지으면서 풀과 나무를 베어보아도 자라길 바라는 식물은 자라지 않고, 잡초나 방해가 되는 관목은 아무리 베어도 무성하게 자라서 어떻게 할 수가 없었다.

오닌의 난応仁の乱(일본 무로마치 시대의 오닌 원년인 1467년 1월 2일에 일어난, 쇼군 후계 문제를 둘러싸고 지방의 슈고 다이묘守護大名들이 교토京都에서 벌인 항쟁. 센고쿠戰國 시대가 시작되는 계기가 되었다) 이래로 세상은 말 그대로 난마亂麻와 같은 세상이었다. 노부나가(오다 노부나가織田信長)가 그것을 평정하고 히데요시(도요토미 히데요시豊臣秀吉)가 한데 묶은 것을 이에야스(도쿠가와 이에야스德川家康)가 땅을 고르고 건물을 세우기 시작했지만, 위험한 것은 세상이 작은 불씨 하나로 불바다로 변할 가능성이 서쪽(도요토미 히데요시의 잔존 세력이 남아 있는 오사카 성 쪽)에는 여전히 팽배해 있다는 것이다.

하지만 이 기나긴 난마의 세상도 마침내 일전一轉할 때가 도래한 듯했다. 야성의 인간이 야성을 대우받던 시대는 지났다. 무사시가 걸어온 발자취의 범위만을 보더라도 앞으로 천하가 도쿠가와의 시대가 될지, 도요토미의 수중으로 돌아갈지, 민심의 일치된 방향은 이미 정해져 있었다.

그것은 난마에서 정리로, 또 파괴에서 건설로…… 요컨대 원하든 원하지 않든 사람들의 마음속에는 다음 시대의 문화가 큰 물결을 이루어 서서히 밀려오고 있었다.

무사시는 이런 생각을 한 적이 있었다.

'내가 너무 늦게 태어났어. 하다못해 20년만 더 빨리 태어났으

면, 아니 10년만이라도 더 빨리 태어났으면 좋았을 텐데.'

자신이 태어났을 때는 이미 덴쇼天正 12년(1584)의 고마키 전투小牧の合戦(고마키 · 나가쿠테 전투小牧 · 長久手の戦い. 1584년 4월 일본의 도요토미 히데요시 군과 도쿠가와 이에야스 군이 고마키 산小牧山 나가쿠테에서 격돌한 전투)가 벌어진 해였다. 열일곱 살 때는 천하의 패권이 갈린 세키가하라 전투가 벌어졌다. 야성의 인간이 뜻을 펼치는 시대는 그 무렵에 이미 지나가 버린 것이다. 지금 생각하면 시골에서 창 하나를 둘러메고 나와 한 지방과 한 성의 주인을 꿈꾸던 것은 시대착오적인 촌놈의 세상 물정을 모르는 짓이었다.

무사시는 이오리를 가르치면서 그렇게 생각하지 않을 수 없었다. 그런 이유로 조타로와는 달리 특히 예의범절을 엄하게 가르쳤다. 다음 시대에 어울리는 무사로 키워내야 한다고 생각했기 때문이다.

"스승님, 무슨 일이십니까?"

"해가 저물었다. 평소처럼 목검을 들어라. 검술 연습을 하자."

"옛!"

이오리는 목검 두 자루를 들고 와서 무사시의 앞에 놓으며 공손히 머리를 숙였다.

"잘 부탁드리겠습니다."

3

무사시의 목검은 길다.

이오리의 목검은 짧다.

긴 목검은 상대의 눈을 겨누고, 짧은 목검도 상대의 눈을 겨눈 채 둘은 소위 중단中段 자세를 잡고 마주 섰다.

"……."

"……."

풀 속에서 나와 풀 속으로 잠든다는 무사시노 들판의 태양은 지평선에 희미한 여명을 남긴 채 지고 있었다. 초암 뒤편의 삼나무 숲은 이미 어둠에 싸여 있었다. 매미 소리가 나는 곳을 올려다보자 초승달이 나뭇가지 위에 소리 없이 걸려 있었다.

"……."

"……."

훈련이다. 이오리는 무사시의 자세를 따라 똑같이 자세를 잡았다. 이오리는 무사시가 공격해도 좋다고 하자 공격하려고 했지만 몸을 뜻대로 움직일 수 없었다.

"……."

"눈!"

무사시가 말했다. 이오리가 눈을 크게 뜨자 무사시가 다시 말했다.

"눈을 봐라. ……내 눈을 똑바로 봐."

"……."

이오리는 정신을 집중해서 무사시의 눈을 노려보려고 했다. 그러나 무사시의 눈을 보면 자기도 모르게 눈에서 힘이 빠지며 오히려 무사시의 압도적인 눈빛에 주눅이 들고 만다. 그래도 꾹 참으며 무사시의 눈을 응시하려고 했지만, 머리가 자기 머리인지 남의 머리인지 분간이 가지 않을 정도로 아득해졌다. 머리뿐만이 아니라 팔다리를 포함한 온몸이 제 것이 아닌 듯 마음대로 움직이지 않았다.

무사시가 다시 주의를 주었다.

"눈!"

어느 틈엔가 이오리의 눈은 무사시의 눈빛에서 도망치려는 듯 안절부절 못하고 있었다. 마음을 다잡고 무사시의 눈에 정신을 모으면 손에 들고 있는 목검까지 잊어버리는 것이었다. 그리고 짧은 목검이 100관짜리 철봉이라도 들고 있는 듯 점점 무거워졌다.

"……."

"눈! 눈!"

무사시는 그렇게 외치며 조금씩 앞으로 나아갔고, 그럴 때마다 이오리는 뒤로 물러서려고 했기 때문에 지금까지 수없이 꾸중을 들었다. 그래서 이오리는 무사시를 따라 앞으로 나아가려고 했지만 무사시의 눈을 보고 있으면 도저히 한 발자국도 앞으로 내디딜 수가 없었다.

물러서면 꾸중을 듣는다. 앞으로 나아가려고 하지만 나아갈 수 없다. 이오리의 몸이 인간의 손에 잡힌 매미의 몸뚱이처럼 점점 뜨거워졌다.

그때, 어린 이오리의 마음속에서 강렬한 불꽃이 솟구쳤다. 무사시는 그것을 느끼자 즉각 그의 마음에 불을 당겼다.

"오너라!"

그리고 어깨를 슬쩍 떨어뜨리면서 뒤로 물러서자 이오리가 소리를 지르면서 달려들었다. 그러나 무사시는 이미 그곳에 없었다. 이오리가 몸을 한 바퀴 돌려 뒤를 돌아보자 무사시는 자신이 있던 곳에서 처음과 같은 자세로 서 있었다.

"……."

"……."

주위는 어느새 밤이슬에 흠뻑 젖어 있었다. 눈썹을 닮은 초승달은 삼나무 숲을 벗어났고, 바람이 불어올 때마다 벌레들은 숨을 죽였다. 낮에는 그다지 보이지 않던 가을 화초들도 제각각 화장을 하고 춤추듯 바람에 몸을 맡긴 채 흔들리고 있었다.

"……."

"오늘은 여기까지다."

무사시가 말하면서 목검을 거두고 이오리의 손에 건넸을 때

이오리의 귀에 비로소 뒤편 삼나무 숲 부근에서 사람의 목소리가 들렸다.

4

"누가 왔나 보군."

"또 길을 잃은 나그네가 잠자리를 청하러 왔나 봅니다."

"가 보거라."

"예."

이오리가 초암 뒤로 돌아가자 무사시는 대나무 마루에 앉아 어둠에 싸인 무사시노 들판을 바라보고 있었다. 억새풀에는 벌써 이삭이 났고, 물결을 이루어 흔들리는 풀들은 가을빛이 역력했다.

"스승님."

"나그네더냐?"

"아닙니다. 손님입니다."

"손님?"

"호조 신조 님입니다."

"아, 신조 님이구나."

"들길로 왔으면 됐을 텐데 삼나무 숲 속에서 길을 잃고 헤매다 겨우 찾았답니다. 말을 저쪽에 매어놓고 뒤편에서 기다리고 계십니다."

"이 집에는 앞뒤가 없으니 이쪽으로 모시거라."

"예."

이오리가 대답을 하고 초암 옆으로 돌아가 소리쳤다.

"신조 님, 스승님은 이쪽에 계십니다. 이리 오십시오!"

무사시는 일어나 신조를 맞으며 완전히 건강을 회복한 신조의 모습에 기뻐했다.

"오랜만에 뵙습니다. 필시 사람들을 피해 이곳에 거처를 마련했을 터인데 이렇듯 갑자기 찾아와 방해가 되었다면 용서하십시오."

신조의 말에 무사시는 가볍게 목례로 대답하고 그에게 마루에 앉기를 권했다.

"자, 이쪽에 앉으시지요."

"감사합니다."

"용케 아셨군요."

"여기에 거처를 마련한 것 말입니까?"

"아무한테도 알리지 않았는데……."

"즈시노 고스케에게 듣고 알았습니다. 얼마 전 그와 약속한 관음상이 다 되었다고 이오리가 가지고 왔다고 해서……."

"하하하, 그럼 그때 이오리가 말했나 봅니다. 아직 사람들을 피해 은둔할 나이는 아니지만 75일이나 이렇듯 은둔해 있다 보니 시끄러운 소문도 잠잠해지고, 또 고스케 님에게 화가 미칠 염려도 없어지지 않을까 싶어서 말입니다."

"죄송할 뿐입니다."

신조가 고개를 숙이며 말했다.

"모두 저로 인해서 그런 고생을……."

"아닙니다. 신조 님의 일은 지엽적인 것에 지나지 않습니다. 원인은 좀 더 멀리 있지요. 고지로와 저 사이에……."

"그 사사키 고지로에게 또 오바타 스승님의 자제분인 요고로 님이 살해되셨습니다."

"그 자제분이요?"

"제가 당했다는 말을 듣고 복수를 하러 갔다가 오히려 목숨을 잃고 말았습니다."

"그리 말렸거늘……."

무사시는 언젠가 오바타 가의 문 앞에서 만난 젊은 요고로의 모습을 떠올리며 마음속으로 애석해했다.

"그러나 요고로 님의 심정도 이해합니다. 문하생은 모두 떠나고 이렇듯 저도 당하고 스승님께서도 얼마 전에 병사하시자 마침내 결심을 하고 고지로를 치러 가신 듯합니다."

"흐음, 제가 말린 것이 부족했나 봅니다. 아니, 오히려 요고로 님의 오기를 부추긴 것인지도 모릅니다. 참으로 애석한 일입니다."

"그래서 실은 제가 오바타 가를 잇지 않으면 안 되게 되었습니다. 요고로 님 외에 스승님의 혈육이 없기 때문에 대가 끊긴 것이나 마찬가지인데, 제 아버님이신 아와노카미安房守께서 야규 무네노리柳生宗矩 님께 실정을 말씀드려서 스승님의 가명만은 제가 이을 수 있게 되었습니다. 하지만 미숙한 제가 오히려 고슈류 군사학의 고명을 더럽히지 않을까 오직 그것이 두려울 뿐입니다."

5

무사시는 호조 신조가 '아버님 아와노카미'라고 한 말을 되새기며 물었다.

"호조 아와노카미 님이라면 고슈류의 오바타 가와 어깨를 겨루는 호조류 군사학의 종가가 아닙니까?"

"그렇습니다. 제 선조는 엔슈遠州에서 가문을 일으키셨습니다. 조부께서는 오다와라小田原의 호조 우지쓰나北条氏綱, 우지야스氏康 2대를 섬겼고, 부친께서는 이에야스 공에게 발탁되셨으니 3대째 군사학을 계승해오고 있습니다."

"그런 군사학의 가문에서 태어난 호조 님이 어찌 오바타 가의 제자가 되신 건지요?"

"아버님께도 문하생들이 있고 쇼군 가에서 군사학을 가르치고 계시지만, 아들인 저에게는 아무것도 가르쳐주지 않으셨습니다. 다른 가문에 가서 사사하고 오라, 세상에 나가 고생을 먼저 배우고 오라는 뜻인 듯합니다."

그 말을 듣고 보니 신조의 언행이나 인품 어디에서도 천박한 구석이라곤 찾아볼 수 없었다. 그의 부친은 호조류의 전통을 이어받은 3대째 아와노카미 우지카쓰安房守氏勝이고, 모친은 오다와라의 호조 우지야스의 딸이다. 그러니 그의 인품 어디에서도 천박함이라곤 찾아볼 수 없는 것이 당연한 이치였다.

"어쩌다 이야기가 삼천포로 빠졌습니다만……."

신조는 다시 본론으로 돌아갔다.

"실은 오늘 저녁에 이렇게 갑작스럽게 찾아온 것은 아버님의 명 때문입니다. 원래는 아버님께서 몸소 감사의 인사를 하시려고 했지만, 때마침 귀한 손님도 와 계시고 그분도 기다리고 계시니 제게 무사시 님을 모시고 오라 하셔서 이렇게 찾아온 것입니다."

그는 무사시의 안색을 살피며 말했다.

"예?"

무사시는 아직 그의 말뜻을 잘 이해하지 못한 듯했다.

"귀한 손님이 신조 님 댁에서 저를 기다리고 있으니 데리고 오라고 하셨단 말입니까?"

"그렇습니다. 죄송합니다만, 제가 모시겠습니다."

"지금 바로 말입니까?"

"예."

"대체 그 손님이란 분이 누구신지요? 저는 에도에 아는 사람이 없습니다만."

"어렸을 때부터 잘 알고 계시는 분입니다."

"예? 어렸을 때부터요?"

무사시는 전혀 짐작이 가지 않았다.

'누굴까? 어렸을 때부터 알던 사람이라면 혼이덴 마타하치? 아니면 다케야마竹山 성의 무사이거나 아버지의 친구 분일까? 어쩌면 오쓰일지도…….'

무사시는 그런 생각을 하면서 다시 그 손님이 누구냐고 묻자 신조는 난처한 듯 말했다.

"모시고 올 때까지는 이름을 밝히지 말라고 하셨습니다. 직접 보고 생각지도 못한 기쁨을 드리는 게 낫겠다면서요. 가시겠습니까?"

무사시는 그 정체불명의 손님을 만나보고 싶어졌다. 오쓰가 아닐까? 그렇게 생각하면서 또 마음 한구석에서는 '오쓰일지도 몰라.'라고 생각했다.

"갑시다."

무사시는 일어서며 말했다.

"이오리, 넌 먼저 자거라."

신조는 심부름을 한 보람이 있다고 기뻐하면서 서둘러 뒤편 삼나무 숲에 메어놓은 말을 마루 앞으로 끌고 왔다. 말안장과 등자가 가을 화초에 내린 이슬에 축축하게 젖어 있었다.

6

"어서 타시지요."

신조가 말고삐를 붙잡고 무사시에게 권하자 무사시는 굳이 사양하지 않고 올라타며 말했다.

"이오리, 먼저 자거라. 난 내일이나 돼야 돌아올 것 같구나."

이오리도 밖으로 나와서 배웅했다.

"다녀오십시오."

말을 탄 무사시와 말고삐를 잡은 신조의 모습이 이윽고 안개가 자욱한 싸리나무와 참억새 사이로 사라졌다. 이오리는 멍하니 마루에 혼자 앉아 있었다. 혼자서 이 초암을 지키는 것은 드문 일이 아니었다. 또 호덴가하라의 외딴집에 있을 때를 생각하면 외롭지도 않았다.

'눈. ……눈.'

이오리는 훈련을 받을 때마다 무사시에게 주의를 듣던 일이 머리에서 떠나지 않았다. 지금도 밤하늘의 은하수를 바라보며 멍하니 그것을 생각하고 있었다.

'왜 그랬을까?'

이오리는 무사시가 노려보면 왜 그 눈을 바라볼 수 없는지 알 수가 없었다. 그리고 어린 마음에도 어른 이상으로 분한 마음이 들어 그것을 어린 생각으로나마 풀어보려고 하다가 초암 앞에 있는 나무 한 그루를 휘감고 있는 개머루 덩굴 사이에서 자신을 노려보고 있는 두 눈과 마주쳤다.

"……어?"

살아 있는 눈이었다. 그 눈은 스승인 무사시가 목검을 들고 자신을 노려보는 눈에도 절대 뒤지지 않는 빛을 발하고 있었다.

"날다람쥐구나."

이오리는 개머루 열매를 자주 먹으러 오는 그 날다람쥐의 얼굴을 기억하고 있었다. 그 호박색 눈이 초암에서 비치는 등불 때문인지 요괴의 눈처럼 무섭게 반짝반짝 빛나고 있는 것이었다.

"제길, 내가 패기가 없다고 날다람쥐까지 날 노려보는구나. 내가 네놈 따위한테도 질 것 같으냐?"

이오리는 오기가 생겨서 날다람쥐의 눈을 무섭게 노려보았다. 그가 대나무 마루에서 양팔을 쭉 편 채 숨도 쉬지 않고 노려보고 있자, 고집이 세고 의심이 많은 날다람쥐도 무엇을 느꼈는지 도망치지 않고 오히려 그 눈에 날카로운 빛을 더하며 이오리의 얼굴을 계속해서 노려보았다.

'너 같은 놈한테 질 것 같아?'

이오리도 지지 않고 계속 노려보았다. 오랫동안 숨도 쉬지 않고 그렇게 노려보고 있었더니 드디어 이오리의 눈빛에 압도당했는지 개머루 잎이 살짝 흔들리더니 날다람쥐가 어디론가 사라져버렸다.

"꼴좋구나!"

이오리는 득의양양했다. 비록 땀으로 흠뻑 젖었지만 왠지 가슴이 후련해지면서 다음에 스승인 무사시와 마주할 때는 지금처럼 맞서서 노려보겠다고 생각했다.

이오리는 골풀로 만든 발을 내리고 초암 안에서 잠자리에 누웠다. 등불을 꺼도 발 사이로 달빛을 머금은 이슬의 푸르스름한 빛이 새어 들어왔다. 스스로는 눕자마자 바로 잠에 빠져든 것 같았는데, 꿈인지 생시인지 머릿속에선 빛나는 구슬 같은 것이 반짝반짝 빛을 발하면서 점점 날다람쥐의 얼굴처럼 보이는 것이었다.

"……으음. ……으음."

이오리는 몇 번이나 신음했다.

그러다 문득 그 눈이 이불 끝자락에 있는 듯한 느낌이 들어 벌떡 일어나서 보니 희끄무레한 거적 위에 작은 동물이 눈을 부릅

뜨고 자신을 노려보고 있는 것이었다.

"앗, 깜짝이야."

이오리는 공중제비를 돌아 베갯말의 칼을 집어 들었다. 그 눈을 베려고 돌아보자 날다람쥐로 보이는 검은 그림자는 어느새 발에 들러붙어 있었다.

"이놈이!"

이오리는 칼로 발을 갈기갈기 베어버리고 밖으로 나가 개머루 덩굴까지 마구 베어버렸다. 그리고 들판을 둘러보던 이오리는 두 개의 눈빛을 하늘의 한 귀퉁이에서 발견했다.

그것은 파랗고 커다란 별이었다.

취중 좌담

1

어디선가 가구라부에神楽笛(일본의 전통 악기 중 하나로 신사에서 무녀가 신에게 제사를 올리는 의식인 가구라神楽에 사용된다) 소리가 어렴풋이 들리는 것 같았다. 밤 제사라도 지내는지 나뭇가지 사이로 화톳불의 빨간 불빛이 어렴풋이 보인다.

이곳 우시고메牛込까지 말을 타고 온 무사시에게는 짧은 시간이었지만 말고삐를 잡고 온 호조 신조에게는 꽤 먼 길이었음이 분명하다.

"여기입니다."

아카기 언덕赤城坂 아래로 한쪽은 아카기 신사의 넓은 경내였고, 언덕길을 사이에 두고 그에 뒤지지 않는 넓은 흙담에 둘러싸인 택지가 있었다. 토호의 문 같은 것을 보자 무사시는 말에서 내리며 말고삐를 신조에게 돌려줬다.

"고생하셨습니다."

문은 열려 있었다. 신조가 끌고 들어가는 말의 발굽 소리가 저택 안에 울리자 기다리고 있었다는 듯 지등紙燈을 든 무사들이 마중을 나왔다.

"어서 오십시오."

그들은 신조의 손에서 고삐를 받아 들고 손님인 무사시 앞에 서서 말했다.

"이쪽으로 오십시오."

그리고 신조와 함께 나무 사이를 지나 큰 현관 앞까지 무사시를 안내했다.

그곳의 식대式臺에는 이미 좌우로 불을 밝힌 촛대가 놓여 있었고, 요닌用人(에도 시대에 다이묘 밑에서 서무, 출납 등을 맡던 사람)으로 보이는 자를 비롯해 아와노카미의 하인들이 줄을 지어 머리를 숙이고 있었다.

"기다리고 계십니다. 안으로 드시지요."

"실례하겠소."

무사시는 계단을 올라 무사들의 안내를 받으며 걸어갔다.

이 집의 구조는 특이했다. 계단에서 계단으로 위로만 올라가게 되어 있었는데, 아카기 언덕의 절벽을 따라 몇 개의 방이 성루처럼 층층이 자리하고 있었다.

"잠시 여기서 쉬고 계십시오."

무사들은 무사시를 한 방으로 안내하고 물러갔다. 무사시는 방에 앉자마자 그 방이 꽤 높은 곳에 있다는 것을 깨달았다. 절벽 아래로 에도 성의 북쪽 해자가 보였고, 성벽을 둘러싼 구릉지의 숲은 낮에 보는 전망도 이곳에서는 제법 운치가 있을 듯했다.

"……."

종 모양의 장지문이 소리도 없이 열렸다. 예쁘장한 시녀가 종종걸음으로 들어와서 무사시 앞에 과자와 차, 담배 등을 가져다 놓고 말없이 물러갔다. 그 고운 허리띠와 옷자락이 벽에서 나왔다가 벽으로 빨려 들어가듯 사라지자 은은한 향기만이 남아서 무사시에게 잊고 있던 '여자'라는 존재를 떠올리게 했다.

잠시 후 시종을 거느린 이 집의 주인이 나타났다. 신조의 부친인 아와노카미 우지카쓰다. 그는 무사시를 보자 자신의 아들과 동년배인 무사시가 어린아이처럼 보이는지 너무나 친근하게 대했다.

"어이구, 잘 오셨소이다."

그는 형식적인 인사 따위는 생략하고 시종이 내놓은 방석에 무장처럼 책상다리를 하고 앉아서 말했다.

"듣자 하니 신조가 큰 은혜를 입었다고 하더군. 이렇게 오라 하여 감사의 인사를 하는 것이 예의에 어긋난 일인 줄은 알지만, 부디 용서하시게."

그는 부채 끝에 두 손을 모으고 약간 고개를 숙였다.

"황송합니다."

무사시도 가볍게 인사를 하고 아와노카미를 보았다. 이미 앞니가 세 개나 빠진 노인이었지만 피부는 노인답지 않게 윤이 났고, 조금 흰색이 섞여 있긴 했지만 굵은 콧수염을 양쪽으로 길러 이가 없는 입술 주변의 주름을 교묘하게 감추고 있었다.

'자식이 많은 노인인 듯하군. 그래서인지 젊은 사람도 바로 친근하게 느끼게 하는 사람이야.'

그렇게 느끼면서 무사시도 격의 없이 물었다.

"아드님의 말로는 저를 아는 손님이 댁에 와 계신다고 하던데 대체 누구신지요?"

2

"지금 만나게 해주겠네."

아와노카미는 차분한 어조로 말했다.

"자네도 잘 아는 사람이네. 우연하게도 두 사람 모두 자넬 잘 알고 있더군."

"그럼, 손님이 두 분이십니까?"

"두 사람 모두 나와 친한 벗인데, 실은 오늘 성에서 만나 서로 이런저런 이야기를 나누는 동안 신조가 인사하러 와서 자네의 이야기가 시작된 걸세. 그러자 손님 중의 한 분이 불쑥 오랜만인데 보고 싶다고 하자 다른 한 분도 만나게 해달라고 한 것이네."

아와노카미는 그런 말만 늘어놓으며 손님이 누구인지 좀처럼 밝히지 않았다. 하지만 무사시는 어렴풋이 짚이는 데가 있어 빙그레 웃으면서 슬쩍 물어보았다.

"알았습니다. 슈호 다쿠안宗彭沢庵 스님 아니십니까?"

"허허, 제대로 맞혔구먼."

아와노카미는 무릎을 치며 좋아했다.

"용케 알아냈네그려. 오늘 성에서 만난 사람이 다쿠안 스님이네. 자네를 그리워하더군."

"정말 오랫동안 뵙지 못했습니다."

무사시는 손님 한 명이 다쿠안이라는 것은 알았지만, 다른 한 명은 누구인지 짐작도 가지 않았다.

"자, 따라오게."

아와노카미는 무사시를 데리고 방을 나가서 다시 짧은 계단을 올라가 갈고리 모양으로 구부러진 복도의 안쪽으로 깊숙이 들어갔다. 그런데 그 부근에서 앞에 있던 아와노카미의 모습이 갑자기 보이지 않게 되었다. 복도와 계단이 너무 캄캄해서 무사시의 걸음이 늦어진 탓도 있었지만, 그래도 참으로 성질이 급한 노인이었다.

"……?"

무사시가 걸음을 멈추고 서 있자 불빛이 비치는 저편의 방으로 보이는 곳에서 아와노카미가 말했다.

"이쪽이네."

"아!"

눈은 대답했지만, 무사시의 발은 한 걸음도 앞으로 나아가지 않았다. 불빛이 흘러나오는 마루 쪽과 그가 서 있는 복도 사이를 약 아홉 자 정도의 어둠이 가로막고 있었는데, 그 어둠 속에서 무사시는 뭔가 께름칙한 조짐을 느꼈던 것이다.

"왜 오지 않나? 무사시 님, 이쪽이네. 어서 오시게."

아와노카미가 다시 불렀다.

"예."

무사시는 그렇게 대답할 수밖에 없는 곳에 있었다. 그러나 그는 역시 앞으로 나아가지 않았다.

무사시가 조용히 발길을 돌려 열 걸음쯤 되돌아오자 정원 쪽으로 나가는 화장실 문이 나왔다. 무사시는 그곳의 댓돌에 놓여 있는 나막신을 신고 정원을 따라 아와노카미가 부르고 있는 방 앞으로 갔다.

"……아니, 왜 거기서?"

아와노카미는 뭔가 속은 듯한 표정으로 방 한쪽에서 돌아보았다. 무사시는 개의치 않고 방 안에 앉아 있는 다쿠안을 보고 진심으로 반가워하며 웃었다. 다쿠안도 눈이 커지며 자리에서 일어나 무사시를 반갑게 맞이했다.

"무사시!"

다쿠안은 정말로 보고 싶었다는 듯 몇 번이고 기다리고 있었다는 말을 되풀이했다.

3

실로 오랜만의 해후였다. 두 사람은 한동안 서로를 그저 바라보기만 했다. 게다가 장소도 장소다. 무사시는 왠지 이 세상에서 만난 것 같지 않은 기분이 들었다.

"먼저 나부터 그 후의 일들을 이야기해볼까?"

그렇게 말하는 다쿠안은 예전과 다름없이 남루한 승복을 입고 염주도 가지고 있지 않았지만, 어딘가 예전의 그와는 풍모도 달라졌고 말투도 온화해져 있었다.

무사시가 예전의 야인과 같은 모습에 온후함을 더했듯이 다쿠안도 품격이며 선사로서의 깊이를 한층 더 갖추었음이 틀림없다. 무엇보다도 무사시보다 열한 살이나 위였으니 다쿠안도 어느덧 마흔에 가까운 나이였다.

"전에 우리가 헤어진 게 교토에서였나? 그때 난 어머님이 위독하셔서 다지마但馬로 돌아갔었네."

다쿠안은 이렇게 말을 꺼냈다.

"어머님의 일년상을 치르자마자 길을 나서서 센슈泉州의 난슈 사南宗寺에 몸을 의탁했고, 나중에 다이토쿠 사大德寺에도 갔었네. 또 미쓰히로光広 경 등과 함께 세상을 등진 채 차와 노래에 빠져 몇 년을 지내다 근래에 기시와다岸和田의 성주인 고이데 우쿄노신小出右京進과 함께 에도가 어찌 변했는지 구경하러 온 것이네."

"그럼, 최근에 에도로 오신 것입니까?"

"우다이진右大臣(조선의 우의정에 해당하는 직위, 여기서는 도쿠가와 히데타다德川秀忠)과는 다이토쿠 사에서도 두 번 정도 만났고, 오고쇼大御所(도쿠가와 이에야스) 님도 이따금 알현했지만 에도에는 이번이 처음이네. 그런데 자네는?"

"저도 초여름 무렵부터……."

"그런데 자네 이름이 간토関東에서도 꽤나 유명하더군."

무사시는 다소 부끄러운 듯 고개를 숙이며 말했다.

"악명뿐이라……."

다쿠안은 그 모습을 찬찬히 바라보았다. 무사시의 '다케조' 시절을 떠올리고 있는 듯했다.

"아니지, 자네 나이에 너무 빨리 미명美名이 높은 것이 오히려 이상한 일이네. ……. 악명이라도 상관없어. 불충, 불의, 역도…… 그런 악명만 아니라면 말이야."

다쿠안은 이렇게 말하고 무사시에게 물었다.

"그런데 이번엔 자네의 이야기를 들려주지 않겠나? 수련은 어떻게 되어가고 있고, 지금은 뭘 하고 지내는지 따위를 말일세."

무사시는 지난 몇 년 동안의 일들을 술회하듯 이야기했다.

"여전히 미숙하고 불각不覺하여 참다운 깨달음을 얻지 못했습니다. 가면 갈수록 길은 더욱 멀고 깊어져서 마치 끝이 없는 산속을 걷고 있는 심정입니다."

"흐음, 그렇겠지."

다쿠안은 무사시의 탄식을 오히려 솔직한 목소리로 듣고 기뻐하면서 말했다.

"아직 서른도 안 된 자가 길 도道 자의 의미를 안다고 허세를 부린다면 그자는 더 이상 성장할 수 없을 것이네. 자네보다 10년을 먼저 태어난 나 같은 중도 누군가 선禪에 대해 물어오면 등골이 오싹해진다네. 하지만 희한하게도 세상 사람들은 나같이 번뇌에 찬 중놈을 붙잡고 불법을 듣고 싶다거나 가르침을 얻고 싶다고 하지. 자네는 나처럼 과대평가된 것은 아니니 홀가분하지 않은가? 법문에 몸을 둔 자로서 무서운 것은 사람들이 자칫 나를 생불처럼 우러러보는 것일세."

두 사람이 이야기에 빠져 있는 동안 술상이 들어왔다.

"아, 그렇지! 아와노카미 님, 다른 손님을 불러주시지 않겠습니까?"

다쿠안이 그제야 생각난 듯 말했다.

상에는 네 사람분의 음식이 차려져 있었다. 그리고 이곳에 있는 사람은 다쿠안, 아와노카미, 무사시 이렇게 세 명뿐이었다.

아직 모습을 드러내지 않은 또 한 명의 손님은 누굴까? 무사시는 이미 알고 있었다. 그러나 그는 아무 내색도 하지 않고 앉아 있었다.

4

다쿠안이 재촉하자 아와노카미는 조금 당황한 낯빛으로 주저하며 물었다.

"부를까요?"

그리고 무사시를 보며 의미심장하게 먼저 변명하듯 말했다.

"이거야 원, 우리의 계책을 이미 훤히 꿰뚫고 있는 듯하구먼. 이 계책을 생각해낸 내가 면목이 없구려."

다쿠안이 웃으며 말했다.

"패한 이상 깨끗이 갑옷을 벗고 이실직고하는 것이 좋을 듯합니다. 흥을 돋우기 위해 마련한 계책인데 호조류의 종가께서 그리 변명을 늘어놓는 것도 온당치 않습니다."

"나의 완패야, 완패."

아와노카미는 그렇게 중얼거렸지만, 여전히 어딘가 석연치 않은 얼굴로 자신의 계책을 털어놓으면서 무사시에게 물었다.

"실은 아들인 신조와 다쿠안 스님에게 이야기를 듣고 이미 자네를 잘 알고 있었네. 그래서 실례인 줄 알면서도 현재 수련이 어느 정도 되었는지 알 방법도 없고, 또 만나서 말로 물어보는 것보다는 직접 보는 것이 나을 듯하여 마침 함께 있던 분에게 의중을 물었더니 알았다고 내 계획을 받아들이셨네. 하여 아까 그리 어두운 복도의 벽 쪽으로 들어간 공간에서 칼을 빼들고 자네를 기다리고 있었던 것이네."

아와노카미는 새삼 무사시를 시험하려 했던 것이 부끄러웠는지 사과의 뜻을 표하며 말했다.

"그래서 실은 내가 여기에서 일부러 빨리 오라고 몇 번이나 불렀던 것이네. 그런데 그때 자네는 그걸 어찌 알고 뒤로 돌아가 정원에서 이리로 돌아왔는가? 그걸 알고 싶네만."

아와노카미가 그렇게 말하고 가만히 바라보자 무사시는 단지 입가에 미소만 지을 뿐 좀처럼 설명해주지 않았다. 그러자 다쿠안이 말했다.

"아와노카미 님, 그것이 군사학자인 아와노카미 님과 검객인 무사시의 차이일 겁니다."

"그 차이란 무엇이오?"

"말하자면 지智를 기초로 하는 병리兵理의 학문과 심心의 진수인 검법의 길이라는 차이이겠지요. 이론적으로 이야기하면 군사학에서는 이렇게 유인하면 이렇게 올 것이라고 생각하겠지만, 검법에서는 그것을 눈으로 보기 전에, 피부에 닿기 전에 감지해서 미연에 위기로부터 몸을 피하는 검의 심기心機……."

"심기란 무엇이오?"

"선기禪機라 할 수 있지요."

"그럼, 다쿠안 스님도 그러한 것을 알고 계시오?"

"글쎄요."

"아무튼 미안하게 됐네. 보통 사람이었다면 살기를 느꼈다 해도 때를 놓치든가 또는 실력을 발휘하려는 생각을 가질 텐데 뒤로 돌아가 나막신을 신고 이리로 왔을 때는 사실 나도 가슴이 철렁했네."

"……."

무사시는 당연한 일이라는 듯 아와노카미의 감탄에는 별 반응을 보이지 않는 표정이었다. 오히려 자신이 그의 계획을 사전에 간파했기 때문에 방으로 들어오지 못하고 복도에 계속 서 있는 사람에게 미안한 생각이 들었다.

"다지마노카미但馬守 님께 그만 자리에 앉으시라 전해주시지요. 이리 모셔 오시길 바랍니다."

무사시의 말에 아와노카미는 깜짝 놀랐다.

"으응?"

다쿠안도 다소 놀란 듯한 표정으로 물었다.

"다지마노카미 님이란 것은 어떻게 알았나?"

무사시는 다지마노카미에게 상석을 양보하려고 자리에서 일어나며 대답했다.

"어둡기는 했지만 그 벽의 그늘에 서려 있는 검기와 또 이곳에 계신 분의 면면을 생각하면 다지마노카미 님이 아니면 누가 있겠습니까?"

5

"흐음, 통찰력이 대단하군."

아와노카미가 감탄하며 고개를 끄덕이자, 다쿠안도 무사시의 말에 동의하고 밖을 향해 소리쳤다.

"맞네. 다지마노카미 님이네. 거기 숨어 계신 분, 이미 다 들켰으니 그만 들어오시지요."

밖에서 웃음소리가 들리더니 이윽고 야규 무네노리가 방으로 들어왔다. 무네노리와 무사시는 말할 것도 없이 첫 대면이었다.

무사시는 그전에 이미 말석으로 자리를 옮겼다. 다지마노카미를 위해 상석을 비워놓았지만, 그는 그곳에 앉지 않고 무사시 앞으로 와서 대등한 위치에서 인사를 했다.

"내가 마타에몬 무네노리又右衛門宗矩라는 사람이오. 만나게 되어 반갑소."

무사시도 인사를 했다.

"처음 뵙겠습니다. 사쿠슈作州의 낭인 미야모토 무사시라고 합니다. 모쪼록 앞으로 잘 부탁드리겠습니다."

"얼마 전에 가신인 기무라 스케쿠로木村助九郎의 전언으로 무사시 님의 소식은 들었소만, 마침 고향에 계신 아버님의 병세가 위중하여……."

"세키슈사이石舟斎 님의 병환은 좀 어떠신지요?"

"연세가 연세인지라 언제……."

다지마노카미는 말끝을 흐렸다.

"그리고 그대에 대해서는 아버님의 편지와 또 다쿠안 스님으로부터도 이야기를 들어 이미 알고 있었소. 특히 방금 전에 보이신 경계심은 감탄할 정도였소. 예의에 어긋난 듯하지만 예전부터 나와 결투를 하길 원한 것도 이것으로 이뤘다고 할 수 있을 터이니 마음 상해하지 마시오."

온후한 기풍이 무사시의 남루한 모습을 부드럽게 감싸주었다. 무사시는 다지마노카미가 소문과 다름없이 총명한 달인이라는 것을 금방 느낄 수 있었다.

"부끄럽습니다."

무사시는 저절로 몸을 낮추며 그렇게 말할 수밖에 없었다.

다지마노카미는 비록 1만 석이긴 하지만 제후의 반열에 있는 사람이었다. 그의 가문으로 말하자면 멀리 덴교天慶(938~947. 일본의 연호) 때부터 야규 장원의 호족으로 알려져 있고, 또 쇼군 가의 사범이어서 일개 야인에 불과한 무사시와는 비교도 되지 않는 권문 출신이었다. 이렇게 동석해서 이야기를 나누는 것조차 당시 사람들의 관념으론 파격적이었다.

하지만 이곳에는 하타모토旗本(에도 시대에 쇼군에 직속된 무사로서 직접 쇼군을 만날 자격이 있는 녹봉 1만 석 미만, 500석 이상인 자) 학자인 아와노카미도 있고, 또 시골 승려인 다쿠안도 그런 신분상의 차이에는 얽매이지 않고 있었기 때문에 무사시도 다소 마음의 짐을 내려놓고 앉아 있을 수 있었다.

이윽고 술잔이 돌며 이야기꽃을 피웠다.

계급의 차이도, 나이의 장벽도 없었다. 무사시는 이것이 자신에 대한 대우가 아니라 '도'의 덕이고, '도'의 교류인 까닭에 용납되는 것이라고 생각했다.

"그렇지."

다쿠안은 무슨 생각이 났는지 술잔을 내려놓으며 무사시에게 물었다.

"요즘 오쓰는 어찌 지내고 있는가?"

갑작스러운 질문에 무사시는 얼굴을 붉혔다.

"어떻게 지내는지 그 후론 통……."

"전혀 모른단 말인가?"

"예."

"그건 좀 안타깝군. 그녀도 언제까지 모른 체하며 내버려둘 수만은 없는 노릇이야."

그때 무네노리가 물었다.

"오쓰라면 야규에 계신 아버님 곁에 있던 그 여인 말입니까?"

"그렇습니다."

다쿠안이 대신 대답하자 무네노리가 놀라며 말했다.

"그 여인이라면 지금 조카 효고와 함께 고향에서 아버님의 병구완을 하고 있을 것입니다. 그런데 무사시 님과는 그 이전부터 알고 있는 사이였소?"

다쿠안이 웃으며 말했다.

"알고 있는 사이 정도가 아닙니다. 하하하하."

6

군사학자는 있으나 군사학과 관련된 이야기는 하지 않았다. 선승은 있으나 선에 관한 얘기도 없다. 다지마노카미와 무사시도 있지만 검에 관한 이야기 따위는 아까부터 전혀 화제에 오르지 않았다.

"무사시에겐 좀 낯간지러운 이야기일 수도 있지만……."

다쿠안이 이렇게 가볍게 농을 던지면서 화제에 올린 것은 오쓰에 관한 이야기였다. 그는 그녀의 어릴 적 얘기부터 시작해서 무사시와의 관계를 밝히며 다지마노카미와 아와노카미에게 무사시가 한곳에 정착할 수 있도록 부탁하는 투로 말했다.

"언젠가 두 사람을 어떻게든 맺어줘야 할 텐데 내 힘으로는 어찌할 수가 없으니 두 분이 좀 도와주셔야겠습니다."

그의 말에 다지마노카미도 다른 이야기를 하다가 무사시에게 재촉하듯 말했다.

"이제 무사시 님도 나이가 있으니 일가를 이룰 때가 되지 않았나요?"

그러자 아와노카미도 옆에서 거들며 무사시에게 은근히 에도에 오래 머물 것을 권하는 것이었다.

"수련도 지금까지 쌓았으면 충분할 것이고……."

다지마노카미는 지금 당장은 아니더라도 오쓰를 야규 골짜기에서 불러와서 무사시에게 시집보내 에도에서 일가를 이루게 한다면 야규 가와 오노小野 가에 더해 3대 검종劍宗이 정립될 것이고, 이 새로운 에도에서 눈부신 검도의 융성기를 맞이할 수 있을 것이라고 생각하고 있었다.

다쿠안의 마음도, 아와노카미의 호의도 거의 그러한 생각에 가까웠다. 특히 아와노카미로서는 자식인 신조가 받은 은혜에 보답하기 위해서라도 그를 꼭 쇼군 가의 사범으로 천거하겠다는 생각을 품고 있었다. 이것은 신조를 시켜 무사시를 불러오기 전부터 나온 말이었는데, 다지마노카미가 먼저 무사시의 인물됨을 보고서 결정하기로 하자고 해서 결론이 나지 않았던 것이다.

그런데 무사시를 시험해본 다지마노카미는 이제 그의 실력도 알게 되었고, 출생이나 성격, 그리고 지금까지의 수련 이력 등은 다쿠안이 보증하고 있었기 때문에 아와노카미의 의견에도 이의가 없었다.

다만, 쇼군 가의 사범으로 천거하는 경우에는 당연히 하타모토의 반열에 있어야 한다. 그러나 미카와三河 이래로 대대로 쇼군을 섬겨온 무사들이 넘쳐나고 있는 실정이었다. 또 도쿠가와가가 천하를 평정하고부터는 새로 받아들이는 자에 대해서는 어쨌든 백안시하는 경향도 있었고, 근래 시끄러운 문제도 있어서 어려운 것도 사실이었다.

하지만 이 또한 다쿠안이 거들거나 두 사람의 천거가 있다면 불가능한 일도 아닐 것이다.

또 하나 문제가 될 수 있다고 상상할 수 있는 것은 가문이었다. 물론 무사시는 족보 같은 걸 가지고 있지 않았다. 무사시의 선조는 아카마쓰赤松 일족으로 히라타平田 쇼겐將監(근위부 판관)의 먼 후예라고 하지만 정확한 것이 아니었고, 도쿠가와 가와 아무

연고도 없다. 오히려 인연이 있다면 세키가하라 전투에서 창 하나를 들고 일개 병사로 참전해서 도쿠가와 가의 반대편에 섰다는 경력뿐이었다.

그러나 세키가하라 전투 이후 비록 적군이었던 낭인이라 해도 등용된 예는 꽤 있었다. 또 가문 문제도 오노 지로에몬小野治郎右衛門 같은 이는 이세伊勢 마쓰자카松坂에 숨어 있던 기타바타케北畠 가의 낭인이었지만 지금은 쇼군 가에 발탁되어 사범이 된 전례도 있어서 그리 걱정할 만큼의 장해가 되지 않을지도 모른다.

"어쨌든 천거야 해보겠지만, 그런데 정작 중요한 본인의 마음은 어떤가?"

다쿠안이 이제까지 오간 이야기를 마무리하기 위해 무사시의 의중을 물었다.

"제겐 너무 과분한 호의입니다. 게다가 아직 제 몸 하나 제대로 건사하지 못하는 미숙한 놈입니다."

"아니야. 이젠 제대로 건사할 수 있을 듯하여 천거하는 것이네. 일가를 이룰 의향이 없는가? 오쓰도 저대로 내버려둘 생각인가?"

다쿠안은 단도직입적으로 물었다.

7

오쓰를 어떻게 할 것이냐는 말을 듣자 무사시는 질책을 당하는 심정이었다.

'불행해지더라도 제 마음이 향하는 대로.'

오쓰는 이 말을 다쿠안에게도 했고, 무사시에게도 항상 했지만 사람들은 그렇게 여기지 않았다.

사람들은 남자의 책임이라고 한다. 여자가 스스로의 생각으로 움직였다고 해도 그 결과는 남자 탓이라고 본다.

무사시도 절대 자기 탓은 아니라고 생각하지는 않았다. 아니, 그렇게 생각하고 싶지 않은 마음이 더 컸다. 그녀는 역시 사랑에 이끌려왔고, 사랑의 고통은 두 사람이 함께 져야 한다고 알고 있었다.

그렇지만 무사시는 막상 그녀를 어떻게 할 것이냐는 문제에 이르러서는 가슴속에서만이라도 확실한 대답을 할 수 없었다. 그 근저에 일가를 이루기에는 아직 이르다는 생각이 숨어 있었기 때문이다. 검의 길로 깊고 멀리 들어갈수록 오직 그 길에만 집중하고 싶은 욕구로 인해 잠시라도 멈추고 싶은 마음이 들지 않았기 때문이다.

좀 더 솔직하게 말하면 무사시는 호덴가하라의 개간 이후로 검에 대한 그때까지의 생각이 완전히 바뀌어서, 그의 욕구가 기존의 검객들과는 관점이 전혀 다른 방향으로 향하게 되었다.

그는 쇼군 가에 들어가 검을 가르치기보다 주민과 농부의 손을 잡고 치국의 길을 개척해보고 싶었다. 정복의 검, 살인의 검은 과거의 사람들이 걸어갔던 길이다. 무사시는 개간지에 친숙해진 이후로 그들이 걸어간 길을 넘어선 검의 길에 대해 얼마나 깊이 생각했는지 모른다.

배우고, 지키고, 연마하면서 목숨이 다하는 날까지 온전히 걸어갈 수 있는 검의 길을 개척한다면 그 길을 통해 세상을 다스릴 수 없을까? 백성을 평안하게 하는 것이 불가능할까?

그 후로 무사시는 단순한 검기劍技를 좋아하지 않게 되었다. 언젠가 이오리를 통해 다지마노카미 가에 편지를 보낸 것도 예전처럼 야규라는 큰 유파를 무너뜨리려고 세키슈사이에게 도전한 것과 같은 유치한 패기 때문은 결코 아니었다.

지금 무사시의 희망은 쇼군 가의 사범이 되기보다는 작은 번이라도 좋으니 치국에 참여하고 싶었다. 검을 잡는 법을 가르치기보다 바른 정치를 펼쳐보고 싶었다.

남들은 웃을지도 모른다. 다른 무사들이 무사시의 포부를 듣는다면 필시 어리석다거나 아직 어리다고 비웃을 것이다. 혹은 무사시를 아는 사람이라면 정치를 하면 타락한다, 특히 순결을 고귀하게 여기는 검에 때가 묻을 것이라고 그를 위해 애석해할 것이다.

이 자리에 있는 세 사람도 무사시의 진의를 들으면 모두 그렇게 말할 것이 틀림없다. 무사시도 그것을 잘 알고 있었다. 그래서 무사시는 그저 미숙하다는 이유로 몇 번이나 거절했지만 다쿠안은 그의 말을 가볍게 흘려들었고 아와노카미도 마찬가지였다.

"아무튼 나쁜 일은 없을 테니 우리에게 맡겨두게."

밤이 이슥해졌다. 술은 부족하지 않았지만, 촛불은 이따금 그을음을 토해내며 흔들렸다. 그때 호조 신조가 심지를 자르러 와서 이야기를 듣고는 끼어들었다.

"정말 좋을 듯합니다. 그것이 실현되면 야규류의 무도를 위해서라도, 무사시 님을 위해서라도 하룻밤 연회를 열어 축배를 들어야겠습니다."

회화나무 문

1

아침에 일어나 보니 아케미의 모습이 보이지 않았다.

"아케미!"

마타하치는 부엌에서 고개를 내밀고 불러보았다.

"없나?"

고개를 갸웃거린다.

전부터 그녀가 도망칠지도 모른다는 예감이 들지 않은 것은 아니었다. 벽장문을 열어보니 이곳으로 와서 지은 그녀의 새 옷도 없었다. 마타하치는 낯빛이 변해서 급히 토방의 짚신을 신고 밖으로 나갔다.

옆집인 우물 파는 운페이의 집도 들여다봤지만 보이지 않았다. 당황한 마타하치는 나가야에서 거리의 모퉁이까지 물어보며 다녔다.

“아케미를 보지 못했습니까?”

그러다 오늘 아침에 보았다는 사람을 만났다.

“아, 숯가게 아주머니군요. 어디서 보셨습니까?”

“평소와 달리 화장을 곱게 하고 있기에 어디에 가느냐고 물었더니 시나가와의 친척집에 간다고 하던데.”

“시나가와요?”

“거기에 친척이 있나 보지?”

이 일대에서는 마타하치를 남편으로 알고 있었고, 마타하치도 남편 행세를 하고 있었다.

“예. ……그럼, 시나가와에 갔나 보네.”

쫓아갈 만큼 집착이 강한 것은 아니었지만, 그래도 왠지 씁쓸했다.

“멋대로 하라지.”

마타하치는 침을 퉤 뱉고 중얼거리면서 축 늘어진 표정으로 해변 쪽으로 걸어갔다. 시바우라芝浦 가도를 가로지르면 바로 해변이 나왔고, 어부의 집들도 드문드문 있었다. 아침에 아케미가 밥을 하고 있는 동안에 해변으로 가서 그물에 걸린 고기 대여섯 마리를 들고 오면 밥상이 차려져 있었다. 오늘 아침에도 생선이 모래 위에서 퍼덕거리고 있었지만, 마타하치는 주울 기분이 아니었다.

“마타하치, 무슨 일이라도 있나?”

누군가 등을 두드려서 돌아보니 쉰네다섯쯤 되어 보이는 뚱뚱한 조닌町人(일본 에도 시대의 경제 번영을 토대로 17세기에 등장하여 빠르게 성장한 사회 계층. 주로 상인과 수공업자들이었다)이 눈가에 주름을 지으며 웃고 있었다.

"전당포 아저씨군요."

"아침은 참 좋아, 이리 시원하니 말일세."

"예예."

"매일 아침, 밥을 먹기 전에 이렇게 해변을 산책하는 겐가? 하긴 건강에 이보다 좋은 건 없지."

"웬걸요, 아저씨 같은 분이야 걷는 게 건강에 좋을지 모르지만 저는……."

"안색이 좋지 않군."

"예."

"무슨 일이라도 있나?"

"……."

마타하치는 모래를 한 줌 주워 허공을 향해 뿌렸다. 급전이 필요할 때마다 마타하치나 아케미는 언제나 이 전당포 주인을 찾아갔다.

"아 참. 언젠가 기회가 있으면 말해야지 생각하다 마땅치 않아서 말하지 못했는데, 오늘 장사하러 나가나?"

"왜요? 가든 안 가든 그깟 수박이나 배를 팔아봤자 돈도 되지 않고."

"그럼, 나랑 보리멸치나 잡으러 가지 않겠나?"

"아저씨."

마타하치는 잘못했다고 사과라도 하듯이 머리를 긁적이며 말했다.

"전 낚시를 좋아하지 않는데요."

"뭐, 싫다면야 잡지 않아도 되네. 저기 있는 게 내 배인데 그냥 먼 바다까지 나가기만 해도 기분이 상쾌해질 거야. 노는 저을 수 있지?"

"예."

"자, 그럼 가자고. 자네에게 천 냥이나 벌게 해줄 이야기가 있네. 싫은가?"

2

시바우라의 해변에서 5정(1정은 109미터)이나 바다로 나갔지만, 바다는 삿대가 바닥에 닿을 정도로 얕았다.

"아저씨, 저한테 돈을 벌게 해주겠다는 것이 도대체 무슨 말씀입니까?"

"아아, 천천히 하자고……."

전당포 주인은 육중한 몸으로 느릿느릿 앉으며 말했다.

"이보게, 그 낚싯대를 뱃머리에서 내어놓게."

"어떻게요?"

"낚시를 하고 있는 것처럼 보이게 말이야. 바다 위지만 저처럼 보는 눈이 많지 않나. 할 일 없는 배 안에서 둘이 머리를 맞대고 있으면 공연히 의심만 사게 돼."

"이렇게요?"

"그래, 그래, 됐어."

전당포 주인은 고급스러워 보이는 도기로 된 담뱃대에 담배를 재운 후 한 대 피우며 말했다.

"내 속내를 말하기 전에 먼저 자네에게 묻겠네. 지금 자네가 살고 있는 집의 이웃들은 나에 대해 어떻게 말하고 있나?"

"아저씨 말입니까?"

"그래."

"전당포라면 인정머리가 없는 것이 일반적인데 나라이 전당포는 돈을 잘 빌려준다, 주인인 다이조 님은 고생을 많이 해서 그런지 어려운 이들의 사정을 잘 안다고……."

"아니, 그런 전당포 일에 대한 얘기 말고 이 나라이의 다이조에 대해서 말이네."

"좋은 사람이다, 자비심이 깊은 분이라고 모두들 말하고 있습니다. 물론 절대로 인사치레로 하는 말도 아니고요."

"내가 신심이 깊은 사람이라고는 아무도 말하지 않던가?"

"뭐, 그렇기 때문에 가난한 사람들을 돌봐주시는 것이라며, 그 점은 참 존경할 만하다고 말하지 않는 사람이 없습니다."

"부교쇼奉行所(각 부처의 장관인 부교의 관청)의 포졸들이 나에 대해 물어보고 다니지는 않던가?"

"그런 일이 있을 리가 없죠."

"하하하하, 별 시답지 않은 걸 다 묻는다고 생각하겠지만, 사실 난 전당포업이 본업이 아니네."

"예?"

"마타하치."

"예."

"천 냥이라면 큰돈이고, 자네 평생 이런 행운은 두 번 다시 없을 거네."

"……아마도 그야 그렇겠지요."

"그 행운을 잡지 않겠나?"

"뭘 말이죠?"

"그 큰돈을 갖게 될 행운 말일세."

"어, 어떻게 하면 되죠?"

"나에게 약속을 하면 되네."

"예…… 예."

"하겠나?"

"하겠습니다."

"도중에 딴말하면 목이 달아날 게야. 돈 욕심이 나겠지만 잘 생각해보고 대답하게."

"대체 어떤 일입니까?"

"우물을 파는 것이네. 쉬운 일이지."

"그럼, 에도 성 안에서?"

다이조는 바다를 둘러보았다.

목재와 이즈이시伊豆石(시즈오카 현静岡県·가나가와 현神奈川県의 해변에서 산출되는 청회색의 휘석 안산암), 성을 개축하는 데 쓰이는 자재를 실은 배들이 좀 과장해서 말하면 꼬리에 꼬리를 물고 에도 만에서 각 번의 깃발을 휘날리며 정박해 있었다.

도도藤堂, 아리마有馬, 가토加藤, 다테伊達…… 그중에는 호소카와 가의 선기船旗도 보인다.

"……마타하치, 무슨 일인지 알겠나?"

다이조는 담배를 다시 재우며 말했다.

"마침 자네 옆집에 우물을 파는 운페이가 살고 있고, 그가 늘 자기 밑에 들어와 같이 일하자고 하니 안성맞춤 아닌가?"

"그뿐입니까? ……우물만 파면 정말 저한테 그 큰돈을 준다는 겁니까?"

"아아, 그리 서두르지 말게. 이야기는 이제부터니까 말이야."

3

다이조는 밤에 은밀히 자신을 찾아오면 선금으로 황금 서른 냥을 주겠다고 했다. 그렇게 약속하고 헤어졌다.

마타하치의 머릿속에는 다이조가 한 그 말만이 남아 있었다.

'할 텐가?'

그러면서 다이조가 제시한 조건에 대해서는 그 내용을 막연하게만 납득한 채 '하겠습니다!'라고 대답한 것만이 기억에 남아 있을 뿐이었다. 그러나 그렇게 대답했을 때 묘한 경련이 일었던 입술에는 아직도 희미하지만 그 경련이 느껴지는 것 같았다.

마타하치에게는 돈이 그 어떤 것보다도 매력적이었다. 게다가 엄청난 액수였다.

지금까지의 불운은 그 돈만으로도 충분히 메울 수 있다. 그리고 평생 먹고살 걱정을 하지 않아도 된다. 아니, 그의 마음속에는 그러한 욕망보다도 지금까지 자신을 바보 취급한 세상의 모든 놈들에게 여봐란 듯이 복수해주고 싶다는 마음이 더 강했다.

배에서 내려 집으로 돌아와 방 안에 벌렁 드러누워서도 마타하치의 머릿속엔 온통 돈 생각뿐이었다.

"참, 운페이 아저씨한테 부탁해놓아야 되지?"

마타하치는 밖으로 나가 옆집을 들여다봤지만 운페이는 나가고 없었다.

"밤에 다시 와야겠군."

그리고 다시 집으로 돌아왔지만 마치 열병에 걸린 것처럼 마음이 진정되지 않았다. 그러다 문득 바다 위에서 전당포의 다이조가 한 말을 떠올리고 아무도 없는 뒤편 수풀과 앞쪽 골목을 둘러보았다.

"대체 뭐 하는 사람일까?"

마타하치는 그제야 그것을 생각해보았다. 그리고 배 위에서 다이조에게 들은 말을 되새겨보았다.

다이조는 우물을 파는 인부들이 에도 성 안의 서쪽 성곽인 어신성御新城이라 부르는 작업장에 들어간다는 것까지 알고 있었다.

"기회를 봐서 신임 쇼군인 히데타다를 총포로 쏴 죽이게."

그는 그렇게 말했다. 또 그때 쓸 단총短銃은 자기 쪽에서 미리 성 안에 묻어두겠다고 했다. 그 장소는 모미지 산紅葉山 아래의 서쪽 성곽 뒷문 안에 있는 수백 년 된 커다란 회화나무 밑이고, 그곳에 총포와 노끈을 같이 숨겨놓을 테니 파내서 은밀하게 노리라고도 했다.

물론 작업장의 감시는 엄중할 것이다. 원래부터 부교奉行(무가 시대에 행정 사무를 담당한 각 부처의 장관), 감찰관 등도 경계하고 있었지만, 히데타다 쇼군은 젊고 활달해서 자주 수행 무사를 거느리고 공사장에도 모습을 나타낸다고 한다. 바로 그때 총만 있다면 단박에 목적을 이룰 수 있을 것이다.

소란한 틈을 타서 서쪽 성곽의 바깥 해자로 뛰어들면 그곳에서 기다리고 있던 같은 편이 도와줄 것이니 분명 도망칠 수 있을 것이라고도 했다.

천장을 멍하니 바라보며 다이조가 속삭인 말을 머릿속에서 되새기던 마타하치는 갑자기 온몸에 소름이 돋는 것을 느끼며 벌떡 일어섰다.

"그래, 어림없는 일이야. 지금 당장 거절해야겠다!"

마타하치는 그제야 깨달았다. 하지만 또 그때 다이조가 배 위에서 무서운 눈빛으로 한 말이 뇌리를 스쳤다.

"내 말을 들은 이상 만약 자네가 싫다고 하면 미안한 일이지만, 내 동료가 사흘 안에는 반드시 자네 목을 가지러 갈 걸세."

4

니시쿠보西久保 네거리에서 다카나와 가도 쪽으로 돌아가자 막다른 골목 너머로 어둠에 싸인 바다가 보였다. 그 골목의 네거리, 마타하치는 늘 보던 전당포 창고의 벽을 옆으로 올려다보며 조심스레 뒷문을 두드렸다.

"열려 있소."

안에서 곧장 누군가 대답했다.

"아저씨."

"마타하치인가? 잘 왔네. 창고로 가세."

다이조는 마타하치를 데리고 뒷문으로 들어가 복도를 따라서 곧장 흙으로 만든 광으로 갔다.

"자, 앉게."

다이조는 촛대를 나무 상자 위에 놓더니 팔을 걸치며 말했다.

"옆집 운페이에게는 가 보았나?"

"예."

"그래, 뭐라고 하던가?"

"승낙했습니다."

"성 안으로는 언제 들여보내준다던가?"

"내일모레 새로 채용한 인부 열 명이 성으로 들어가는데 그때 데리고 가겠다고 했습니다."

"그럼, 그쪽은 해결되었군."

"향리와 동네 조직인 오가작통五家作統이 보증을 서주기만 하면 된다고 합니다."

"그렇군. 하하하, 나도 올봄부터 향리가 권해서 억지로 오가작통에 들어갔네. 그쪽은 걱정하지 않아도 되겠어."

"예, 아저씨도요?"

"뭘 그리 놀라는가?"

"아니요, 딱히 놀란 건 아니지만."

"하하하하, 맞아. 나같이 불온한 자가 향리의 부하인 오가작통에 들어갔으니 어이가 없다는 것이겠지. 돈만 있으면 세상은 나 같은 사람도 훌륭하다느니 자비로운 사람이니 하면서 그런 직책까지 맡기는 법일세. 마타하치, 자네도 이참에 한몫 단단히 잡아야지?"

"예? 예."

마타하치는 갑자기 몸을 부르르 떨면서 말을 더듬었다.

"하, 하겠습니다! 그, 그러니 착수금을 주십시오."

"알겠네."

다이조는 촛불을 들고 일어서서 창고 안쪽으로 머리를 넣더니 선반 위에 있는 문갑에서 황금 서른 냥을 한 움큼 움켜쥐고 가져왔다.

"넣을 것은 가지고 왔나?"

"없습니다."

"이것으로라도 싸서 전대에 넣고 가게."

다이조가 옆에 있는 오색 무늬의 천을 던져주자 마타하치는 몇 개인지 세어보지도 않고 그냥 둘둘 말아서 전대에 넣었다.

"각서라도 쓰고 갈까요?"

"각서?"

다이조는 웃었다.

"자네 참으로 순박하구먼. 각서는 됐네. 허나 딴마음을 먹는다면 거기 있는 목을 가지러 갈 걸세."

"그럼, 이만 가 보겠습니다."

"잠깐, 잠깐만. 착수금을 받았다고 잊어서는 안 되네. 어제 바다 위에서 한 말 말이야."

"기억하고 있습니다."

"성 안의 서쪽 성곽 뒷문 안에 있는 커다란 회화나무 아래네."

"총 말이죠?"

"그렇네. 조만간 묻으러 갈 거니까."

"누가 묻으러 갑니까?"

마타하치는 납득하기 어렵다는 표정으로 눈을 껌뻑거렸다.

5

운페이를 통해 항리와 오가작통의 보증을 받아 성 안으로 들어가는 것도 보통 일이 아닌데, 어떻게 외부에서 총포와 탄약 등을 가지고 들어갈 수 있다는 걸까? 그리고 약속대로 보름 후에 서쪽 성곽의 뒷문 안 회화나무 아래에 총을 묻는 일은 귀신이 아닌 이상 도저히 불가능한 일인 듯싶었다.

마타하치가 이렇게 의심스런 눈빛으로 빤히 쳐다보자 다이조가 말했다.

"그 일은 자네가 걱정하지 않아도 되니 자네는 자네가 할 일만 확실하게 하게."

그는 자세한 이야기는 하지 않고 그저 이렇게 덧붙였다.

"일은 맡았지만 자네도 아직은 겁이 날 걸세. 성 안에 들어가서 보름 동안 일하다 보면 그런 두려움도 자연스럽게 사라질 테니 너무 걱정 말게."

"저도 그럴 거라 생각하지만……."

"그런 배포가 확실히 생기고 나서 기회를 잘 잡으면 되네."

"예."

"그리고 그럴 리야 없겠지만 방금 준 돈은 일을 마무리 지을 때까지는 남들 눈에 띄지 않는 곳에 숨겨두고 손을 대서는 안 되네. 일을 그르치는 것은 항상 돈 때문이니 말이야."

"그것도 생각하고 있으니 걱정하지 않으셔도 됩니다. ……그런데 아저씨, 일을 제대로 마무리 지었는데도 나중에 잔금을 안 준다거나 하는 일은 없겠지요?"

"후후후. 마타하치, 내 자랑 같지만 나라이의 창고에는 황금이라면 천 냥 상자로 저처럼 잔뜩 쌓여 있네. 눈요기 삼아 한번 보고 가던가."

다이조는 촛불을 들고 먼지가 수북하게 쌓인 창고를 보여주었는데, 무슨 상자인지 모르는 상자가 어수선하게 쌓여 있었다. 마타하치는 자세히 보지도 않고 변명하듯 말했다.

"의심을 해서 드린 말씀이 아닙니다."

그리고 반 시진가량 그곳에서 밀담을 나눈 후 다소 활기를 찾은 듯 창고에서 나와 집으로 돌아갔다. 마타하치가 돌아가자 다이조는 불이 켜져 있는 장지문 안으로 얼굴을 들이밀더니 누군가를 불렀다.

"아케미, 마타하치가 곧장 금을 묻으러 갈 테니 한번 따라가 보거라."

목욕탕 문으로 누군가 나가는 발소리가 들렸다. 아침에 마타하치의 집에서 자취를 감춘 아케미였다. 이웃 사람을 만났을 때 시나가와의 친척집에 간다고 한 것은 물론 그녀가 꾸며낸 말이었다.

아케미가 저당 잡힐 물건을 가지고 몇 번 이곳을 찾는 동안 주인인 다이조는 그녀를 꾀어서 아케미의 처지와 심경까지 듣게 되었다.

본시 다이조와 아케미는 여기서 처음 만난 사이가 아니었다. 그녀가 나카센도中山道를 통해 에도로 가는 기녀들과 함께 하치오지八王子의 여인숙에 묵었을 때 그녀는 조타로와 일행이라는 다이조를 보았고, 다이조도 2층에서 기녀들 틈에 있던 아케미를 본 기억이 있었다.

"여자 일손이 없어서 난처하던 참인데."

다이조가 넌지시 마음을 떠보자 아케미는 두말없이 이리로 도망쳐온 것이었다. 다이조는 그날부터 아케미의 도움을 받았다. 마타하치도 쓸모가 있었다. 마타하치를 이용하겠다는 생각은 전부터 하고 있었는데, 오늘에서야 그것을 이룬 것 같았다.

아무것도 모르는 마타하치는 아케미의 앞에서 걸어가고 있었다. 일단 집으로 돌아가서 괭이를 가지고 밤새도록 뒤편 수풀 근처를 돌아다니다 이윽고 니시쿠보의 산으로 올라가서 그곳에 황금을 묻었다.

그것을 끝까지 지켜본 아케미가 돌아와서 다이조에게 고하자, 다이조는 곧장 밖으로 나가더니 새벽녘이 되어서야 돌아왔다.

다이조는 파내온 황금을 창고에서 세어보았다. 그런데 서른 냥이었던 황금이 아무리 세어봐도 두 냥이 부족해서 그는 자꾸 고개를 갸웃거렸다.

사이카치 언덕

1

우울한 모정, 슬픈 어미의 고뇌. 풍류를 아는 오스기는 아니었으나 가을 풀벌레 소리와 바람에 일렁이는 싸리나무 소리에 묻혀서 유유히 흐르는 강물을 바라보고 있으려니 그녀도 인생의 덧없음을 느끼지 않을 수 없었다.

"계십니까?"

"누구요?"

"한가와라 쪽 사람입니다. 가쓰시카葛飾에서 채소가 많이 도착해서 할머니께도 나누어드리라는 큰형님의 명을 받고 한 짐 지고 왔습니다."

"늘 이렇게 신경을 써주시니 야지베에 님께 고맙다고 전해주게."

"어디에 둘까요?"

"우선은 우물가에 놔주게. 나중에 다듬을 수 있게."

오스기는 작은 책상 옆에 등불을 밝히고 오늘 밤에도 붓을 쥐고 있었다. 1,000부를 베껴 쓰기로 마음먹은 《부모은중경父母恩重經》을 한 줄 한 줄 채워나가고 있었던 것이다.

하마초浜町 벌판에 외딴집을 빌려서 낮에는 병자에게 뜸을 떠주며 생계를 꾸려나갔고, 밤에는 조용히 경전을 베끼며 혼자 지내는 한가로운 나날에 익숙해진 뒤로는 한동안 지병도 도지지 않았고, 가을이 되니 한층 젊어진 듯했다.

"아, 할머니."

"뭔가?"

"저녁때, 어떤 젊은 사내가 찾아오지 않았나요?"

"뜸 손님 말인가?"

"아뇨, 그런 것 같진 않고 무슨 볼일이 있는 듯 목수 거리에 와서 할머니가 이사 간 곳을 알려달라고 하던데요."

"몇 살쯤 되어 보이던가?"

"글쎄요, 스물일고여덟쯤?"

"생김새는?"

"얼굴은 동그스름하고 키는 그리 크지 않았어요."

"흠……."

"그런 사람이 오지 않았나요?"

"오지 않았네만……."

"할머니와 같은 사투리를 써서 고향 사람이 아닌가 싶었는데.

그럼, 쉬세요."

심부름을 온 사내는 그렇게 말하고 돌아갔다.

그의 발자국 소리가 사라지자 그쳤던 벌레 소리가 빗소리처럼 집을 에워쌌다.

오스기는 붓을 놓고 등불을 물끄러미 바라보다 문득 등화점燈火占을 떠올렸다. 전쟁으로 하루가 시작되고 하루가 저물던 그녀의 처녀 시절에는 전쟁에 나간 남편이며 아들, 형제의 소식을 알 길이 없었다. 또 당장 내일 어떻게 될지 모르는 자신의 운명에 두려워하던 그 무렵의 사람들은 종종 등불로 점을 쳤다.

밤마다 켜는 등불을 보고 등불의 무리가 화려하게 빛나면 길조였고, 등불 색깔에 보랏빛 그늘이 있으면 누군가 죽었다는 소식이 분명하다든가 등불이 솔잎처럼 갈라지면 기다리던 사람이 온다는 둥, 등불을 보며 기뻐하거나 슬퍼하곤 했다.

오래전 처녀 때 유행하던 것이어서 오스기는 점을 치는 방법조차 잊고 있었다. 그런데 오늘 밤 등불은 어쩐지 그녀에게 좋은 일이 있을 것이라고 속삭이는 듯했다. 그렇게 생각한 탓인지 갑자기 무지갯빛으로 빛나며 아름다워 보이기까지 했다.

'혹시 마타하치가 아닐까?'

그렇게 생각하자 더 이상 붓을 잡고 있을 수가 없었다. 그녀는 한동안 모든 것을 잊고 못난 아들의 생각에 빠져 있었다. 그러다 뒷문에서 부스럭거리는 소리가 나자 다시 현실로 돌아왔다. 또

극성스러운 족제비 같은 놈이 들어와서 부엌을 어질러놓고 있는 줄 알고 그녀는 등불을 들고 나갔다. 그런데 아까 사내가 놓고 간 짐 위에 편지 같은 것이 놓여 있었다. 별 생각 없이 펼쳐 보니 황금 두 냥이 싸여 있었고, 금을 싼 종이에 이렇게 적혀 있었다.

아직 뵐 면목이 없습니다. 지난 반년간의 불효를 용서해주시기 바라며, 창가에서 이렇게 몰래 이별을 고하고 돌아섭니다.

마타하치

2

"하마다, 아니었나?"

살벌한 기운을 내뿜으며 풀숲을 헤치고 달려온 무사가 숨을 헐떡이면서 물었다. 큰 강 끝에 서서 강가를 둘러보던 두 무사 중에서 하마다라 불린 자는 아직 젊어 보였다.

"으음, 아니었네."

그는 다시 누군가를 찾듯이 눈을 번뜩이며 사방을 두리번거렸다.

"분명 그놈처럼 보였는데."

"뱃사람이었어."

"뱃사람?"

"쫓아갔더니 저 배로 들어가더군."

"하지만 혹시 모르잖아?"

"아니, 조사해봤는데 전혀 다른 사람이었네."

"이상하군."

세 사람은 이번엔 강가에서 하마초 벌판 쪽을 돌아보며 말했다.

"저녁때, 목수 거리에서 얼핏 보고 분명 이 부근까지 뒤쫓아왔는데 잽싸게 도망쳤어."

"어디로 사라진 거지?"

물결 소리가 들렸다.

세 사람은 가만히 그 자리에 서서 어둠 속으로 신경을 곤두세우고 있었다.

"마타하치야, 마타하치야!"

잠시 후, 벌판 어디선가 같은 목소리로 잇따라 부르는 소리가 들렸다. 처음엔 잘못 들은 줄 알고 귀를 의심했다. 세 사람은 잠자코 있다가 서로 눈빛이 마주치자 조용히 말했다.

"야, 마타하치를 부르고 있어."

"노파의 목소리야."

"마타하치라면 그놈이잖아?"

"맞아."

하마다라는 젊은 사내가 제일 먼저 뛰어갔고, 나머지 두 사람도 뒤따라 뛰어갔다.

목소리를 쫓아가는 것은 아무 일도 아니었다. 상대는 노파다. 게다가 뒤에서 발소리를 듣자 노파는 오히려 그들에게 달려오며 소리쳤다.

"거기 마타하치 없소?"

세 사람은 노파의 양손과 목덜미를 세 방향에서 붙잡고 물었다.

"그 마타하치를 우리도 쫓고 있는데 대체 할머니는 누구요?"

"무슨 짓이냐!"

오스기는 대답을 하기 전에 성난 물고기처럼 가시를 세우고 그들의 손을 뿌리쳤다.

"너희들이야말로 누구냐?"

"우린 오노 가의 문하생이다. 난 하마다 도라노스케浜田寅之助라고 한다."

"오노는 또 누구냐?"

"쇼군 히데타다 공의 사범, 오노파 잇토류一刀流의 오노 지로에몬 님을 모른단 말인가?"

"모른다."

"이 할망구가!"

"잠깐, 그보다 이 노파와 마타하치의 관계를 먼저 물어봐."

"난 마타하치의 어미인데, 그것이 어떻단 말이냐?"

"그럼, 당신이 수박장수 마타하치의 어머니인가?"

"무슨 헛소리를 하는 게냐! 타지에서 왔다고 무시해도 유분수지 수박장수라니. 미마사카의 요시노고吉野鄕에 있는 다케야마竹山 성의 성주 신멘 무네쓰라新免宗貫를 섬기면서 100관의 땅을 가진 혼이덴 가의 아들이 마타하치이며 나는 그의 어머니다."

오스기의 말에는 귀도 기울이지 않고 그들 중 한 명이 말했다.

"성가시군."

"어떻게 하지?"

"끌고 가자."

"인질로?"

"어미를 붙잡고 있으면 데리러 오겠지."

그 말을 들은 오스기는 뼈가 앙상한 몸을 버둥거리며 날뛰었다.

3

모든 것이 재미없었다. 사사키 고지로는 불만이 가득했다. 요즘엔 잠자는 버릇이 생겨서 걸핏하면 잠을 잤다. 달의 곶에 있는 그의 집이었다. 잠도 자야 할 시간에 자려고 해서 자는 것이 아니었다.

"모노호시자오도 울고 있구나."

고지로는 모노호시자오를 가슴에 품고 방바닥을 뒹굴면서 왕성한 기운을 주체하지 못하고 혼잣말을 중얼거리곤 했다.

"이 명검에, 이런 실력을 가진 대장부가 500석도 안 되는 녹을 받지 못하고 언제까지 더부살이 신세로 지내야 한단 말인가."

고지로는 이렇게 중얼거리며 품고 있던 모노호시자오를 빼들고 허공을 벴다.

"빌어먹을!"

커다란 반원을 그린 빛줄기가 마치 살아 있는 것처럼 다시 칼집 속으로 파고들어갔다.

"훌륭한 솜씨입니다."

마루 끝에서 이와마 가의 하인이 말했다.

"이아이 연습을 하시는 겁니까?"

"바보 같은 소리 마라!"

고지로는 몸을 뒤집어서 방바닥 위에 떨어져 있는 벌레를 손가락으로 튕겨 마루 끝으로 날려버렸다.

"요놈이 등잔불에 붙어서 시끄럽게 굴기에 베어버린 것이다."

"아, 벌레를……."

하인은 벌레를 내려다보고는 깜짝 놀랐다. 모기만 한 벌레였다. 여리여리한 날개와 몸통이 깨끗하게 잘려 두 동강이 나 있었다.

"잠자리를 보러 왔느냐?"

“아닙니다……. 깜빡하고 말씀을 못 드렸습니다. 죄송합니다.”

“무슨 일이냐?”

“목수 거리에서 심부름을 온 자가 편지를 놓고 돌아갔습니다.”

“편지?”

한가와라 야지베에가 보낸 것이었다. 요즘에는 그들에게도 별로 관심이 없다. 조금 귀찮아진 것이다. 고지로는 벌렁 드러누워서 편지를 펼쳤다.

그의 안색이 조금 변했다. 어젯밤부터 오스기의 행방이 묘연하다고 한다. 그 때문에 오늘 하루 종일 사람들이 모두 나가서 겨우 소재를 알게 되었는데 자신들의 손이 미치지 않는 곳이어서 상의를 하고 싶다는 것이었다.

오스기의 소재를 알 수 있었던 것은 돈지키 가게의 문 옆에 고지로가 써놓은 문구를 누군가 지워버리고 다음과 같이 새로운 글을 써놓았기 때문이었다고 한다.

사사키 님에게 알립니다.
마타하치의 모친을 맡고 있는 자
오노 가의 하마다 도라노스케.

야지베에의 편지에는 그런 것까지 상세히 적혀 있었다. 고지로는 편지를 다 읽고 나서 천장을 쳐다보며 중얼거렸다.

"……왔구나."

여태 오노 가에서 별다른 반응을 보이지 않은 것이 석연치 않았다. 돈지키 가게 옆의 공터에서 오노 가 사람으로 보이는 무사 두 명을 베었을 때 가게의 창문에 떳떳하게 자신의 이름을 써놓고 온 이후로 기다리던 참이었다.

그가 '왔구나.' 하고 중얼거린 것은 마침내 반응을 보였다는 만족감에 저절로 새어나온 말이었다.

고지로는 마루에 서서 밤하늘을 둘러보았다. 구름은 있지만 비가 내릴 것 같진 않았다.

그로부터 얼마 지나지 않아 고지로는 다카나와 가도에서 삯말을 타고 어딘가로 가고 있었다. 말은 밤늦게 목수 거리에 있는 한가와라의 집에 닿았다. 고지로는 야지베에에게 상세한 경위를 듣고 내일 할 일을 정한 다음 그의 집에서 묵었다.

4

전에는 미코가미 덴젠神子上典膳이라 칭하며 세키가하라 전투 후 히데타다 쇼군의 진영에서 검법 강의를 한 인연으로 쇼군의 가신이 되었고, 에도의 간다 산神田山에 택지를 얻어 야규 가와 어깨를 나란히 하는 사범의 반열에 올라 이름도 오노 지로에몬 다다아키로 바꾸었다.

그것이 간다 산의 오노 가였다. 간다 산에서는 후지 산富士山도 잘 보였고, 근래 들어 이 부근으로 스루가駿河에 있는 사람들이 이주해와서 이 산 일대를 요즘엔 스루가다이駿河台라고 부르기 시작했다.

"분명, 사이카치 언덕皀莢坂이라고 듣고 왔는데."

고지로는 언덕을 다 올라와서 잠시 서성였다.

오늘은 후지 산이 보이지 않았다. 절벽 가장자리에서 깊은 골짜기를 내려다보니 나무들 틈새로 흘러가는 강물이 보였다. 오차노미즈お茶の水의 강물이었다.

"선생님, 잠깐 찾아보고 올 테니 예서 기다리고 계십시오."

길 안내 차 따라온 한가와라의 젊은 사내가 혼자서 어디론가 달려가더니 잠시 후 돌아왔다.

"찾았습니다."

"어딘가?"

"역시 방금 올라온 언덕의 중간쯤이었습니다."

"그런 집이 있었나?"

"쇼군 가의 사범이라 해서 저는 야규 님과 같은 으리으리한 저택인 줄로만 알았는데, 아까 오른쪽에 보이던 허름하고 낡은 집의 흙담이 그 집이라고 합니다. 거긴 이전에 말을 키우던 부지인 줄 알았는데……."

"그렇겠지. 야규는 1만 1,500석, 오노 가는 고작 300석이니까."

"그렇게 차이가 나나요?"

"실력은 차이가 없지만 집안이 다르네. 그런 점에서 야규 가는 조상들이 녹의 7할을 받아주는 것이나 다름없지."

"여깁니다."

사내가 걸음을 멈추고 집 하나를 손가락으로 가리켰다.

"흐음, 여긴가."

고지로도 멈춰 서서 사내가 가리키는 쪽을 바라보며 잠시 집 외관을 살폈다. 말을 키우던 시절의 낡은 흙담이 언덕 중턱에서 뒷산의 숲까지 뻗어 있었다. 부지는 꽤 넓어 보였고, 문짝이 없는 문으로 들여다보니 안채의 뒤편에 나무색의 새로 증축한 도장 같은 건물이 보였다.

"그만 돌아가게."

고지로가 길 안내를 맡았던 사내에게 말했다.

"밤까지 할머니를 데리고 돌아가지 않거든 나도 송장이 된 줄 알라고 야지베에에게 전하게."

"예."

사내는 뒤를 돌아보며 대답하더니 사이카치 언덕 아래로 뛰어 내려갔다.

야규에겐 접근해봐야 소용이 없다. 그를 굴복시키고 그의 명성을 자신의 명성으로 만들려고 해도 야규는 오토메류お止流(야

규류는 쇼군 가의 사범을 맡고 있기 때문에 다른 유파와의 결투는 일절 금한다는 것을 오토메류라고 불렀다)다. 쇼군 가의 사범이라는 구실로 떠돌이 낭인을 상대할 리가 없었다.

그에 반해 오노 가는 녹을 받지 않는 사람이나 강호의 고수로 알려진 사람이라도 충분히 상대로 받아들이고 결투에도 응한다고 들었다. 어차피 300석이다. 오노 가는 야규의 다이묘 검법과는 달리 살벌하고 실전적인 단련을 목표로 하고 있기 때문이기도 하다.

그러나 오노 가에 가서 오노 파 잇토류를 유린했다는 자가 있다는 말도 들은 적이 없다. 세상 사람들은 야규 가를 존경하고 있었지만, 강한 것은 오노 가라고 누구나 말한다.

고지로는 에도로 와서 그러한 사정을 알았을 때부터 이곳 사이카치 언덕의 오노 가를 언젠가는 굴복시켜야 되겠다고 은밀히 주시하고 있던 차였다.

그 문이 지금 그의 눈앞에 있었다.

다다아키의 깨달음

1

미카와 출신의 하마다 도라노스케는 대대로 도쿠가와 가문을 섬겨왔기 때문에 녹봉은 적었지만, 에도에서는 제법 알아주는 막사幕士 중 한 명이었다.

도장 옆에 딸린 '대기실'이라고 불리는 방의 창문에서 아무 생각 없이 바깥을 내다보고 있던 동문인 누마다 가주로沼田荷十郎가 깜짝 놀라며 하마다를 찾았다.

"왔네, 왔어."

그리고 낮은 목소리로 그렇게 말하면서 도장 한가운데에 있는 하마다에게 달려갔다.

"하마다, 온 것 같아. 온 것 같다고."

다시 한 번 말했지만 하마다는 대답이 없었다.

그는 마침 목검을 들고 후배 한 명을 지도하고 있던 참이라 등 뒤에서 한 말을 듣고도 "됐느냐!"라고 공격하겠다는 예고를 하고 정면을 향해 목검을 똑바로 뻗은 채 마루를 쿵쿵쿵 울리며 공격해 들어갔다. 그리고 도장의 북쪽 구석까지 그 기세로 밀고 가는가 싶더니 순식간에 그의 상대는 뒤로 나자빠졌고, 목검은 공중으로 튕겨져 나갔다.

하마다는 그제야 뒤를 돌아보며 물었다.

"누마다. 왔다니, 사사키 고지로가 왔다는 말인가?"

"그래. 지금 문을 지났네. 곧 이리 나타날 거야."

"생각 외로 빨리 찾아왔군. 역시 인질이 효과가 있었어."

"어떻게 할 텐가?"

"뭘?"

"누가 나서서 어떻게 맞아주느냐 이 말이야. 혼자 찾아올 만큼 대담한 놈이네. 불시에 무슨 짓을 할지 모르니 철저히 대비하지 않으면 안 돼."

"도장 한가운데로 오게 해서 앉게 하면 돼. 인사는 내가 하지. 다른 사람들은 모두들 주위에 조용히 앉아 있게."

"그래. 우린 이 정도 되니까."

누마다는 도장 안에 있는 사람들을 둘러보았다. 가메이 효스케亀井兵助, 네고로 하치쿠로 根来八九郎, 이토 마고베에伊藤孫兵衛 등의 면면을 보자 마음이 든든했다. 그 외에도 다 해서 스무 명이 되지 않는 동료들이 이곳에 있었다.

그들은 모두 어떻게 된 일인지 잘 알고 있었다. 돈지키의 공터에서 죽은 두 명의 무사 중 한 명은 하마다 도라노스케의 형이 되는 자였다. 도라노스케의 형이라는 자는 변변치 않은 인물이었던 듯 도장에서의 평판이 좋지 않았지만, 오노 가 사람들은 사사키 고지로를 가만히 내버려둘 수 없을 만큼 그에 대한 분노로 들끓고 있었다.

특히 하마다 도라노스케는 오노 지로에몬이 아끼는 문하생 중에서도 가메이, 네고로, 이토 등과 더불어 사이카치 언덕의 용장으로 손꼽히고 있는 인물이다. 그런 도라노스케가 돈지키의 창문에 불손한 글귀를 써 붙여서 공공연히 오노 가를 모욕한 고지로를 내버려두는 것은 오노 파 잇토류의 명예와도 관련된 일이라 그들은 앞으로 어떻게 될지 주의 깊게 사태를 지켜보면서 속으로 응원하고 있는 경우이기도 했다.

그 와중에 어젯밤, 도라노스케와 가주로 등이 노파 한 명을 데리고 와서 실은 이러저러했다고 경위를 설명하자 동료들은 손뼉을 치며 기뻐했다.

"좋은 인질을 잡아왔군. 고지로 쪽에서 찾아오도록 만든 것은 탁월한 병법이야. 고지로가 오면 실컷 두들겨 팬 후 코를 잘라 간다 강의 나무에 매달아놓고 구경거리로 삼자고."

그리고 이렇게 말하며 오늘 아침에도 고지로가 올지 말지 내기를 하는 등 떠들썩했다.

2

대부분 오지 않을 것으로 예상했던 고지로가 방금 문을 지났다는 가주로의 말에 모두들 얼굴이 하얗게 굳어졌다.

"뭐, 왔다고?"

도라노스케를 비롯해서 그들은 넓은 도장을 휑하니 비워놓은 채 한쪽 구석에서 침을 삼키며 고지로가 도장 현관에 나타나기를 이제나저제나 기다리고 있었다.

"어이, 가주로."

"왜?"

"문으로 들어서는 걸 확실히 보았나?"

"봤어."

"그럼, 지금쯤 모습을 보일 때가 되지 않았나?"

"보이지 않는군."

"……너무 늦는데?"

"흐음."

"사람을 잘못 본 건 아니고?"

"그럴 리 없어."

엄숙하게 마루에 앉아 있던 자들의 얼굴에서 팽팽하던 긴장의 끈이 툭 끊어지려는 순간 대기실 창 밖에서 발소리가 멈추더니 동문인 듯한 자의 얼굴이 안을 들여다보며 말했다.

"여보게들."

"무슨 일인가?"

"기다려봐야 사사키 고지로는 이리로 오지 않을 걸세."

"이상하군. 가주로가 방금 전에 문 안으로 들어오는 걸 봤다던데."

"그렇긴 한데 고지로는 안으로 가 버렸네. 어찌 연통했는지 큰 스승님의 거처로 가서 큰 스승님과 얘기를 나누고 있네."

"뭐? 큰 스승님과?"

그 말을 들은 하마다가 넋이 빠진 표정을 지었다. 형이 칼을 맞은 것도 원인을 따지고 들면 필연적으로 변변치 못한 형의 행적이 드러날 것이다. 그래서 스승인 오노 지로에몬에게는 적당히 둘러서 보고했고, 어젯밤 하마초 벌판에서 노파를 인질로 끌고 왔다는 사실도 고하지 않았다.

"어이, 정말인가?"

"정말이네. 거짓말 같으면 뒷산 쪽으로 돌아가서 마당 너머로 큰 스승님의 서재 옆 객실을 살펴보게."

"큰일이군."

그러나 다른 자들은 그의 탄식을 오히려 답답하게 생각했다. 고지로가 직접 스승인 지로에몬의 거처 쪽으로 갔다고 하더라도, 또 어떤 궤변을 늘어놓으며 스승을 농락하려고 생각하고 있다 하더라도, 당당하게 대결해서 그의 잘못을 밝히고 이쪽으로 끌고 오면 될 일이다.

"뭐가 큰일인가? 우리가 가서 상황을 보고 오겠네."

가메이 효스케와 네고로 하치쿠로가 도장 입구에서 신을 신고 나가려는 순간이었다. 안채 쪽에서 무슨 일이 일어난 듯 창백한 얼굴로 이쪽으로 달려오는 소녀가 있었다.

"오미쓰お光 님."

두 사람은 중얼거리면서 걸음을 멈추었고, 도장 안에 있던 사람들도 우르르 몰려나와 그녀의 크고 날카로운 목소리를 어수선한 심정으로 들었다.

"여러분, 빨리 오세요. 백부님과 손님이 서로 칼을 빼들고 밖으로 나가더니 정원 끝에서 싸우기 시작했어요."

3

오미쓰는 오노 지로에몬 다다아키의 조카딸이다. 그가 잇토류를 전수받은 스승인 야고로 잇토사이弥五郎一刀斎의 첩이 낳은 자식을 거둬서 키웠다고 말하는 자도 있지만 확실하지는 않다. 사실 여부야 어쨌든 살결이 희고 사랑스러운 소녀였다.

그런 오미쓰가 두려움에 떨며 말했다.

"백부님이 손님과 서로 언성을 높이는 듯하더니 정원에서 싸우고 계십니다. 백부님의 일이니 만일의 경우는 없겠지만…….”

가메이, 하마다, 네고로, 이토 등은 “앗!” 하고 비명만 지를 뿐 뭘 물을 여유도 없이 뛰어갔다. 도장과 안채는 떨어져 있어서 안채의 정원으로 가려면 울타리와 대나무로 얽어서 만든 중문을 지나야 했다. 한 울타리 안에 있으면서 이런 식으로 건물이 떨어져 있거나 울타리를 만든 것은 성곽 생활의 풍습 때문이었다. 좀 더 큰 무사의 집에는 부하들의 집까지 있었다.

“닫혀 있다.”

“안 열려?”

한꺼번에 밀려든 그들은 대나무 문짝을 밀어서 넘어뜨렸다. 그리고 뒷산을 등지고 있는 약 400평 정도의 잔디 정원을 둘러보니 스승인 오노 지로에몬 다다아키는 근래 손에 익은 유키히라行平의 검을 뽑아 들고 중단 자세보다 조금 높게 칼끝을 겨누고 있었고, 그와 멀리 떨어진 곳에서는 사사키 고지로가 모노호시자오라는 장검을 머리 위로 치켜든 채 눈을 부라리고 있었다.

그 광경을 본 제자들은 순간 눈앞이 캄캄해졌다. 400평이나 되는 넓은 잔디 정원에 팽팽하게 흐르고 있는 긴장감은 마치 선이라도 그어놓은 듯 다른 사람의 접근을 일체 허락하지 않았다.

“…….”

황급히 달려온 제자들은 소름이 돋는 것을 느끼며 그저 멀리서 지켜볼 수밖에 없었다.

칼을 겨눈 채 마주 선 두 사람 사이에는 옆에서 누군가 끼어드는 것을 절대로 허락하지 않을 정도로 삼엄한 기운이 감돌고 있었다. 무지몽매한 자라면 그들 사이로 돌을 던지거나 침을 뱉을지도 모르지만, 무사의 가문에서 태어나 어려서부터 수련을 쌓아온 자라면 진검 승부의 장엄함에 경도되어 그 순간만큼은 애증도 잊고 그저 지켜보려는 마음밖에는 들지 않는 것이었다.

하지만 그것은 한순간의 망각적 작용에 지나지 않았다. 감정은 이내 온몸을 일깨웠고, 정신을 차린 제자 중에서 두세 명이 고지로의 뒤쪽으로 달려가려고 했다.

"저놈이!"

"큰 스승님을 도와야 한다!"

그러자 다다아키가 호통을 쳤다.

"가까이 오지 마라!"

그의 목소리는 평소와 달리 서릿발같이 날카로웠다.

"아!"

그들은 앞으로 달려 나가려던 몸을 뒤로 물리면서 헛되이 뽑아 든 칼의 칼자루만 움켜쥐고 있을 수밖에 없었다.

그렇지만 저마다 조금이라도 다다아키가 패할 기미만 보이면 스승이 뭐라든 귀를 막고 사방에서 고지로를 에워싼 후 단숨에 베어버릴 작정이라도 하고 있는 듯한 눈빛이었다.

4

지로에몬 다다아키는 쉰네댓 살 정도였지만 아직 건장했다. 머리는 검었고, 겉으로 보기에는 아직 40대로밖에 보이지 않았다. 몸집은 작았지만 다부진 허리에 사지가 곧게 뻗어 있었기 때문인지 작아 보이지 않을 뿐만 아니라 나이로 인한 육체적인 퇴화도 느낄 수 없었다.

고지로는 그를 향한 검 끝을 한 치도 내리지 않았다. 아니, 내릴 수 없었을 것이다. 다다아키도 고지로를 검 끝에 겨눈 순간 만만치 않은 상대라는 것을 느끼고 내심 긴장하며 생각했다.

'젠키善鬼의 재림이란 말인가! 젠키…… 그래, 젠키 이래 이토록 무서운 패기를 가진 검을 만난 적이 없구나.'

젠키는 다다아키가 미코가미 덴젠神子上典膳이라는 이름을 가지고 있던 청년 시절, 이토 야고로 잇토사이를 따라 수련을 다닐 때 같은 스승을 모시던 무서운 사형이었다.

구와나桑名의 뱃사람 아들인 젠키는 학식을 갖추지는 못했지만 신체적으로 강하게 타고났다. 나중에는 잇토사이까지 젠키의 검을 당해낼 수 없었다. 스승이 늙어가자 젠키는 스승을 무시하고, 잇토류를 자신이 독자적으로 창안한 것처럼 떠벌리고 다녔다. 잇토사이는 젠키가 검을 단련할수록 세상에 해만 될 뿐 도움이 되지 않는 모습을 보고 내 평생의 과오는 젠키라며 한탄

할 정도였다.

또 이렇게 술회한 적도 있었다.

"젠키를 보면 마치 그의 내부에 있는 나쁜 것을 모두 가지고 춤을 추고 있는 괴물처럼 보이네. 그래서 젠키를 보면 나 자신까지 혐오스러워져."

그러나 덴젠의 입장에서는 그런 젠키가 있었기 때문에 좋은 본보기와 자극제가 되어 마침내 시모우사下総의 고가네가하라小金ヶ原에서 그와 결투를 벌여 그를 벨 수 있었다. 그리고 잇토사이로부터 잇토류의 비전을 물려받게 되었던 것이다.

지금 고지로를 보고 다다아키는 그 젠키가 떠올랐다. 젠키는 강했어도 교양을 갖추지 못했지만, 고지로는 강할 뿐만 아니라 시대를 꿰뚫어보는 날카로운 안목과 무사로서의 교양도 갖추고 있었는데, 그것이 그의 검에서 혼연일체를 이루고 있었다.

다다아키는 그것을 꿰뚫어보고 바로 자신이 대적할 수 있는 상대가 아니라는 것을 깨끗하게 인정했다. 그는 야규에 대해서도 결코 자신이 뒤진다는 생각은 하지 않았다. 지금도 다지마노카미 무네노리의 실력을 그리 높게 평가하지는 않지만, 오늘 사사키 고지로라는 한 젊은이 앞에서는 솔직히 자신이 이제 늙었다는 것을 느꼈다.

'나도 슬슬 시대의 뒤편으로 물러날 때가 되었구나.'

누군가 선인先人을 따라잡기는 쉽지만 후인後人에게 따라잡히지 않는 것은 어렵다고 했다. 그 말을 지금처럼 절실하게 느낀 적이 없었다. 야규와 어깨를 나란히 하고 잇토류의 전성기를 구가하며 노년의 편안한 인생에 안주하고 있는 동안 사회의 뒤편에선 이런 기린아가 태어나고 있었구나 하는 놀라움을 금치 못하며 고지로를 바라보고 있었다.

5

양쪽 모두 자세를 유지한 채 아무런 변화도 보이지 않았다. 그러나 고지로와 다다아키의 내부에서는 생명력이 무섭게 소모되고 있었다.

그 생리적인 변화는 귀밑머리를 따라 흘러내리는 땀이 되었고, 코로 내쉬는 거친 숨결이 되었으며, 창백한 얼굴로 표출되어 당장이라도 맞부딪칠 것처럼 보였지만 두 개의 검은 여전히 처음의 자세를 유지하고 있었다.

"졌다!"

다다아키는 그렇게 외치며 뒤로 펄쩍 물러났다. 그런데 그 말이 '잠깐!'이라고 외친 소리로 들렸나 보다. 그 순간 짐승처럼 도약하며 고지로가 공중으로 날아올랐다. 그리고 동시에 그가 휘두른 모노호시자오가 다다아키의 몸을 절반으로 가를 것처럼 회오리바람을 일으켰다. 고지로의 검을 다급하게 피하는 와중에 다다아키의 상투를 묶은 끈이 툭 끊어졌다. 그러나 다다아키가 어깨를 낮추며 쳐올린 칼끝도 고지로의 소맷자락을 다섯 치 정도 잘라버렸다.

“비겁하다!”

제자들의 얼굴이 분노로 타올랐다. 다다아키가 방금 ‘졌다!’고 말한 것으로 보아 두 사람의 대결은 싸움이 아니라 결투였음이 명백하다. 그런데도 고지로는 오히려 그 틈을 노려서 무자비하게 공격해 들어갔다. 그가 그런 몰상식한 행동을 감행한 이상 제자들도 팔짱을 끼고 있을 필요가 없었다. 그들은 일제히 움직이기 시작했다.

“이얏!”

“움직이지 마라.”

고지로는 모두가 자신을 향해 달려들자 가마우지가 날아오르듯 몸의 위치를 바꾸더니 정원 한쪽에 있는 거대한 대추나무 뒤에 몸을 반쯤 숨기고 눈을 희번덕거리며 소리쳤다.

“똑똑히 보았느냐!”

고지로가 자신이 이겼다고 외치듯이 그렇게 소리치자 맞은편에 있던 다다아키가 대답했다.

“보았다!”

그리고 제자들을 나무라듯 소리쳤다.

"물러서라!"

다다아키는 칼을 칼집에 집어넣고 서재의 마루로 돌아가 걸터앉더니 산발이 된 머리를 쓸어 올리며 오미쓰를 불렀다.

"오미쓰, 상투를 묶어다오."

오미쓰가 머리를 묶어 올리는 동안 그제야 깊은 숨을 내쉬는 다다아키의 가슴팍이 땀으로 번들거렸다.

"대충해도 된다."

그리고 오미쓰를 어깨 너머로 보며 말했다.

"저기 있는 젊은 손님에게 씻을 물을 드리고 아까 있던 자리로 모시거라."

"예."

하지만 다다아키는 고지로를 안내하라는 객실로는 가지 않고 신발을 신더니 제자들을 둘러보며 명령을 내렸다.

"도장으로 모여라."

그리고 자기가 먼저 도장으로 걸음을 옮겼다.

6

어떻게 된 거지?

제자들은 연유를 알 수 없었다. 우선 농담으로라도 스승인 지로에몬 다다아키가 고지로에게 졌다고 외친 것은 뜻밖이었다.

'그 한마디는 지금까지 무적을 자랑하던 오노 파 잇토류의 자부심에 먹칠을 한 것과 다름없어.'

그렇게 생각하며 창백한 얼굴로 분루를 삼키면서 다다아키의 얼굴을 노려보는 자도 있었다.

스승의 말에 도장에 모인 자들은 스무 명 정도였다. 그들은 굳은 표정으로 세 줄로 앉아 있었다. 다다아키는 한 단 높은 상좌에 조용히 앉아 그들의 얼굴을 한동안 바라보았다.

"이제 나도 나이를 먹었다. 그리고 세상도 많이 변했다."

다다아키의 입에서 처음 나온 말이었다.

"지난날, 내가 걸어온 길을 돌아보면 스승이신 야고로 잇토사이 님을 섬기고 젠키를 쓰러뜨린 무렵이 내 검이 가장 빛나던 시절이었고, 이곳 에도에서 가문을 이루고 쇼군 가의 사범이 되어서 세상에서 무적의 잇토류, 사이카치 언덕의 오노 가라고 불리기 시작한 무렵에는 이미 나의 검은 내리막길을 걷기 시작할 때였다."

"……."

제자들은 스승이 무슨 말을 하려는 것인지 아직 그 뜻을 헤아리지 못하고 있었다. 그래서 숙연히 앉아 있는 그들의 얼굴에는 불평과 의혹이 뒤섞인 복잡한 감정이 교차되고 있었다.

"생각해보니……."

다다아키는 갑자기 지금까지 내리깔고 있던 눈을 크게 뜨며 큰 소리로 말했다.

"이는 인간이라면 누구나 갖고 있는 공통된 성질이다. 안식安息이 어울리는 초로의 전조야. 지금도 시대가 변하고 있다. 후배는 선배를 뛰어넘기 마련이며 젊은 다음 세대가 새로운 길을 개척해 나가는 법. 그것이 순리다. 세상은 변하고 움직이면서 발전하니까. 하지만 검법에서는 그것을 용납하지 않는다. 늙는 것도 용납되지 않는 것이 검의 길이다."

"……."

"가령 이토 야고로 스승님이 지금 살아 계신지 어떤지 그 소식조차 모르지만, 고가네가하라에서 내가 젠키를 베었을 때 그 자리에서 잇토류의 인수印綬를 내게 내리시고 그 길로 산으로 들어가 버리셨다. 그 후로도 검과 선禪, 생과 사의 길을 찾아 큰 깨달음의 봉우리에 오르시고자 하셨다. 그에 비해 나는 너무나도 빨리 늙음의 전조를 보이며 오늘 같은 패배를 당하니 스승인 야고로 님을 무슨 면목으로 뵐 수 있겠느냐. 오늘까지의 내 생활을 되돌아보면 참으로 한심하기만 하구나."

그때 더 이상 참고 있을 수 없었는지 하치쿠로가 말했다.

"스, 스승님. 패하셨다고 하시지만 저희들은 스승님이 그와 같이 젊은 자에게 패할 분이 아니라는 것을 평소 굳게 믿고 있습니다. 오늘 일은 뭔가 사정이 있었던 것이 아닙니까?"

"사정?"

다다아키는 일소에 부치며 고개를 저었다.

"진검과 진검의 승부였다. 어찌 털끝만큼이라도 사사로운 정이 개입할 수 있겠느냐? 젊은 자라고 했는데 나는 그가 젊은 사람이어서 졌다고 생각하지는 않는다. 그저 변해가는 시대에 졌을 뿐……."

"하지만……."

"아아, 잠깐!"

조용히 하치쿠로의 말을 가로막으며 다시 제자들의 얼굴을 둘러보면서 말했다.

"빨리 이야기를 마무리 짓도록 하자. 사사키 님이 기다리고 있으니까. 하여 너희들에게 다시 한 번 내 뜻과 바람을 이야기하겠다."

7

다다아키는 제자들에게 오늘부로 도장에서 물러날 것이며 세상으로부터도 몸을 감출 것이라고 말했다.

"이것은 은거가 아니다. 산속으로 들어가 야고로 잇토사이 님께서 들어가신 길의 뒤를 따른다는 심정으로 말년의 큰 깨달음을 얻고 싶은 것이 나의 바람이다."

그리고 다다아키는 제자 중에 이토 마고베에가 조카에 해당하는 자이니 외아들인 다다나리忠也의 후견인이 되어달라고 부탁하고, 막부에는 그런 자신의 취지를 청원해달라고 말하고는 이 기회에 전해두고 싶은 말이라며 이렇게 말했다.

"난 후학인 사사키 님에게 진 것을 분하게 생각지 않는다. 그러나 그와 같은 신진이 다른 곳에서는 나오고 있는데 아직 우리 오노 도장에서는 그런 인재가 한 명도 나오지 않았다는 것은 심히 부끄럽게 생각하고 있다. 그것은 내 문하에 대대로 주군을 섬기는 막사가 많아 수행은 게을리 하면서 무적 잇토류라 허세를 부렸기 때문일 것이다."

그때 가메이 효스케가 떨리는 목소리로 말했다.

"스승님, 말씀 중에 외람되오나 저희들은 결코 그처럼 교만하고 나태하게만 세월을 보내지 않았습니다."

"시끄럽다."

다다아키는 효스케의 얼굴을 노려보면서 소리쳤다.

"제자의 태만은 스승의 태만이다. 나는 나 자신에 대해 참회하면서 스스로 죗값을 치르려고 하는 것이다. 너희들 모두가 교만하고 나태하다고 말하는 것이 아니다. 그러나 이중에는 그러한 자도 있다고 본다. 오노 도장은 그런 악풍을 일소하여 바르고 젊은 시대의 못자리가 되어야 한다. 그렇지 않으면 내가 개혁을 위해 물러나는 것도 아무 의미가 없을 것이다."

제자들은 그의 진의를 그제야 깨달은 듯 모두 고개를 숙이고 스승의 말을 곱씹으면서 반성했다.

그때 다다아키가 하마다를 불렀다.

"하마다."

하마다 도라노스케는 갑자기 자신의 이름이 불리자 스승의 얼굴을 보며 대답했다.

"예."

다다아키의 눈은 그를 똑바로 노려보고 있었다. 도라노스케는 그의 눈빛에 다시 고개를 숙였다.

"일어서라!"

"예?"

"일어서!"

"……."

"도라노스케, 일어서지 못하겠느냐!"

다다아키의 목소리가 한층 거칠어졌다.

세 줄로 앉아 있는 제자들 사이에서 도라노스케가 일어섰다. 그의 동료와 후배들은 다다아키의 심중을 헤아릴 수 없어서 조용히 있었다.

"도라노스케, 널 오늘부로 파문한다. 장차, 마음을 고쳐먹고 수련에 정진하여 검법의 취지를 깨닫는다면 다시 사제로 만날 날이 있을 것이다. 가거라."

"스, 스승님. 이유를 말씀해주십시오. 저는 파문당할 만한 일을 한 기억이 없습니다."

"검법의 길을 잘못 알고 있으니 이유 역시 알 수 없을 터. 훗날, 가슴에 손을 얹고 깊이 생각해보면 알 수 있을 것이다."

"말씀해주십시오. 말씀해주시지 않으면 저는 이 자리를 떠날 수 없습니다."

도라노스케는 얼굴에 굵은 핏줄을 세우며 소리쳤다.

8

"그렇다면 말해주마."

다다아키는 도라노스케를 세워놓은 채 어쩔 수 없이 도라노스케를 파문하는 이유를 모두에게 설명했다.

"무사에게 있어 가장 경멸해야 할 행위는 비겁함이다. 또 검법에 있어서도 극히 경계하는 것이기도 하다. 비겁한 행동을 할 때는 파문에 처하는 것이 우리 도장의 철칙이다. 그런데 하마다 도라노스케는 형이 죽었는데도 허투루 세월을 보냈고, 게다가 그 장본인인 사사키 고지로에게 설욕을 하려고 하지도 않았거니와 오히려 마타하치라는 수박장수를 원수로 여겨 그의 노모를 인질로 끌고 와서 이 도장 안에 잡아두었다. 이를 어찌 무사의 행동이라 할 수 있겠는가!"

"아닙니다. 그것은 고지로를 이리로 유인하기 위한 계책이었습니다."

도라노스케가 발끈하며 변명했다.

"바로 그것이 비겁하다는 것이다. 고지로를 치고자 마음먹었다면 왜 직접 그의 처소에 가든가 결투장을 보내 당당하게 승부를 겨루지 않았느냐?"

"그, 그것도 생각하지 않은 것은 아닙니다만."

"생각했다? 그런데 어찌 실행에 옮기지 않았느냐? 다수에 의지해서 사사키 님을 이곳으로 유인하여 치려 한 비열한 행동을 방금 네가 한 말로 자백한 것이 아니냐? 그런 너의 행동에 비하면 사사키 고지로 님의 태도는 참으로 훌륭하다 할 수 있다."

"……."

"그는 단신으로 나를 찾아와 비열한 제자는 상대할 수 없으며 제자의 과오는 스승의 과오라면서 결투를 청했다."

제자들은 그제야 사건의 경위를 이해한 듯했다.

다다아키는 말을 이었다.

"게다가 그 진검 승부의 결과로 나의 내면에도 분명히 부끄러워해야 할 잘못이 있다는 것이 드러났다. 나는 그 잘못을 깨닫고 졌다고 한 것이다."

"……."

"도라노스케, 그래도 너는 자신을 반성하지 못하고 부끄러울 게 없는 무사라고 생각하느냐?"

"송구합니다."

"가거라!"

"떠나겠습니다."

도라노스케는 고개를 숙인 채 열 걸음 정도 물러가서 양손을 바닥에 짚고 꿇어앉았다.

"스승님의 건승을 비옵니다."

"으음……."

"여러분도……."

그는 말끝을 흐리며 작별을 고하고 쓸쓸히 떠났다.

"나도 떠나야겠다."

다다아키도 자리에서 일어섰다. 제자들이 있는 곳에서 흐느끼는 소리가 들렸다. 다다아키는 숙연히 머리를 숙이고 있는 제자들을 바라보며 말했다.

"모두 분발하도록 해라."

그리고 스승으로서 마지막 당부의 말을 했다.

"무얼 그리 슬퍼하느냐. 너희들은 이 도장에 너희들의 시대를 맞이해야 한다. 내일부터는 겸허한 마음으로 한층 더 정진하도록 하라."

9

도장에서 거처로 돌아온 다다아키는 이윽고 객실에 모습을 드러냈다.

"실례했소."

다다아키는 기다리고 있던 고지로에게 중간에 자리를 비운 것에 대해 사과하면서 조용히 앉았다. 그의 얼굴에서는 아무런 동요도 읽을 수 없었다. 평소와 다른 점은 없었다.

"헌데……."

다다아키가 입을 열었다.

"제자인 하마다 도라노스케는 방금 파문을 명하고 향후 마음을 고쳐먹고 수련하도록 잘 훈계해두었소. 그리고 도라노스케가 인질로 잡아두었던 노파도 당연히 돌려보내드려야 할 터인데 직접 모시고 가실지, 아니면 저희가 보내드려야 할지……."

"제가 직접 모시고 가겠습니다."

고지로는 그렇게 말하고 자리에서 일어서려고 했다. 그러나 다다아키가 그를 만류하며 말했다.

"그리 하시겠다면 이젠 모든 일은 잊고 술이나 한잔 하시지요. 오미쓰, 오미쓰!"

그는 손뼉을 쳐서 조카를 불렀다.

"술상을 내오너라."

고지로는 조금 전의 진검 대결에서 정신을 전부 소모해버린 듯한 기분이었다. 그 후, 혼자서 우두커니 이곳에서 그를 기다리던 시간도 너무 길었던 탓에 바로 돌아가고 싶었지만 약해 보이는 것이 싫어서 자리에 앉으며 말했다.

"그럼, 한잔 청하겠습니다."

고지로는 다다아키를 얕잡아보고 있었다. 마음속으로는 얕잡아보면서 입으로는 자기도 오늘까지 달인들을 꽤 만나보았지만 아직 귀하와 같은 검을 접한 적이 없다, 과연 잇토류의 오노는 명성만큼 대단하다고 칭찬하며 자신의 우월함을 은근히 과시했다.

고지로는 젊고 강하고 패기만만했다. 다다아키는 술로도 고지로를 대적하지 못한다는 것을 온몸으로 느끼고 있었다. 하지만 어른인 다다아키가 보기에 자신은 대적할 수 없다고는 생각하면서도 그 강함과 젊음이 너무나 위험해 보였다.

'이 소질을 잘 갈고닦으면 천하의 바람은 이자를 향해 불겠지. 허나 잘못하면 젠키가 될 우려도 있어.'

다다아키는 고지로가 자신의 제자가 아닌 것을 애석해하며 충고의 말이 목구멍까지 차올랐지만, 끝내 아무 말도 하지 않았다. 그리고 고지로의 말에는 무엇이든 겸허하게 웃으며 대답했다.

잡담을 나누는 와중에 무사시에 대한 이야기도 나왔다. 근래 호조 아와노카미와 다쿠안 스님의 추천으로 미야모토 무사시라는 무명의 검객이 사범의 자리에 발탁될지 모른다는 소문을 다다아키가 들었다는 것이다.

"예?"

고지로는 속이 편치 않은 표정이었다. 저녁놀을 바라보던 그가 이윽고 돌아가겠다고 하자 다다아키는 조카인 오미쓰에게 일렀다.

"노파를 부축해서 언덕 아래까지 모셔다 드리거라."

그로부터 얼마 후 물욕도 없고 솔직하며 야규처럼 정치적인 교류도 없는, 소박한 기질을 가진 무사로 알려진 오노 지로에몬 다다아키의 모습이 에도에서 보이지 않게 되었다.

"쇼군 가에도 자유롭게 드나들 수 있는 신분이었는데."

"마음만 먹었다면 얼마든지 출세할 수 있었지."

그가 세상에서 모습을 감춘 것을 의아해하던 사람들은 이윽고 그가 사사키 고지로에게 졌다는 것을 과대 해석한 나머지 이런 말을 옮기기에 이르렀다.

"오노 지로에몬 다다아키가 미쳤대."

백골

1

어젯밤의 바람은 무서웠다. 무사시조차 그런 폭풍우는 난생 처음이라고 말했다.

210일, 220일.

이런 자연의 무서움에 대처하는 법을 잘 알고 있는 이오리는 어젯밤 폭풍우가 몰아치기 전에 지붕에 올라가 대나무 못을 단단히 박고 그 위에 돌을 올려놓았지만, 그 지붕도 간밤에 폭풍에 날려가 아침 내내 찾아보았지만 어디로 갔는지 행방조차 알 수 없었다.

"아아, 이젠 책도 읽을 수 없게 됐네."

절벽이며 수풀 할 것 없이 물에 젖어서 여기저기 흩어져 있는 서책의 잔해를 바라보며 이오리는 안타까운 듯 중얼거렸다.

그러나 피해를 입은 것은 책뿐만이 아니었다. 그와 무사시가 살고 있는 집조차 형체도 없이 무너져서 어떻게 손 쓸 방도가 없었다. 그런데 무사시는 그런 것은 아랑 곳 않고 불을 피워놓으라고 말하고는 나가서 아직도 돌아오지 않았다.

"참, 태평해. 홍수 난 논이나 구경하러 가고."

이오리는 불을 피우기 시작했다. 땔감은 부서진 집의 마루와 판자벽이었다.

'오늘 밤에 잘 집이었는데.'

그렇게 생각하자 연기가 눈으로 스며들어왔다. 불이 붙었다.

무사시는 여전히 돌아오지 않았다. 무심코 보니 근처에 아직 벌어지지 않은 밤송이와 폭풍우를 맞고 죽어 있는 작은 새의 사체 따위가 눈에 띄었다.

이오리는 그것들을 불에 구워 아침을 먹었다.

무사시는 정오 무렵에 돌아왔다. 그리고 그로부터 반 시진쯤 지나 도롱이와 삿갓 등을 쓴 마을 사람들이 올라왔다. 그들은 무사시에게 덕분에 물이 빨리 빠졌다느니 병자들이 고마워하고 있다느니 하며 각자 인사를 했다. 어떤 피해가 생기면 뒤처리는 항상 자기 일에만 신경 쓰며 다투기도 했는데, 이번에는 말씀하신 대로 마을 사람들이 일치단결해서 누구의 밭이고 누구의 집이라고 가르지 않고 힘을 합쳤더니 의외로 피해를 빨리 복구할 수 있었다며 늙은 농부가 거듭 감사를 표했다.

"아, 그것 때문에 가신 거구나."

이오리는 그제야 무사시가 새벽에 나간 이유를 알 수 있었다.

스승을 위해 죽은 새의 털을 뽑아 구워놓은 고기를 이오리가 내밀자 마을 사람들이 먹을 것을 내 보이며 말했다.

"음식은 저희에게도 얼마든지 있습니다."

그들은 먹을 것을 한아름이나 가지고 왔는데 그중에는 이오리가 좋아하는 떡도 있었다.

죽은 새 구이는 맛이 없었다. 이오리는 자기만 생각하고 허겁지겁 그런 것들로 배를 채운 것을 후회했다. 자신을 버리고 남을 먼저 위한다면 음식은 저절로 누군가가 준다는 사실을 깨달았다.

"이번에는 집이 무너지지 않도록 저희들이 튼튼하게 지어드릴 테니 오늘 밤은 저희 마을에 오셔서 주무십시오."

나이가 지긋한 농부가 그렇게 말했다. 노인의 집은 이 부근에서 가장 오래된 집이었는데, 무사시와 이오리는 어젯밤에 비에 흠뻑 젖었던 옷가지를 말리며 노인의 집에서 잤다.

"저기요……."

잠자리에 눕고 난 뒤의 일이었다. 이오리는 옆에서 자고 있는 무사시 쪽으로 돌아 누우며 작은 목소리로 말했다.

"스승님."

"……으응?"

"멀리서 가구라 연주 소리가 들리지 않나요?"

"들리는 것도 같고, 들리지 않는 것도 같은데."

"이상하네요. 이런 큰 폭풍우가 지난 후에 가구라 소리가 들리다니."

"……."

무사시가 대답이 없자 이오리도 어느새 잠이 들고 말았다.

2

아침이 되었다.

"스승님, 지치부秩父의 미쓰미네三峰 신사라면 여기서 그리 멀지 않지요?"

"여기선 얼마 되지 않을 거다."

"그럼, 저 좀 데리고 가 주세요. 참배하러."

이오리는 무슨 생각인지 오늘 아침에 갑자기 그렇게 말했다. 이유를 물어보자 그는 어젯밤 가구라 소리가 마음에 걸려서 아침에 일어나자마자 이 집 노인에게 물어봤더니 여기서 가까운 아사가야阿佐ヶ谷 마을에 먼 옛날부터 아사가야 가구라라 해서 가구라 연주가의 집이 있는데, 그가 매달 미쓰미네 신사의 제사를 맞아 미리 집에서 연주를 맞춰보고 지치부로 나가기 때문에 그 소리가 들렸을 것이라는 설명이었다.

이오리는 웅장한 음악과 무용이라면 가구라밖에 몰랐다. 더구나 미쓰미네 신사의 가구라는 일본의 3대 가구라 중 하나라고 불릴 만큼 유래가 깊은 것이라는 말을 들었기 때문에 뜬금없이 지치부에 가고 싶어진 것이다.

"예? 예? 스승님."

이오리는 막무가내로 보챘다.

"어차피 초암은 대엿새 안에 지을 수 없잖아요."

무사시는 어리광을 부리며 보채는 이오리를 보자 문득 조타로가 생각났다. 조타로를 데리고 있을 때 그는 곧잘 지금의 이오리처럼 어리광을 부렸다. 조르고, 떼를 쓰고, 제멋대로 굴어서 애를 먹기도 했다.

하지만 이오리는 그런 일이 거의 없었다. 어떤 때는 무사시가 오히려 그의 데면데면함에 서운함을 느낄 정도로 이오리에게는 아이다운 면이 없었다. 조타로와는 자란 환경이나 성격이 다른 탓도 있겠지만, 그것은 대부분 제자와 스승의 구분을 엄격하게 하는 무사시의 훈육 때문이었다. 그냥 내버려두었던 조타로의 경험을 돌아보고 이오리에게는 의식적으로 엄한 스승이고자 했기 때문이다.

그런 이오리가 평소와 달리 어리광을 부리자 무사시는 "으응……." 하고 건성으로 대답하고 잠시 생각에 잠겼다가 말했다.

"그래, 데리고 가마."

이오리는 팔짝팔짝 뛰며 좋아했다.

"날씨도 너무 좋아요."

그젯밤, 하늘에 대고 원망을 하던 일은 이미 까맣게 잊어버리고 갑자기 노인에게 청해 도시락과 짚신을 얻어오더니 무사시를 재촉했다.

"자, 어서 가요."

노인은 돌아올 때까지 초암을 다 지어놓겠다며 그들을 배웅했다.

태풍이 만들어놓은 물웅덩이가 아직 곳곳에 작은 호수를 이루고 있었지만, 그저께의 폭풍이 거짓말인 것처럼 때까치는 하늘을 낮게 날아다니고 있었고 하늘은 푸르고 맑게 개어 있었다.

미쓰미네 신사의 제사는 사흘 동안 계속되기 때문에 이오리로서는 그리 급할 것도 없었다. 시간에 못 맞출 염려가 없었기 때문이다.

그날은 다나시田無의 구사草 여인숙에서 일찌감치 잠자리에 들었고 이튿날에도 여전히 무사시노 들판의 길 위에 있었다.

이루마 강入間川의 물은 세 배나 불어나 있었다. 흙다리는 강물 속에 잠겨 아무 쓸모가 없었다. 부근의 주민들은 논에서 벼 따위를 나를 때 쓰는 바닥이 얕은 배를 이용하거나 양쪽 기슭에 말뚝을 박아 임시 다리를 놓고 있었다.

다리가 완성되기를 기다리고 있던 이오리가 놀란 듯 말했다.

"어? 화살촉이 엄청 많이 떨어져 있네. 투구 장식도 있고. 스승님, 이 부근은 분명 전쟁터였을 거예요."

홍수에 씻겨 내려간 모래사장을 파던 이오리는 녹슬고 부러진 칼과 뭔지 알 수 없는 오래된 쇠붙이를 주워 들고 흥미롭게 살펴보다가 갑자기 손을 움츠리며 소리쳤다.

"앗, 사람 뼈다!"

3

무사시가 그것을 보고 말했다.

"이오리, 그 백골을 이리로 가져오너라."

무심코 손을 댔지만 이오리는 더 이상 만지고 싶지 않다는 표정으로 말했다.

"스승님, 뭐 하시려고요?"

"사람들이 밟지 않도록 다른 곳에 묻어주려고."

"뼈가 한두 개가 아닌데요?"

"다리가 완성될 때까지 마침 좋은 일거리가 생겼구나. 있는 대로 다 주워 모아라."

그러고는 강가 뒤편을 둘러보다 말을 이었다.

"저쪽 용담꽃이 피어 있는 곳 주변에 묻어주자."

"괭이가 없는데요?"

"그 부러진 칼로 파."

"예."

이오리는 먼저 구덩이를 파고 주워 온 화살촉과 고철도 백골과 함께 모두 묻었다.

"이제 됐죠?"

"음, 그 위에 돌을 올려놓아라. ……그래, 그거면 되겠다."

"스승님, 이 부근에서 전쟁이 일어난 것이 언제죠?"

"책에서 읽었을 텐데 잊었느냐?"

"잊어먹었어요."

"《다이헤이키太平記》를 보면 겐코元弘 3년(1333)과 쇼헤이正平 7년(1352)에 모두 두 차례의 전쟁이 있었다. 닛타 요시사다新田義貞, 요시무네義宗, 요시오키義興 등의 일족과 아시카가 다카우지足利尊氏의 대군이 혈전을 벌인 고테사시가하라小手指ヶ原가 바로 이 부근이야."

"아, 고테사시가하라 전투가 벌어진 곳이었구나. 그 얘긴 스승님한테 몇 번이나 들어서 알고 있어요."

"그럼……."

무사시는 평소 이오리가 어느 정도 공부를 했는지 시험하듯 물었다.

"그 무렵 무네나가宗良 친왕이 오랫동안 아즈마東에 머물면서 오로지 무사의 길에만 매진하였는데, 뜻밖에 정동장군征東將軍의 선지宣旨를 받아들었을 때 부른 노래를 기억하느냐?"

"기억하고 있습니다."

이오리는 바로 대답하고 푸른 하늘에 한 마리 새가 날아가는 모습을 올려다보며 노래를 읊었다.

"예전엔 손도 대지 않던 가래나무 활이 이 몸에 이리 익숙해지리라고는 생각지도 못했구나."

무사시가 빙그레 웃으며 물었다.

"맞았다. 그럼 '같은 무렵 무사시노쿠니武藏國를 넘어 고테사시가하라라는 곳으로'라는 머리말에 나오는 무네나가 친왕의 노래는?"

"……?"

"잊어버렸구나?"

이오리는 지기 싫은 마음에 고개를 강하게 저으며 말했다.

"잠깐, 잠깐만요."

그리고 생각이 나자 이번에는 제 멋대로 가락을 붙여가며 읊었다.

주군을 위해
세상을 위해
무엇이 아까우리

버릴 가치가 있는

목숨이 있다면.

"맞죠, 스승님?"

"뜻은?"

"알고 있어요."

"어떻게 아느냐?"

"이 노래의 뜻을 모르면 무사도 일본인도 아니죠."

"음…… 그런데 이오리. 그러면 넌 왜 백골을 든 그 손을 더럽다는 듯 아까부터 께름칙해하는 거냐?"

"해골이잖아요. 스승님도 기분이 좋진 않잖아요."

"이 옛 전쟁터의 백골들은 모두 무네나가 친왕의 노래에 감읍해서 친왕의 노래대로 분전하다가 죽어간 사람들이다. 그런 무사들의 백골이, 눈에는 보이지 않지만 지금도 여전히 초석이 되어 있기에 이 나라가 이렇듯 평화롭게 수천 년의 태평성대를 구가하고 있는 것이 아니겠느냐?"

"아, 그렇군요."

"이따금 전란이 벌어지긴 했어도, 그것은 엊그제의 폭풍우와 같은 것으로 국토 자체에는 아무런 변화가 없다. 그렇게 되도록 지금 살아 있는 사람들이 애쓴 덕도 있지만, 땅속에 묻힌 백골들의 은혜도 잊어서는 안 될 거야."

4

이오리는 무사시의 말에 몇 번이고 고개를 끄덕였다.

"알겠습니다. 그러면 지금 묻은 백골에 꽃을 올리고 절이라도 하고 와야겠어요."

무사시가 웃으며 말했다.

"절까지는 안 해도 된다. 마음속에 지금 말한 것을 잘 새겨둔다면 말이야."

"하지만……."

이오리는 아무래도 마음이 편치 않은 듯 가을 들꽃을 꺾어 와서 돌 앞에 놓고 합장을 하려다가 문득 뒤를 돌아보며 주저하듯 물었다.

"스승님, 이 땅속의 백골이 정말 스승님이 방금 말씀하신 대로 충신이면 좋겠지만, 만약 아시카가 다카우지 편의 군사라면 어떡하죠? 이렇게 손을 모으고 절하는 게 왠지 께름칙해요."

무사시도 그 물음에는 대답이 궁했다. 이오리는 무사시가 명쾌하게 대답해주기 전에는 절대 합장을 하지 않겠다는 듯 무사시의 얼굴을 바라보면서 대답을 기다렸다.

어디선가 귀뚜라미 소리가 들려왔다. 하늘을 올려다보니 아련한 낮달이 눈에 들어왔다. 그러나 무사시는 이오리에게 해줄 말이 좀처럼 떠오르지 않았다. 이윽고 무사시가 말했다.

"불도에서는 십악오역十惡五逆의 무리도 구제하는 길이 있다. 즉심즉보리卽心卽菩提, 보리에 눈을 뜨면 악역의 무리라도 부처님은 이를 용서하신다. 하물며 이미 백골이 되어버렸거늘……."

"그럼, 충신도 역도도 죽으면 같은 것이 되나요?"

"다르다."

무사시는 엄격하게 구분을 지었다.

"그렇게 선불리 생각하면 안 돼. 무사는 명예를 중히 여긴다. 이름을 더럽힌 무사는 영원히 구제해선 안 된다."

"그럼, 왜 부처님은 악인이나 충신이나 모두 똑같은 것처럼 말씀하시는 거죠?"

"인간의 본성 자체는 모두 원래 같은 것이다. 하지만 명리나 욕망에 눈이 어두워 역도가 되고 난적이 되기도 하지. 부처님은 그러한 것을 미워하지 않고 즉심즉불卽心卽佛을 권하며 보리의 눈을 뜨게 하려고 천만의 경을 통해 설파하시지만, 그 모든 것은 살아 있을 때의 일. 죽으면 구제의 손길이 사라져버린다. 죽으면 모든 것이 공空이 될 수밖에 없어."

"아아, 그렇군요."

이오리는 알았다는 듯 갑자기 큰 소리로 말했다.

"하지만 무사는 그렇지 않죠? 죽어도 공이 되지 않죠?"

"어째서?"

"이름이 남잖아요."

"허허!"

"나쁜 이름을 남기면 나쁜 이름이, 좋은 이름을 남기면 좋은 이름이."

"으음."

"백골이 되어서도 말이죠."

"……하지만."

무사시는 이오리의 순진한 지적 욕구가 모든 것을 닥치는 대로 집어삼키는 것을 우려하며 덧붙였다.

"하지만 말이다. 무사에게는 또 자연이나 인간 세상에 대해 무상함을 느끼는 마음이라는 것이 있어야 한다. 그 마음이 없으면 무사는 달도 꽃도 없는 황야와 같은 것이야. 그저 강하기만 해서는 그제 밤의 폭풍우와 같아. 밤낮 구분 없이 오직 검만을 생각하며 그 길에만 몰두하는 무사에겐 무상함, 자비의 마음이 없어서는 안 된다."

이오리는 아무 말도 하지 않고 듣고 있다가 땅 속의 백골에 꽃을 올리고 순순히 합장을 했다.

북채

1

지치부의 기슭에서 개미떼처럼 끊임없이 산길을 올라가는 사람들의 작은 모습은 산을 둘러싼 짙은 구름 속으로 사라졌다가 산 정상의 미쓰미네 신사에서 다시 모습을 드러냈다. 거기서 하늘을 올려다보면 하늘에는 구름 한 점 없다.

이곳은 간토의 네 개 지방에 걸쳐 있는 구모토리雲取, 시라이시白石, 묘호가타케妙法ヶ岳의 세 산으로 통하는 하늘 위 마을이었다. 한 울타리 안에 신사와 불당의 당탑堂塔과 행랑채가 있고, 별당과 신관의 집, 특산물 가게, 참배 주막들로 이루어진 몬젠마치門前町(신사나 절 앞에 이루어진 시가)가 이어진다. 뿔뿔이 흩어져 있기는 하지만 신사에 딸린 땅에 사는 농부의 집도 70여 채가 있다고 한다.

"큰북 소리가 났다."

어젯밤부터 무사시와 같이 별당인 관음원觀音院에 묵고 있던 이오리는 먹고 있던 팥밥과 젓가락을 급히 내려놓으며 말했다.

"스승님, 벌써 시작했어요."

"가구라가?"

"보러 가요."

"나는 어젯밤에 보았으니 너 혼자 갔다 오너라."

"하지만 어젯밤엔 두 곡밖에 하지 않았잖아요."

"그리 서두르지 않아도 된다. 오늘은 밤새 한다고 했으니까."

무사시의 나무 밥공기에는 아직 팥밥이 남아 있었다. 이오리는 그것을 다 먹으면 갈 것이라고 생각하고 신기하다는 듯 말했다.

"오늘 밤에도 별이 떴어요."

"그래?"

"어제부터 이 산 위로 수천 명이 넘는 사람들이 올라왔는데 비가 오면 어쩌죠?"

무사시는 측은한 생각이 들었는지 이오리에게 말했다.

"그럼, 가 볼까?"

"예, 어서 가요."

이오리는 벌떡 일어서서 먼저 현관으로 달려가더니 그곳에 있는 짚신을 빌려와 댓돌에 가지런히 올려놓았다.

별당 앞과 산문 양쪽에 큰 화톳불을 피워놓았고, 몬젠마치에도 집집마다 횃불을 걸어놓아서 산 위는 대낮처럼 밝았다. 호수처럼 깊은 빛을 띤 밤하늘에는 은하수가 반짝반짝 빛나고 있었다. 사람들은 산 위의 추위도 잊은 채 그 아름다운 별빛과 불빛을 받으며 가구라덴神楽殿을 둘러싸고 있었다.

"어?"

이오리는 사람들에 휩쓸리면서 주위를 두리번거렸다.

"방금까지 여기 계셨는데, 스승님은 어디로 가셨지?"

산바람을 타고 피리 소리와 북소리가 울려 퍼지자 사람들은 이곳으로 물결을 이루어 몰려들고 있었지만, 가구라덴에는 아직 등불과 휘장이 조용히 바람에 나부끼고 있을 뿐 무인舞人의 모습은 보이지 않았다.

"스승님!"

이오리는 사람들 사이를 헤집고 다니다 겨우 무사시를 찾았다. 무사시는 거기서 조금 앞에 있는 불당 기둥에 서서 빼곡하게 걸려 있는 공양 명패를 올려다보고 있었다. 이오리가 달려가서 소매를 잡아당겨도 무사시는 잠자코 명패를 바라보고 있을 뿐이었다.

무수한 공양 명패들과 떨어져서 금액도 많고, 크기도 두 배는 되는 판자에 쓰여 있는 글귀가 그의 시선을 끌고 있었던 것이다.

부슈武州(무사시노쿠니의 약칭) **시바우라**芝浦 **마을**

나라이야奈良井屋 다이조

"……?"

나라이의 다이조라면 몇 년 전에 그가 헤어진 조타로를 데리고 타지방으로 여행길에 올랐다는 말을 듣고 기소에서 스와 주변에 이르기까지 얼마나 찾아 헤맸는지 모르는 이름이다.

"부슈의 시바우라라면?"

바로 얼마 전까지 머물던 에도가 아닌가. 무사시는 뜻하지 않게 그 다이조의 이름을 발견하고는 멍하니 헤어진 사람들을 생각하고 있었다.

2

평소에도 그들을 잊은 적이 없다. 나날이 성장해가는 이오리를 보면서, 또 무슨 일이라도 있으면 그들을 떠올리곤 했다.

'벌써 3년이라는 세월이 꿈처럼 흘러갔구나.'

무사시는 조타로의 나이를 마음속으로 헤아려보았다.

그때 갑자기 가구라덴의 큰북이 큰 소리로 울리자 무사시는 정신을 차렸다.

"아, 벌써 시작했다."

이오리는 마음이 이미 그곳으로 가 있었다.

"스승님, 뭘 보고 계세요?"

"아무것도 아니다. 이오리, 너 혼자 가구라를 보고 있거라. 난 잠깐 볼일이 생각나서 그러니 나중에 따라가마."

무사시는 이오리를 먼저 보내고 혼자 신관의 집 쪽으로 갔다.

"공양을 한 사람에 대해서 좀 여쭤볼 것이 있습니다만."

"여기서는 담당이 아니라 알 수 없으니 별당으로 안내하지요."

가는귀가 먹은 늙은 신관이 앞장서서 무사시를 안내했다.

'총별당總別堂 고운 사高雲寺 뵤도보平等坊'라는 큰 글자가 입구에 위엄 있게 걸려 있었다. 보물을 보관해두는 창고의 하얀 벽도 안쪽으로 보였다. 모든 일을 이곳에서 처리하고 있는 듯했다.

노 신관이 현관에서 한참 동안 무언가를 이야기하더니 한 승려가 정중하게 안으로 안내했다.

"이리 오십시오."

차와 과자가 나오고 이윽고 조촐한 곁상까지 나오더니 예쁘장한 아이가 술병을 들고 와서 시중을 들었다. 잠시 후 권승정權僧正(승정의 다음 직위) 아무개라는 중이 들어와서 정중하게 말했다.

"이렇게 높은 곳까지 올라오시느라 고생 많으셨습니다. 산채밖에 대접할 것이 없지만 많이 드십시오."

"……?"

무사시는 자신을 다른 사람으로 착각하고 있는 듯한 기분이 들어 술잔에는 손도 대지 않고 말했다.

"실은 공양을 한 사람에 대해 좀 조사할 것이 있어서 온 사람입니다."

무사시가 그렇게 말하자 쉰은 되어 보이는 후덕한 권승정이 눈을 크게 뜨며 물었다.

"예? 조사라니요?"

권승정은 자못 의아한 표정으로 갑자기 눈빛이 바뀌더니 무사시를 훑어보았다.

무사시가 공양 명패 중에 부슈 시바우라 마을의 나라이야 다이조라는 사람은 언제 이곳에 왔으며 또 얼마나 자주 오는지, 올 때는 혼자서 오는지, 시종을 데리고 오면 어떤 자를 데리고 오는지 따위를 쉬지 않고 물어보자 권승정은 대단히 불쾌한 표정으로 말했다.

"그럼, 뭡니까. 당신은 공양을 하러 온 것이 아니라 공양한 사람의 신원을 조사하러 왔단 말이오?"

노 신관이 잘못 알아들었거나, 권승정이 미리 속단한 것이지 싶다.

"잘못 들으신 것 같습니다. 저는 공양하고 싶다고 한 것이 아니라 나라이의 다이조라는 사람에 대해……."

"그렇다면 그렇다고 현관에서 확실하게 말씀하셨으면 됐을 것을……. 보아하니 낭인 같은데 신원도 확실치 않은 사람에게 공양자의 신원을 알려줘서 폐를 끼칠 수는 없소."

"절대 그럴 일은 없을 겁니다."

"그럼 역승役僧은 뭐라고 하는지, 그에게 가서 물어보시오."

권승정은 뭔가 손해라도 봤다는 듯 소매를 한 번 떨치더니 물러갔다.

3

역승이 공양자 대장을 꺼내 대충 훑어보더니 퉁명하게 말했다.

"딱히 여기에도 자세한 내용은 쓰여 있지 않소. 이곳엔 가끔 참배하러 오시는 듯한데, 시종이 몇 살인지 그런 것까지는 모르겠소."

"번거롭게 해드려서 죄송합니다."

무사시는 공손히 인사를 하고 밖으로 나왔다. 그리고 가구라덴 앞으로 가서 이오리를 찾아보니 키가 작은 그는 군중 뒤편의 나무 위에 올라가 가구라를 구경하고 있었다.

이오리는 무사시가 나무 아래로 온 것도 모른 채 온통 춤에 정신이 팔려 있었다. 검은 편백나무 무대엔 오색 휘장이 늘어뜨려져 있었다. 건물의 사방에 둘러친 금줄이 산바람에 흔들리고 있었고, 정원의 화톳불이 불꽃을 튀기며 이따금 일렁였다.

"……."

무사시도 어느새 이오리와 함께 무대를 바라보고 있었다.

무사시에게도 이오리와 같은 어린 시절이 있었다. 고향의 사누모讃甘 신사에서 본 밤 제사가 생생히 떠올랐다. 사람들의 물결 속에서는 오쓰의 하얀 얼굴이 보였고, 마타하치가 뭔가를 먹고 있었고, 곤權 숙부가 걸어 다니고 있었다. 그리고 자신의 늦은 귀가가 걱정되어 아들을 찾아다니는 어머니의 모습까지 그 무렵의 아련한 환영 속에 들어와 있는 듯했다.

정원의 화톳불은 무대에 앉아서 피리를 입에 대고 북채를 쥐고 있는 사람들의 옷이며 장신구들을 먼 신대神代의 물건으로 보이게 했다.

유장한 큰북 소리가 주변에 늘어선 삼나무 위로 메아리쳤다. 그 북소리에 이끌리듯 피리와 북이 울리더니 무대에선 지금 제악을 관장하는 신관이 볼과 턱의 색깔이 벗겨진 신대 사람의 가면을 쓰고 느릿느릿 춤을 추며 노래를 부르기 시작했다.

가구라 노래 중에 몇 곡은 무사시도 어릴 때 들어본 것이었다. 직접 가면을 쓰고 사누모 신사의 신악당神楽堂에서 춤을 추던 일도 떠올랐다.

그 노래를 듣고 있을 때였다. 북을 치는 고수들의 손을 물끄러미 보고 있던 무사시가 갑자기 주변 사람들을 잊은 듯 큰 소리로 중얼거렸다.

"앗, 저거다! ……이도二刀는."

4

무사시가 중얼거리는 소리를 듣고 나무 위에 있던 이오리가 깜짝 놀라 아래를 내려다봤다.

"앗, 스승님. 거기 계셨어요?"

"……."

무사시는 그를 보려고도 하지 않았다. 눈은 가구라덴의 무대 쪽을 향하고 있었지만, 다른 사람들처럼 무악에 도취되어 있는 눈빛은 아니었다. 오히려 무섭다면 무섭다고 할 수도 있는 눈빛이었다.

"……으음, 이도, 이도. 저것이 이도와 같은 원리다. 북채는 두 개, 소리는 하나."

무사시는 팔짱을 낀 채 꼼짝 않고 있었다. 그러나 그의 가슴속에서는 몇 년째 풀리지 않던 이도에 관한 의문이 풀리고 있었다.

인간은 태어나면서부터 두 개의 손이 있지만 검을 잡을 때는 한 손밖에 사용하지 않는다. 적도 그러했고, 모든 사람들이 그것을 습성인 양 받아들이고 있었기 때문이지만, 만일 두 손으로 두 개의 검을 완벽하게 다룰 수 있게 된다면 하나의 검만을 든 사람은 어떻게 될까?

무사시는 이미 그 실례를 체험한 바 있다. 그것은 이치조 사 사가리마쓰下り松(옛날부터 여행자의 표시로 계속 심어온 소나무. 이치조 사의 상징이 되었고, 지금 남아 있는 소나무는 4대째다)에서 요시오카 쪽 제자들과 단신으로 맞섰을 때였다. 그때 싸움이 끝나고 정신을 차려보니 무사시는 양손에 검을 들고 있었다. 오른손엔 장검을, 왼손엔 단검을.

그것은 본능이 시킨 일이었다. 무의식중에 두 손이 각각 온 힘을 다해 자신의 몸을 지켰다. 생사의 갈림길에서 필연적으로 배운 것이다.

대군과 대군의 전투에서도 양쪽 날개의 군사를 백퍼센트로 활용하지 않고 적군에 맞서는 병법은 존재하지 않는다. 하물며 하나의 몸은 오죽하겠는가.

일상생활의 습성은 부지불식간에 부자연스러움을 자연스러움으로 여기게 하고, 그것을 이상하다고도 여기지 않게 만든다.

'이도가 진리다. 오히려 이도가 자연스럽다.'

무사시는 이때 이후로 그렇게 믿게 되었다.

하지만 일상생활은 일상의 행위이고, 생사의 갈림길은 평생 한두 번 찾아올까 말까 한 일이다. 더욱이 검의 궁극적인 의미는 생사의 중요한 의미를 일상화하는 데 있다.

무의식이 아니라 의식적인 움직임이어야 하고, 게다가 그 의식이 무의식처럼 자유로운 움직임이어야 한다.

이도는 그러해야 한다. 무사시는 늘 그러한 생각을 가슴속에 품고 있었다. 그는 자신의 신념에 이념을 더해 완벽한 이도의 원리를 깨우치고자 했다.

그런데 지금 무사시는 그것을 문득 깨달았다. 가구라덴 위에서 북을 치는 고수가 두 손에 쥔 채를 두드리며 내는 소리에서 이도의 진리를 들었던 것이다.

북을 치는 채는 두 개이지만 두 개의 채가 내는 소리는 하나였다. 그리고 왼쪽과 오른쪽, 오른쪽과 왼쪽을 의식하지만 의식하지 않았다. 이른바 무애자유無礙自由의 경지였다. 무사시는 막혀 있던 가슴이 뻥 뚫린 듯한 심정이었다.

다섯 번째 가구라는 신관의 노래로 시작되어 어느새 춤을 추는 무인도 바뀌었고, 피리 소리도 그 춤에 맞춰 빠르게 바뀌어 있었다.

"이오리, 아직도 보고 있느냐?"

무사시가 나무를 올려다보며 물었다.

"예, 아직요."

이오리는 춤에 도취되어 마치 자신도 무인이 된 듯 건성으로 대답했다.

"내일은 또 오쿠노인奥の院(본당 안쪽에 있는 본존本尊 · 영상靈

像을 모신 건물)까지 큰 산을 올라야 하니 너무 늦지 않도록 돌아가 자거라."

무사시는 그렇게 일러두고 또 다른 별당인 관음원 쪽으로 혼자 걸어갔다.

그런데 그때 그의 등 뒤에서 몸집이 큰 검둥개를 목줄로 묶고 느릿느릿 뒤따라오는 사내가 있었다. 무사시가 관음원 안으로 들어가자 그 사내는 뒤를 돌아보며 낮은 목소리로 어둠 속을 향해 손짓했다.

"어이, 이보게."

마귀의 권속

1

개는 미쓰미네의 사자使者라 하여 산에서는 신의 권속眷屬이라 부르고 있다. 참배객들이 산을 내려갈 때 개의 부적이나 목상, 도기 등을 사가는 것도 그 때문이었다.

또 이 산에는 진짜 개도 많았는데, 사람들에게 사육되며 숭상을 받기도 하지만, 이 산속에 있다는 이유로 살아 있는 동물을 잡아먹고 아직 야성의 본질을 벗어나지 못한 날카로운 이빨을 가진 개들뿐이었다.

이 개들의 조상은 1000여 년 전, 큰 무리를 이루어 바다 저편에서 무사시노로 이주해온 고려인들과 함께 넘어온 개와 그 이전부터 지치부의 산에 있던 순수 간토종인 산개의 피가 섞인 맹견이었다.

무사시를 별당인 관음원 앞까지 미행한 사내의 손에도 삼노

끈에 묶인 개 한 마리가 있었다. 방금 그 사내가 어둠 속을 향해 손짓하자 송아지만 한 검둥개도 함께 어둠을 향해 킁킁거리기 시작했다. 개가 늘 맡아서 익숙한 인간의 냄새가 다가오고 있었기 때문이리라.

"쉿!"

개 주인이 목줄을 잡고 꼬리를 흔드는 개의 엉덩이를 한 대 툭 쳤다. 그의 얼굴도 해치 못지않게 험상궂었다. 얼굴엔 주름이 깊게 잡혀 있고 쉰 살 정도로 보였지만, 다부진 몸집은 젊은 사람을 능가할 정도로 용맹해 보였다. 키는 다섯 척 남짓이었지만, 온몸이 탄력과 투지로 넘쳤다. 주인인 이 사내도 데리고 있는 개와 마찬가지로 아직 야성을 벗지 못한, 산짐승에서 가축이 되는 과도기에 있는 것과 같은, 산사람 중 한 명이었지만 절에서 일하고 있었기 때문에 복장만큼은 단정하고 깨끗했다. 하오리羽織(일본옷 위에 입는 짧은 겉옷) 같기도 하고, 가미시모裃(무사의 예복) 같기도 한 옷 위에 허리띠를 매고 있었는데 발에는 제례 때나 신는 종이를 감아 만든 짚신을 신고 있었다.

"바이켄梅軒 님."

어둠 속에서 살그머니 다가온 여자가 말했다. 개가 그녀를 보고 장난을 치려고 하자 그녀는 일정한 거리를 두고 더 이상 다가오지 못했다.

"이놈!"

바이켄은 줄의 끝자락으로 개의 머리를 조금 세게 때렸다.

"오코お甲, 용케 찾아냈군."

"그자가 맞지요?"

"응, 무사시야."

"……."

"……."

두 사람은 한동안 입을 다물고 구름 사이로 별을 보고 있었다. 가구라덴의 빠른 곡조가 검은 삼나무 가로수 너머로 한층 요란하게 들려왔다.

"어떻게 할까요?"

"어떻게든 손을 써야지."

"이보다 좋은 기회는 없을 거예요."

"그래, 무사히 돌려보낼 수야 없지."

오코는 연신 바이켄의 결심을 재촉하는 눈짓을 보냈지만, 바이켄은 쉽게 결심이 서지 않는 듯했다. 눈알을 굴리며 무언가를 초조해하고 있었다. 무서운 눈이다. 잠시 후 그가 말했다.

"도지藤次는 어딨어?"

"제삿술에 취해 초저녁부터 가게에서 자고 있어요."

"그럼, 가서 깨워."

"당신은요?"

"아무래도 나는 근무 중이라서 순찰을 마치고 나중에 갈게."

"그럼, 집에서."

"그래. 자네 가게에서."

빨간 화톳불이 일렁이는 어둠 속에서 두 사람의 그림자가 각기 다른 방향으로 사라졌다.

2

산문을 나선 오코는 걸음을 재촉했다.

몬젠마치에는 20여 채의 집들이 있다. 대개는 특산물 가게와 휴게소를 겸한 주막이었다. 술과 음식을 하는 냄새를 풍기며 이따금 사람들이 떠드는 소리가 들리는 소란스러운 집도 있었다.

그녀가 들어간 집도 그런 집 가운데 하나로 토방에는 걸상이 나란히 놓여 있었고, 처마 끝에는 '쉼터'라고 쓰여 있었다.

"그이는?"

안으로 들어온 오코가 탁자에 엎드려 자고 있던 여종업원에게 물었다.

"자고 있니?"

여종업원은 야단을 맞을까 봐 몇 번이나 고개를 가로저었다.

"너 말고, 우리 집 양반 말이다."

"아, 주인아저씬 주무시고 계세요."

"그럴 줄 알았다."

오코는 혀를 차면서 어두운 토방을 둘러보았다.

"제사인데 이렇게 한가한 집은 우리 집뿐이니, 참 나."

정면 출입구에서 종업원 남자와 노파가 시루에 내일 팔 팥밥을 하고 있었다. 그곳에서 빨간 장작불이 흔들리고 있었다.

"이봐요."

오코는 한쪽 탁자 위에 벌렁 드러누워 자고 있는 사내를 보고 그곳으로 다가갔다.

"그만 좀 일어나요. 당신이란 사람은……."

오코가 어깨를 잡고 흔들자 자고 있던 사내가 벌떡 일어났다.

"뭐야?"

"어머!"

오코는 뒤로 물러나며 사내의 얼굴을 보았다. 그런데 사내는 그녀의 남편인 도지가 아니었다. 둥근 얼굴에 눈이 큰 시골 젊은이였다. 처음 보는 여자가 자신을 깨우자 젊은이는 눈을 동그랗게 뜨고 오코를 쳐다보았다.

"호호호."

그녀는 자신의 실수를 웃음으로 얼버무리면서 사과했다.

"손님인 줄 모르고 죄송합니다."

시골 젊은이는 탁자 아래에 떨어진 거적을 주워 얼굴에 얹더니 다시 잠을 잤다. 목침 앞에 뭔가 먹다 만 쟁반과 밥그릇이 놓여 있었다. 거적 밖으로 삐져나온 두 발은 흙이 잔뜩 묻은 짚신을 신고 있었고, 벽 쪽에 이 젊은이의 것으로 보이는 봇짐과 삿갓, 지팡이 하나가 놓여 있었다.

"저 젊은이는 손님이니?"

오코가 여종업원에게 물었다.

"예. 한숨 자고 오쿠노인으로 올라갈 테니 재워달라고 하기에 목침을 빌려드렸어요."

"그럼 왜 그렇다고 말하지 않았니? 그이인 줄 알았잖아. 그런데 그이는 대체 어디 계신 거니?"

오코가 이렇게 말했을 때 한쪽에 있는 찢어진 장지문 안에서 발 한쪽을 토방에 내놓고 멍석에 드러누워 있던 도지가 볼멘소리를 하며 일어나 앉았다.

"어이가 없군. 내가 여기 이렇게 버젓이 있는 것이 보이지도 않나 봐? 가겔 비워놓고 어딜 그렇게 쏘다니는 거야?"

사내는 물론 기온 도지祇園藤次였다. 그의 모습은 완전히 딴판으로 변해 있었지만, 여전히 악연을 끊지 못하고 그의 옆에 붙어 있는 오코도 예전의 색기를 찾아볼 수 없을 만큼 남자 같은 여자가 되어 있었다.

도지가 게을렀기 때문에 자연스럽게 그녀가 그렇게 되지 않으면 생계를 유지할 수 없었던 탓도 있을 것이다. 와다 고개和田峠에서 약초를 캐는 오두막을 짓고 나카센도를 오가는 사람들을 죽여서 먹고살던 시절은 그래도 나은 편이었다. 그러나 그 오두막도 불에 타버리고 수족처럼 부리던 부하들도 뿔뿔이 흩어져서 지금 도지는 겨울철에만 사냥을 하고 오코는 주막집을 차리게 된 것이다.

3

자다 일어난 탓인지 도지의 눈은 아직 빨갛게 충혈되어 있었다. 그는 토방에 있는 물 항아리를 보자 일어나서 다가가더니 숙취에서 깨려는지 국자로 물을 퍼서 벌컥벌컥 들이켰다.

오코는 한 손으로 탁자를 짚고 몸을 비스듬히 틀어서 돌아보며 말했다.

"아무리 제사라도 술 좀 적당히 마셔요. 목숨이 위험한 줄도 모르고……. 밖에서 칼이라도 맞지 않은 게 다행이네."

"뭐야?"

"방심하지 말란 말이에요."

"무슨 일 있었어?"

"무사시가 여기에 와 있다는 것이나 알고 계세요."

"뭐, 무사시가?"

"예."

"무사시라면 그 미야모토 무사시 말인가?"

"그래요. 어제부터 별당인 관음원에서 묵고 있어요."

"저, 정말?"

물 항아리에 가득 찬 물을 뒤집어쓴 것보다 무사시라는 이름이 그의 숙취를 깨우는 데 더 효과가 있는 듯했다.

"큰일이군. 오코, 놈이 산을 내려가기 전까지는 당신도 가게 밖으로 나가지 않는 게 좋겠어."

"그럼, 당신은 무사시가 왔다는 걸 알고도 숨어 있을 생각이에요?"

"와다 고개에서의 실수를 또다시 범할 순 없잖아."

"겁쟁이."

오코는 도지를 비웃으며 말했다.

"와다 고개에서도 그렇지만 무사시와 당신은 교토에서 요시오카와의 싸움 이래로 원한이 쌓인 사이가 아닌가요? 여자인 나도 그자한테 결박을 당하고 정들었던 오두막이 불에 타버렸을 때의 분함은 아직도 잊지 못하고 있는데."

"하지만…… 그때는 부하들이라도 많았지."

도지는 자신을 잘 알고 있었다. 그는 이치조 사 사가리마쓰 싸움 때는 가담하지 않았지만, 그 후 무사시의 실력을 요시오카의 잔당들한테도 들었고, 와다 고개에서는 직접 눈으로 확인도 했기 때문에 도저히 무사시에게는 승산이 없다고 생각하고 있었다.

"그러니까……."

오코가 바싹 다가서며 말했다.

"당신 혼자서는 어렵겠지만 이 산에는 무사시에게 깊은 원한을 품고 있는 사람이 한 명 더 있잖아요."

도지는 오코의 말을 듣고 한 사람을 떠올렸다. 그녀가 말한 사람은 이 산에 있는 고운 사 뵤도보의 총무소 보물창고를 지키는 시시도 바이켄을 말하는 것이 틀림없었다.

이곳에 주막을 낼 수 있었던 것도 바이켄이 뒤를 봐주었기 때문이다. 와다 고개를 떠나 돌아다니다가 이곳 지치부에서 시시도 바이켄과 만난 것이 인연이었다.

나중에 바이켄과 이야기를 하다 보니 바이켄은 이전 센고쿠戰國 시대에 이세 스즈카 산鈴鹿山의 아노고安濃鄕에 살면서 한때 많은 노부시野武士(산야에 숨어서 패잔병 등의 무기를 탈취하기도 하던 무사나 토민)를 거느리고 산적질을 하고 다녔다고 했다. 그러다 전쟁이 끝나자 이가의 산속에서 대장장이가 되었다가 농부 행세도 하며 지냈는데, 영주인 도도藤堂 가의 번정藩政이 통일되어감에 따라 노부시와 같은 존재가 허용되지 않게 되자 마침내 시대의 유물인 노부시 집단을 해산하고 홀로 에도에 뜻을 두고 와서 미쓰미네에 연고가 있는 자의 소개로 몇 년 전부터 이곳 고운 사의 보물창고를 지키는 사람으로 고용된 것이었다.

여기보다 더 안쪽에 있는 부코武甲의 깊은 산에는 아직도 노부시보다 더 살벌하고 미개한 사람들이 무기를 가지고 산다고 하니 요컨대 그는 독으로 독을 제압하기 위해 보물창고를 담당하기에 적합한 인물로 선택된 것이다.

4

보물창고에는 신사와 절의 보물뿐만 아니라 공양으로 받은 재물도 있었기 때문에 항상 산적들의 습격에 위협을 받고 있었다. 시시도 바이켄은 그 보물창고를 지키는 경비견으로서 안성맞춤인 인물임이 분명했다.

노부시, 산적 등의 습성이며 습격법 같은 것도 잘 알고 있었고, 무엇보다도 쇄겸을 다루는 시시도 야에가키류宍戸八重垣流를 창안한 자인 만큼 쇄겸에 있어서는 천하무적의 달인으로 불리고 있었다.

전신이 도적질을 일삼는 노부시가 아니었다면 응당 한 주군 밑에 들어가 어엿한 무사로서 행세할 인물이었다. 하지만 그의 혈통은 너무나 어두웠다. 그와 피를 나눈 형인 쓰지카제 덴마辻風典馬는 이부키 산伊吹山에서 야스가와野洲川 지방에 걸쳐 악명을 떨친 도적의 두목이었다. 그 쓰지카제 덴마가 죽은 지도 벌써

10년이나 지났는데, 무사시가 아직 '다케조'라 불리던 시절, 그러니까 세키가하라 전투가 끝난 지 얼마 안 되었을 때, 이부키 산의 들판에서 무사시의 목검에 맞아 피를 토하고 생을 마감했다.

시시도 바이켄은 자신들이 몰락한 원인이 시대의 추이에 따른 것이라고 생각하기보다는 형의 죽음에서 비롯되었다고 생각하고 있었기 때문에 다케조를 원수의 이름으로 가슴속에 새겨두고 있었다.

그 후 바이켄과 무사시는 이세 가도의 아노 산가山家에서 우연히 마주쳤다. 바이켄은 무사시를 필살의 함정에 몰아넣었다고 생각하고 잠자는 무사시의 목을 노렸지만 무사시는 사지를 빠져나가 모습을 감추고 말았다. 그 이래로 바이켄은 무사시를 보지 못했다.

오코는 바이켄에게 몇 번이나 그 이야기를 들었다. 동시에 자신들의 이야기도 그에게 해주었다. 그렇게 바이켄과의 관계를 더욱 돈독하게 하기 위해 무사시에 대한 원한을 필요 이상으로 강조해서 이야기했다. 그럴 때마다 바이켄은 눈가에 깊은 주름을 잡으며 늘 이렇게 중얼거리곤 했다.

"인생은 길어. 언젠가는 꼭……."

무사시는 그런 인간들이 있는 이 산으로, 그에게는 필시 위험하기 짝이 없는 저주의 산으로, 어제 이오리를 데리고 올라왔던 것이다.

오코는 주막 안에서 그 모습을 얼핏 보고 무사시를 눈으로 좇았지만, 제사 인파에 그만 놓치고 말았다. 그래서 바로 도지와 의논하려고 그를 찾아봤지만 늘 술이나 퍼마시고 다니는 그는 어디에서도 볼 수 없었다. 하지만 너무 신경에 거슬려서 가만히 있을 수 없었던 그녀는 초저녁에 잠시 시간이 났을 때 별당 현관을 기웃거리고 있는데 마침 무사시와 이오리가 가구라덴 쪽으로 가는 모습이 보였던 것이다.

무사시가 틀림없었다.

그녀는 그길로 총무소로 가서 바이켄을 불러냈고, 개를 끌고 나온 바이켄은 무사시가 관음원으로 돌아갈 때까지 미행했다.

"음, 그랬군."

도지는 그 얘기를 듣고 비로소 힘이 나는 듯했다. 바이켄이 도와준다면 승산이 있을 것 같았다. 미쓰미네의 봉납 시합에서 바이켄이 쇄겸으로 간토의 검술가들 대부분을 묵사발로 만들어버린 기억이 떠올랐다.

"그렇군. 그럼 바이켄 님도 이 사실을 알고 있다는 말이지?"

"일을 마치면 이리로 온다고 했어요."

"약속한 거야?"

"당연하죠."

"하지만 상대는 무사시야. 이번에야말로 정말 제대로 하지 않으면……."

도지는 몸을 부르르 떨며 자기도 모르게 큰소리로 말했다. 오코는 깜짝 놀라며 어슴푸레한 토방 한쪽을 돌아다보았다. 탁자에는 거적을 뒤집어쓴 젊은이가 아까부터 코를 골며 깊은 잠에 빠져 있었다.

"쉿!"

"아. 누가 있었나……?"

오코가 주의를 주자 도지는 자신의 입을 막았다.

5

"누구야?"

"손님이에요."

오코는 대수롭지 않게 대답했지만 도지는 얼굴을 찡그리며 말했다.

"깨워서 내보내. 게다가 시시도 님이 올 때도 됐잖아."

그러는 게 나을 것 같았다. 오코는 여종업원에게 지시했다.

여종업원은 구석 탁자로 가서 코를 골며 자고 있는 젊은이를 흔들어 깨웠다. 그리고 이제 가게 문을 닫아야 하니 나가 달라고 무뚝뚝하게 말했다.

"아함, 잘 잤다!"

젊은이는 기지개를 켜고 토방으로 내려섰다. 여장이나 사투리로 봐서 이웃 마을에서 온 사람 같지는 않았다. 그는 일어나자 동그란 눈을 끔뻑이며 혼자 싱긋 웃었다. 그리고 금방이라도 터질 듯한 젊은 육체를 바삐 움직여서 눈 깜빡할 사이에 삿갓을 쓰고, 지팡이를 들고, 여행 보따리를 목에 감더니 작별 인사를 하고 밖으로 뛰어나갔다.

"신세 많았소."

오코가 여종업원을 돌아보며 말했다.

"찻값은 놓고 갔니? 이상한 젊은이군. 그만 가게를 치우자."

그녀도 도지와 함께 발을 걷고 가게를 치우기 시작했다. 그곳으로 송아지만 한 검둥개 한 마리가 느릿느릿 들어왔다. 바이켄은 그 뒤에 있었다.

"아, 오셨습니까?"

"어서 안으로 들어오시지요."

바이켄은 말없이 신발을 벗었다. 검둥개는 바닥에 떨어져 있는 음식찌꺼기를 주워 먹느라 분주히 돌아다녔다.

바닥에 나무판자를 깔고 초벽칠만 한 벽의 허름한 행랑채에 등불이 켜졌다. 바이켄은 앉자마자 말했다.

"아까 신악당 앞에서 무사시가 데리고 다니는 아이가 한 말에 따르면 내일은 오쿠노인으로 올라갈 작정인 모양이야. 그걸 확인하러 관음원에 가서 탐색하고 오느라 늦었네."

"그럼, 무사시가 내일 아침에 오쿠노인으로……."

오코와 도지는 숨을 삼키며 처마 너머로 보이는 오다케大岳를 바라보았다.

바이켄은 보통 방법으로는 무사시를 칠 수 없다는 것을 도지 이상으로 잘 알고 있었다. 보물창고를 지키는 사람 중에는 그 외에도 두 명의 건장한 중이 있었다. 또 요시오카의 잔당 중에서 이곳에 조그만 도장을 세우고 부락의 젊은이들에게 검술을 가르치는 자도 있었다. 그리고 이가에서 따라온 노부시 중에 지금은 직업을 바꾼 자들까지 모두 합하면 족히 열 명은 넘었다.

바이켄은 도지에게 손에 익은 총포를 들라고 이르고, 자신은 늘 가지고 다니는 쇄겸을 준비해 왔다고 했다. 또 다른 두 명의 중은 창을 가지고 가급적 많은 사람들을 모아서 날이 밝기 전에 오다케로 가는 중간 지점인 고자루사와小猿沢의 계곡 다리에서 기다리기로 말을 맞춰놓았으니 빈틈이 없을 것이라고도 했다.

도지가 놀라며 의심스러운 눈빛으로 물었다.

"이야, 벌써 그렇게 손을 써놓으신 겁니까?"

바이켄은 쓴웃음을 지었다. 평소, 평범한 중으로 지내는 바이켄의 모습에 익숙하던 도지에게는 그것이 의외이겠지만, 쓰지카제 덴마의 아우 바이켄의 입장에서는 이 정도 사전 준비는 식은 죽 먹기보다 쉬운 일이었다.

이도류 대 야에가키류

1

아직 안개가 짙다. 작은 새벽달도 골짜기 위로 높이 떠 있었고, 오다케는 잠에 빠져 있었다. 졸졸졸, 홀로 분주한 것은 고자루사와의 골짜기를 흘러가는 물소리뿐이었다. 안개에 휩싸인 그 계곡 다리에 사람들이 모여 있었다.

"도지."

바이켄이 낮은 목소리로 불렀다. 도지 또한 낮은 목소리로 무리 속에서 대답하자 바이켄이 주의를 주었다.

"화승이 물에 젖지 않도록 조심하게."

법의를 두르고 창을 든 두 명의 중도 이 살벌한 무리에 섞여 있었고, 시골 무사와 건달들도 보였다. 복장은 제각각이었지만 모두가 만반의 준비를 하고 온 듯했다.

"이것뿐인가?"

"그렇습니다."

"몇 명이지?"

서로 머릿수를 세어보더니 그중 한 명이 자기를 포함해서 열세 명이라고 했다.

"됐어……."

바이켄이 다시 한 번 어떻게 행동해야 하는지 일일이 일러주자 모두 말없이 고개를 끄덕였다. 이윽고 그들은 각자 계곡의 다리에서 외길 부근을 향해 모습을 감췄다.

이곳으로부터 31정

오쿠노인 길

계곡 다리의 벼랑에 세워진 이정표의 글자가 하얀 새벽달에 희미하게 보였고, 주위는 온통 물과 바람 소리뿐이었다.

사람들이 사라지자 그동안 숨어 있던 것들이 나뭇가지를 뛰어다니며 소란스럽게 울어댔다. 그곳에서 오쿠노인까지 무수하게 볼 수 있는 원숭이 떼였다.

원숭이들은 벼랑 위에서 잔돌을 굴리거나 덩굴에 매달려 길가까지 나왔다. 다리를 뛰어다니고, 다리 아래에 숨기도 하고, 골짜기 사이로 뛰어내린다.

안개는 그들을 쫓아가 에워싸듯이 원숭이와 장난을 쳤다. 만약에 이곳으로 신선이라도 내려와 그들에게 "너희들은 어찌 세상에 태어나서 이 좁은 골짜기에서 구름과 장난이나 치고 있느냐? 구름이 일었으니 구름을 타거라. 가는 곳은 서방西方 3,000리, 여산廬山에 누워 아미봉峨眉峰을 가리키고, 발을 장강長江에 담그고 기를 큰 세계로 내뿜어라. 생명은 반드시 뻗어 나가야 한다. 우리와 함께 가자꾸나."라고 말한다면 구름은 모두 원숭이가 되고 원숭이는 모두 구름이 되어서 막막한 하늘로 승천할지도 모른다.

그런 환상조차 느껴질 만큼 원숭이들은 제 세상을 만난 듯 자유롭게 놀고 있었다. 새벽달 빛을 받은 안개에 싸여 그 원숭이들이 두 마리씩 보이기도 했다.

"컹, 컹, 컹!"

갑자기 개 짖는 소리가 들렸다. 그 소리는 메아리치며 골짜기로 멀리 퍼져 나갔다. 그 순간, 늦가을의 노랗게 물든 단풍잎이 바람에 날리듯 원숭이들이 순식간에 자취를 감추었다. 그리고 그곳으로 바이켄이 기르고 있는 검둥개가 줄을 끊고 맹렬한 속도로 달려왔다.

"검둥아, 검둥아!"

오코가 뒤에서 쫓아왔다. 바이켄 일행이 오다케 쪽으로 간 것을 알고 줄을 물어 끊고 쫓아온 듯했다.

2

오코는 가까스로 개가 끌고 가는 줄을 잡았다. 검둥개는 줄이 잡히자 그 큰 몸뚱이를 그녀에게 밀어붙이고 버둥거렸다.

"이놈이!"

개를 좋아하지 않는 오코는 뒤로 물러나며 줄로 개를 때렸다.

"돌아가자!"

오코가 왔던 길로 끌고 돌아가려고 하자 검둥개는 다시 입을 크게 벌리고 짖어대기 시작했다.

"컹! 컹! 컹!"

줄을 당겼지만 그녀의 힘으로는 꼼짝도 하지 않았다. 억지로 잡아당기면 늑대처럼 날카롭게 짖어댔다.

"왜 이런 걸 데려왔는지 몰라. 보물창고의 개집에 묶어두면 될 것을."

그녀도 화가 났다. 이러고 있는 동안 오늘 아침에 관음원을 나설 무사시가 일찍 오기라도 한다면 의심할 게 분명하다. 이런 개가 이런 곳에서 서성거리고 있는 것만으로도 예민한 무사시가 눈치 챌 우려는 충분했다.

"칫, 내 힘으론 역부족이네."

오코는 개를 주체하지 못했다. 개는 짖는 것을 멈추지 않았다.

"할 수 없지. 가자. 그 대신 오쿠노인에 가면 짖으면 안 된다."

그녀는 할 수 없이 개를 끌고, 아니 개에게 끌려서 앞서 올라간 사람들의 뒤를 숨을 헐떡이며 따라갔다.

개는 더 이상 짖지 않고 주인의 냄새를 맡고 반가워서 쫓아갔다.

밤새 골짜기를 뒤덮고 움직일 줄 모르던 안개가 구름이 걷히듯 사라지자 부코의 산들과 묘호가타케, 시라이시, 구모토리의 모습이 보이기 시작했다. 오쿠노인으로 가는 길도 하얗게 모습을 드러냈고, 주위에선 짹, 짹, 짹 새들이 지저귀는 소리가 들려왔다.

"스승님, 어쩐 일일까요?"

"뭐가 말이냐?"

"날은 밝았는데 해가 보이지 않잖아요."

"네가 보고 있는 쪽이 서쪽 아니냐?"

"아, 그렇군."

이오리는 대신 산봉우리 저편으로 지고 있는 아스라한 달을 발견했다.

"이오리."

"예."

"이 산엔 네 친구가 많구나."

"어디요?"

"봐라, 저기도 있고."

무사시가 가리킨 골짜기의 나무를 내려다보니 어미 원숭이를 둘러싸고 새끼 원숭이가 모여 있었다.

"맞지? 하하하."

"뭐예요? 하지만 스승님…… 저 원숭이가 부러워요."

"왜?"

"엄마가 있잖아요."

"……."

길은 가팔랐다. 무사시는 말없이 앞장서서 올라갔다. 조금 올라가자 다시 평지가 나왔다.

"저어, 예전에 스승님께 맡겼던 아버지의 유품인 가죽 주머니, 그거 아직도 갖고 계시죠?"

"물론이지."

"주머니 속을 보셨나요?"

"안 봤다."

"그 속에 부적 말고 뭔가 적혀 있는 종이도 들어 있으니 다음에 한 번 봐주세요."

"그러마."

"그걸 가지고 있을 때는 전 아직 어려운 글자를 읽을 수 없었지만, 지금은 읽을 수 있을지도 모르겠어요."

"그럼, 나중에 네가 직접 열어보거라."

밤이 점점 하얗게 새고 있었다. 무사시는 길가의 풀들을 바라보며 걸어갔다. 이미 누군가 먼저 밟고 간 흔적인지 풀들이 심하게 뭉개져 있었다.

3

길은 산을 굽이굽이 감고 돌다가 이윽고 동쪽을 바라보는 평지로 이어지고 있었다.

"앗, 일출이다!"

이오리가 해를 가리키며 무사시를 돌아보았다.

"오오!"

무사시의 얼굴도 선홍빛으로 물들었다. 눈길이 닿는 곳은 온통 구름 바다였다. 간토의 평야와 고슈, 조슈의 산들이 구름의 물결 속에 떠오른 신의 섬들이었다.

"……."

이오리는 입을 꾹 다물고 단정한 자세로 해돋이를 바라보았다. 너무나 큰 감동을 받아 무슨 말을 해야 할지 알 수 없었다. 자신의 몸에 흐르고 있는 피와 태양의 붉은 빛이 하나인 듯한 기분이 들었다. 그래서 이오리는 자신을 태양의 아들이라고 생각했지만, 그럼에도 여전히 자신이 받은 감동을 제대로 표현한 것 같지 않았다.

이오리는 다시 입을 다물고 황홀하게 바라보고 있다가 갑자기 큰 소리로 외쳤다.

"아마테라스오미카미天照皇大神(일본 신화에 나오는 왕실의 시조신) 님이다."

이오리는 무사시를 돌아보며 물었다.

"예, 스승님. 그렇죠?"

"그래."

이오리는 두 손을 높이 쳐들고 열 손가락을 비쳐보더니 또 소리쳤다.

"태양의 피도 내 피도 똑같은 색이다!"

이오리는 그 손으로 손뼉을 치고는 고개를 숙이고 마음속으로 뇌까렸다.

'원숭이에게는 엄마가 있다.'

'나에겐 없어.'

'원숭이에겐 조상신이 없다.'

'나한텐 있어!'

그렇게 생각하자 기쁨이 차오르며 눈물이 흘러내렸다.

그 눈물이 갑자기 이오리의 손과 발을 움직이게 했다. 이오리의 귀에는 어젯밤의 가구라 소리가 구름 저편에서 들려오고 있었다.

"띠링, 딴, 딴, 딴. 두둥, 둥……."

이오리는 조릿대를 주워들고 춤을 추기 시작했다. 가구라 박자에 맞춰 발을 구르고 손을 휘저으며 어젯밤에 외운 가구라 노래를 불렀다.

그러다 문득 정신을 차리고 보니 무사시가 벌써 저만큼 걸어가고 있었다. 이오리는 황급히 쫓아갔다.

길은 다시 숲 사이로 접어들었다. 이제 참배길이 가까운지 나무들의 모습에서 통일감이 느껴졌다. 커다란 나무는 모두 두터운 이끼로 덮여 있었고, 이끼에는 흰 꽃이 모여 있었다. 500년, 1000년을 살아온 나무라고 생각하자 이오리는 나무에게도 절을 하고 싶어졌다.

발밑은 얼룩조릿대 때문에 점점 좁아졌고, 빨갛게 물이 든 담쟁이덩굴이 눈길을 끌었다. 숲속 깊은 곳은 아직 어둠에 잠겨 있어서 위를 올려다보아도 아침 햇빛은 조금밖에 보이지 않았다.

문득 두 사람이 밟고 있는 대지가 흔들리는 듯한 느낌이 들었다. 그렇게 생각한 순간 탕! 하고 굉음이 울렸다.

"앗!"

이오리는 귀를 막고 얼룩조릿대 속으로 엎드렸다. 그 순간 열은 탄연이 퍼지고 있는 나무 그늘에서 꺄악! 하고 살아 있는 생명체가 죽음을 고하는 찰나의 그 섬뜩한 비명 소리가 들렸다.

4

"이오리, 일어서지 마라."

무사시가 얼룩조릿대 속에 머리를 처박고 있는 이오리에게 삼나무 뒤편에서 말했다.

"무슨 일이 있어도 일어서면 안 된다."

"……."

이오리는 아무 대답도 하지 않았다. 화약 연기가 옅은 안개처럼 이오리의 등을 타고 넘어갔다. 그의 옆에 있는 나무, 무사시의 옆에 있는 나무, 또 길의 앞뒤까지 모든 곳에 두 사람을 노리는 칼과 창이 숨어 있었다.

"……?"

무사시의 모습이 보이지 않자 그늘 속에 숨어 있던 자들이 순간적으로 당황한 듯했다. 그리고 총을 쏜 효과도 확인하고 있는지, 한동안 그들은 꼼짝도 않고 서로 상황을 살피고 있었다.

방금 들린 비명 소리가 무사시가 지른 소리가 아닌가 싶기도 했지만, 그 무사시가 있던 자리에는 무사시가 쓰러져 있지 않았고, 그 또한 그들을 주저하게 만든 것이 분명했다.

총포 소리와 함께 얼룩조릿대 속에 머리를 박고 엉덩이만 내밀고 있는 이오리의 모습은 누구에게나 잘 보였다. 이오리는 사방의 눈과 칼의 한가운데에 놓여 있는 셈이었다.

"……."

어디선가 일어서지 말라는 말을 들은 것 같았지만, 엄습해오는 공포와 고막을 찢는 듯한 총소리 후에 찾아온 잠깐의 고요함에 이오리는 슬쩍 고개를 들었다. 그리고 바로 옆의 커다란 삼나무 뒤에서 뱀 같은 칼이 번뜩이는 것을 보고 자기도 모르게 소리를 질렀다.

"스, 스승님! 나무 뒤에 누가 숨어 있어요."

이오리가 벌떡 일어나 무턱대고 도망치려고 하자, 그가 본 칼이 어둠 속에서 튀어나와 악귀처럼 이오리를 향해 날아왔다.

"이놈!"

그 순간 그자의 옆얼굴에 작은 칼 하나가 날아와 퍽 꽂혔다. 몸을 던져 구할 틈이 없었던 무사시가 던진 칼이었다.

"이놈, 죽어라!"

중이 창을 휘둘렀다. 무사시는 그 창을 한손으로 덥석 잡았다. 그러나 방금 칼을 던져 아무것도 없는 오른손은 이미 다음을 대비하고 있었다.

울창하고 굵은 나무줄기에 가려 적이 몇 명이나 되는지 정확히 알 수 없었기 때문에 무사시는 함부로 움직일 수 없었다. 그때 어디선가 돌이라도 맞은 듯한 신음 소리가 났다.

"캑."

그리고 동시에 생각지도 않은 방향에서 무사시와는 상관없이 적들 가운데 배신자라도 있는지 처절한 격투가 시작된 듯했다.

“응?”

무사시가 그쪽으로 시선을 돌린 순간 기회를 노리고 있던 또 다른 한 명의 중이 창을 들고 맹렬한 기세로 무사시를 향해 돌진해왔다.

“이얍!”

무사시는 양쪽 겨드랑이로 창을 잡았다. 무사시의 앞뒤에서 창을 들고 무사시를 협공한 두 명의 중이 서로에게 고함을 지르며 질타했다.

“달려들라고!”

“뭐 하는 거야!”

무사시가 그들의 고함 소리보다 더 큰 소리로 소리쳤다.

“웬 놈들이냐! 뭐 하는 놈들인데 날 공격하는 것이냐? 이름을 대라! 만약 이름을 대지 않으면 전부 적으로 간주하겠다. 이 성지를 피로 더럽히는 건 불경한 일이지만 모두 시체가 될 줄 알아라!”

그렇게 외친 무사시가 잡고 있던 두 자루의 창을 휘돌리자 중들은 모두 저만큼 나가떨어졌다. 무사시는 그중 한 명에게 달려들어 칼을 빼서 베어버리고, 다시 몸을 돌려서 칼을 빼들고 달려드는 세 명의 적과 맞섰다.

5

길은 좁았다.

무사시는 그 길을 가득 채운 채 천천히 밀고 들어갔다. 칼날을 나란히 겨누고 있는 세 명 외에 두 명이 더 가세해서 적들은 어깨를 움츠리고 계속 뒷걸음질을 쳤다.

이오리가 보이지 않는 것이 마음에 걸린 무사시는 정면에 있는 적들에겐 단순히 대비만 하고 이오리를 불러보았다.

"이오리!"

얼핏 보니 삼나무 숲속에서 쫓겨 다니는 자가 있었다. 이오리였다. 방금 전에 죽이지 못한 한 명의 중이 창을 주워들고 이오리를 쫓아다니고 있었다.

"살려줘!"

이오리가 도움을 청하는 목소리에 무사시가 그쪽으로 돌아서려고 하자 앞에 있던 다섯 명의 적이 칼날을 나란히 세우고 일제히 덤벼들었다.

"죽어라!"

무사시도 자신에게 날아오는 칼들을 향해 질풍을 일으키며 달려들었다. 성난 파도와 성난 파도가 정면으로 맞부딪친 것이다. 피가 비말이 되어 튀었다. 무사시의 몸은 적보다 낮았고, 등은 마치 소용돌이처럼 보였다.

피가 튀는 소리, 살이 튀는 소리, 뼈가 튀는 소리까지 났다. 두세 마디의 비명이 연달아 이어지며 그 소리들에 섞였다. 오른쪽으로 왼쪽으로, 썩은 나무가 넘어가듯 쓰러진 자들은 모두 몸통에서 아래쪽에 칼을 맞았다. 무사시는 오른손에 대검, 왼손에 소검을 들고 있었다.

"으아!"

두 명이 비명을 지르며 도망치기 시작했다.

"어딜!"

무사시가 그들을 쫓아가 왼손의 칼로 한 명의 뒤통수를 내려쳤다.

검은 피가 무사시의 눈에 튀었다. 무사시는 자기도 모르게 왼손을 눈에 갖다 댔다. 그 순간, 이상한 금속음이 뒤에서 바람을 가르며 그의 얼굴로 날아왔다.

"앗!"

무사시는 오른손에 든 칼로 그것을 튕겨냈다. 아니, 튕겨냈다고 생각한 것은 단지 생각에 불과했다. 날밑 언저리를 휘어감은 추를 본 무사시가 '아뿔싸!' 하고 마음속으로 외쳤을 때는 이미 도신刀身과 가는 사슬이 새끼를 꼰 듯 뒤엉켜 있었다.

"무사시!"

손에 낫을 들고 추가 달린 쇠사슬로 무사시의 칼을 휘감은 시시도 바이켄은 쇠사슬을 당기면서 말했다.

"날 잊지는 않았겠지?"

"어?"

무사시는 깜짝 놀라며 소리쳤다.

"스즈카 산의 바이켄이구나."

"쓰지카제 덴마의 동생이기도 하지."

"아니, 그럼?"

"이 산에 오른 것으로 네놈의 운도 다했다. 죽은 형님이 지옥에서 널 부르고 있으니 어서 가라!"

추가 달린 쇠사슬이 무사시의 칼을 친친 감고 있었다. 바이켄은 그 쇠사슬을 천천히 팔로 휘어감아서 무사시를 자기 쪽으로 끌어당기며 손에 들고 있는 날카로운 낫을 던질 준비를 하고 있었다.

무사시는 왼손의 소검으로 낫의 공격에 대비하고 있었는데, 만약 오른손의 대검 한 자루뿐이었다면 자신을 보호할 무기는 없었을 것이다.

"이얍!"

기합 소리와 함께 바이켄의 목이 부풀어 오르더니 얼굴 크기만큼 굵어졌다. 그렇게 혼신의 일성을 쥐어짜내는가 싶더니 쇠사슬이 무사시의 칼을, 아니 몸을 통째로 끌어당겼다. 그리고 바이켄 자신도 쇠사슬을 한 바퀴 감으며 무사시에게 다가갔다.

6

쇄겸이라는 특수한 무기에 대해 사전지식이 없는 것은 아니었지만, 오늘 무사시는 일생일대의 치명적인 실수를 저지르고 말았다.

일전에 아노의 대장간 집에서 시시도 바이켄의 아내가 이 쇄겸을 들고 시시도 야에가키류의 자세를 무사시에게 보여준 적이 있었다. 그때 무사시는 넋을 잃고 보면서 감탄했다. 아내가 저 정도라면 남편인 바이켄의 실력은 어느 정도인가 싶었던 것이다.

동시에 좀처럼 보기 힘든 이 특수한 무기의 성능이 대단하다는 것도 충분히 인지하고 있었다.

무사시는 쇄겸에 대한 지식을 스스로도 완벽히 터득하고 있다고 자신하고 있었다. 그러나 지식이라는 것이 생사의 갈림길에 직면한 순간에는 아무 도움이 되지 않는다는 것을 깨달았을 때는 이미 쇄겸이 지닌 공포스러운 성능에 완전히 압도당하고 있었다.

게다가 무사시는 온전히 바이켄에게만 전력을 기울일 수 있는 상황도 아니었다. 그는 등 뒤에서도 적이 다가오는 것을 느끼고 있었다.

바이켄은 의기양양했다. 쇠사슬을 감으면서 싱긋 회심의 미소까지 짓고 있는 듯했다. 무사시는 쇠사슬에 감겨 있는 자신의 칼을 놓아야 한다는 것을 알고 있었지만, 아직은 그 기회를 엿보고 있었다.

바이켄의 입에서 다시 한 번 기합 소리가 터져 나왔다. 그와 동시에 그가 왼손에 들고 있던 낫이 무사시의 얼굴을 향해 날아왔다.

"앗!"

무사시는 오른손에 쥐고 있던 칼을 놓았다.

낫이 그의 머리 위로 스치고 지나가자 이번에는 추가 날아왔다. 추가 빗나가자 다시 낫이 날아왔다. 낫과 추. 어느 것이든 몸을 피하기가 지극히 위험했다. 왜냐하면 낫을 피한 위치로 추가 날아오는 속도가 딱 맞아떨어지게 되기 때문이었다.

무사시는 눈에 보이지 않을 정도로 섬세하게 속도를 유지하며 끊임없이 몸의 위치를 옮겼다. 또 뒤에서 틈을 노리며 돌고 있는 다른 적에도 대비해야 했다.

'마침내 내가 지는 건가.'

무사시의 몸은 점점 뻣뻣해졌다. 그것은 의식이 아니라 생리적인 것이었다. 진땀도 흐르지 않을 정도로 피부와 근육은 본능적으로 사투를 벌이고 있었다. 그리고 머리카락과 온몸의 털이 곤두섰다.

낫과 추를 상대하는 가장 좋은 전법은 나무를 방패로 삼는 것이었지만, 그 나무에 다가갈 틈이 없었다. 또 그 나무 뒤에는 적이 도사리고 있었다.

그때 어디선가 처절한 비명 소리가 들렸다.

'설마 이오리가?'

그러나 무사시는 뒤도 돌아보지 못하고 마음속으로만 애도할 수밖에 없었다. 그러는 동안에도 눈앞에선 낫이 번뜩였고, 추가 춤을 추었다.

"죽어라!"

이번엔 바이켄의 목소리가 아니었다. 물론 무사시가 한 말도 아니었다. 무사시의 등 뒤에서 누군가 그렇게 소리를 치며 다가왔다.

"무사시 님, 무사시 님. 어찌 이깟 놈들한테 그리 쩔쩔 매십니까? 뒤는 제가 맡겠습니다."

그리고 또 같은 목소리가 외쳤다.

"죽어라, 이 짐승 같은 놈들아!"

땅이 울리고 절규가 이어지더니 얼룩조릿대를 헤치며 달려가는 발소리가 들렸다. 아까부터 멀리 떨어져서 무사시에게 가세하여 싸우던 자가 마침내 그들을 물리치고 무사시의 등 뒤로 온 듯했다.

7

'누구지?'

무사시는 궁금했다. 생각지도 못한 등 뒤의 아군이었다. 그러나 누군지 확인하고 있을 여유 따위는 애초에 없었다.

등 뒤의 적에 대해 안심하게 된 무사시는 눈앞의 바이켄에게 오롯이 집중할 수 있었다. 그러나 그의 손에는 작은 칼 한 자루밖에 없었다. 대검은 바이켄의 쇠사슬에 빼앗겨버렸다.

바이켄은 다가가려고 하면 바로 알아차리고 뒤로 펄쩍 뛰어 물러섰다.

바이켄에게 가장 중요한 것은 적과 자신의 거리였다. 낫과 추로 양분된 쇠사슬의 길이가 그의 무기의 길이였다. 무사시로서는 그 거리보다 한 자 정도 멀어도 좋고, 혹은 한 자 정도 가까이 들어와도 좋았다. 그러나 바이켄은 그것을 허용하지 않았다.

무사시는 그의 비술에 혀를 내둘렀다. 난공불락의 성을 공격하다 지친 듯한 피로를 느꼈다. 그러나 무사시는 싸우는 동안 그의 신묘한 기술이 어디에서 나오는지를 간파했다. 그것이 이도류二刀流의 원리와 같은 것이었기 때문이다.

쇠사슬은 한 줄이지만 추는 우검이고, 낫은 좌검이다. 바이켄은 그 두 가지를 하나처럼 사용하고 있었다.

"야에가키류를 간파했다!"

무사시는 그렇게 외쳤다. 그의 목소리는 이미 자신의 승리를 확신하고 있었다. 날아온 추를 피해 다섯 자나 뒤로 물러서면서 무사시는 오른손으로 바꿔 쥔 작은 칼을 바이켄에게 던졌다.

무사시를 쫓아 앞으로 뛰어오른 자세의 바이켄은 날아온 칼을 막아낼 것이 아무것도 없었다. 그는 자기도 모르게 깜짝 놀라 몸을 비틀었다. 칼은 빗나가서 저편의 나무뿌리에 꽂혔다. 그러나 바이켄이 급격한 각도로 몸을 비트는 바람에 추를 달고 있는 쇠사슬이 그의 몸에 감기고 말았다.

"이런 제길!"

비장한 외침이 바이켄의 입에서 흘러나온 순간, 무사시는 바이켄의 몸을 향해 자신의 몸을 던졌다.

"이얍!"

바이켄의 손이 칼자루를 잡으려고 했지만, 무사시의 손이 좀 더 빨리 그의 손목을 후려쳤다. 그가 놓친 칼자루는 어느새 무사시의 손에 쥐여 있었다.

'끝이다.'

무사시는 속으로 그렇게 중얼거리며 바이켄의 칼로 그를 내려쳤다. 칼은 칼자루에서 일고여덟 치 부분까지 깊이 박히며 번개를 맞은 생나무가 갈라지듯 바이켄을 머리에서 갈비뼈까지 두 동강으로 갈라놓았다.

"아아……."

누군가 뒤에서 탄성을 질렀다.

"가라타케와리幹竹割り(대나무를 쪼개듯 사람을 세로로 베는 검법)를 지금 처음 보았습니다."

"……?"

무사시는 뒤를 돌아보았다. 넉 자쯤 되는 둥근 지팡이를 짚고 한 시골 청년이 서 있었다. 어깨는 떡 벌어져 있고, 둥근 얼굴에는 땀이 송골송골 맺혀 있었다. 그는 하얀 이를 드러낸 채 무사시를 보며 웃고 있었다.

"앗!"

"접니다. 오랜만에 뵙습니다."

"기소의 무소 곤노스케夢想権之助 님이 아니십니까?"

"놀라셨습니까?"

"놀랐소."

"미쓰미네 산신께서 도우신 듯합니다. 또 돌아가신 어머님이 이끌어주신 것이 아닐까 합니다."

"그러면 모친께서?"

"돌아가셨습니다."

무사시는 두서없이 그런 이야기를 나누다 문득 이오리가 생각나서 소리쳤다.

"아, 이오리는?"

무사시의 눈길이 이오리의 모습을 찾는 듯하자 곤노스케가 위쪽을 가리키며 말했다.

"염려 마십시오. 제가 구해서 저쪽에 올라가 있게 했습니다."

이오리는 나무 위에서 의심스러운 눈빛으로 두 사람을 지켜보고 있다가 삼나무 숲 안쪽에서 "컹, 컹, 컹!" 하고 맹견이 짖는 소리가 들려오자 그쪽으로 시선을 돌렸다.

"응?"

8

이오리가 손그늘을 만들어 나무 위에서 맹견이 짖고 있는 쪽을 살펴보니 숲 안쪽으로 쭉 들어가서 숲이 끊기는 데서 습지로 이어지는 중간에 작은 평지가 있고, 그곳에 검은 개 한 마리가 있는 것이 보였다.

개는 나무에 묶여 있었다. 그리고 옆에 있는 여자의 옷자락을 물고 있었다. 여자는 필사적으로 도망치려고 했지만 개가 놔주지 않았다. 그러나 여자는 옷자락을 찢고 초원을 달리기 시작했다.

바이켄과 함께 와서 아까 삼나무 숲속에서 이오리를 쫓아다니던 중이 머리에서 피를 흘리면서 창을 지팡이 삼아 비틀거리며 여자 앞에서 걸어가고 있었다. 그러나 여자는 부상자인 그를 금방 추월해서 산기슭 쪽으로 달려 내려갔다.

"컹, 컹, 컹!"

아까부터 피비린내를 머금은 바람이 개를 흥분시켰는지도 모른다. 개 짖는 소리가 멈출 줄을 모르고 메아리가 되어 사방으로 퍼져 나갔다.

마침내 목줄을 끊은 개는 여자가 달아난 쪽으로 질풍같이 내달렸다. 부상을 입고 비틀거리며 걸어가던 중은 그 개가 자신에게 덤벼드는 줄 알고 느닷없이 창을 휘둘러 개의 얼굴을 후려쳤다.

창끝에 개의 얼굴이 조금 찢어졌다.

"깨갱!"

개는 옆길로 벗어나서 삼나무 숲으로 뛰어들었다. 그리고 더 이상 짖는 소리도 들리지 않고 모습도 보이지 않았다.

"스승님."

이오리가 위에서 고했다.

"여자가 도망쳤어요. 여자가."

"이오리, 내려오너라."

"삼나무 숲 저쪽에서 부상당한 중이 달아나고 있어요. 쫓아가지 않아도 돼요?"

"그만 됐다."

이오리가 나무에서 내려오는 동안 무사시는 무소 곤노스케에게 사건의 경위를 들었다.

"여자가 도망쳤다니, 방금 말씀드린 오코란 여자가 분명합니다."

곤노스케는 어젯밤 그녀의 주막에서 잠시 잠을 자고 있는 사이에 그들의 흉계를 전부 들었던 것이다. 무사시는 깊이 감사를 표하며 물었다.

"그럼, 처음에 숨어서 총을 쏜 자를 죽인 것도 곤노스케 님입니까?"

"제가 아니고 이 지팡이입니다."

곤노스케는 웃으며 말했다.

"놈들이 무사시 님을 잡으려고 획책해봐야 무사시 님이 비범한 분임을 알고 있어서 마음을 놓을 수 있었지만, 총포를 갖고 나온다는 자가 있어서 동이 트기 전에 미리 이곳에 와서 총포를 든 자의 뒤에 숨어 있다 뒤에서 이 지팡이로 때려죽인 것입니다."

그러고 나서 두 사람은 일단 근처에 죽어 있는 자들을 한 명씩 확인해보았다. 지팡이에 맞아 죽은 자가 일곱 명, 무사시의 칼에 죽은 자가 다섯 명이었다. 지팡이에 맞아 죽은 자가 더 많았다.

"우리 쪽에 잘못은 없다 해도 이곳은 성지라 불문에 부칠 리가 없습니다. 이곳을 관할하는 관리에게 자수하는 것이 좋을 듯합니다. 앞으로 어찌 하면 되는지도 물어야겠고, 우리 얘기도 해야 하니까요. 아니, 일단 안정부터 취해야 하니 우선 관음원으로 가시지요."

그러나 관음원으로 가는 도중에 관리들이 계곡의 다리에 있는 것을 보고 무사시 혼자 그들에게 가서 자수했다. 관리들은 다소 의외라는 표정으로 있다가 부하들에게 명령했다.

"포박하라."

무사시는 예상치 못한 상황에 당황했다. 자수한 자를 범법자로 취급하다니 정당한 행위를 폭력으로 보상받은 기분이었다.

"걸어라."

벌써 죄인 취급이다. 무사시는 화가 났지만 이미 늦었다. 관리들은 삼엄하게 무장하고 있었고, 가는 곳마다 진을 치고 있는 포졸들의 수는 놀랄 정도로 많았다.

몬젠마치까지 오는 동안 그들은 100명 이상으로 늘어나 밧줄에 묶여 있는 무사시를 열 겹, 스무 겹으로 에워싸고 있었다.

누명

1

“울지 마라, 울지 마.”

곤노스케는 울음소리를 억누르려는 듯 이오리의 얼굴을 품에 끌어안았다.

“사내 녀석이 울기는. 울지 마라.”

곤노스케가 달래자 이오리가 말했다.

“사내니까…… 사내니까 우는 거예요. 스승님이 잡혀갔어요. 스승님이 포박을 당했다고요.”

이오리는 곤노스케의 품에서 빠져 나오더니 하늘을 향해 더 크게 입을 벌리고 울었다.

“잡혀간 게 아니다. 무사시 님이 자수하신 거야.”

말은 그렇게 했지만 곤노스케도 내심 불안했다. 계곡 다리까지 나와 있던 관리들은 여하튼 무시무시한 살기를 띠고 있었고,

포졸들도 열 명, 스무 명씩 무리를 지어 있었다.

'순순히 자수하러 온 사람을 그렇게까지 대하지 않아도 됐을 텐데.'

그런 생각이 들면서 의심이 들기도 했다.

"자, 가자."

곤노스케가 이오리의 손을 잡아끌었다.

"싫어요."

이오리는 고개를 가로젓더니 더 울어야 직성이 풀리겠다는 듯 계곡 다리에서 꼼짝도 하지 않았다.

"어서 오너라."

"싫어요. 싫어. 스승님을 데려오지 않으면 안 가요."

"무사시 님은 분명 곧 돌아오실 거다. 빨리 오지 않으면 두고 간다."

그래도 이오리는 여전히 꼼짝하지 않았다. 바로 그때 아까 본 검은 맹견이 삼나무 숲 근처에 고여 있는 피를 핥아 먹다가 싫증난 얼굴로 두 사람을 향해 맹렬하게 달려오더니 어디론가 사라졌다.

"앗, 아저씨!"

개를 보고 소스라치게 놀란 이오리가 곤노스케의 곁으로 황급히 달려갔다.

곤노스케는 이 작은 소년이 예전에 광야의 외딴집에서 혼자 살았고, 아버지의 시신을 묻는 데 혼자 힘으로는 들지 못하자 직접 간 칼로 토막을 내려고 했을 만큼 대담하고 씩씩한 아이라는 사실은 모르고 있었다.

'몹시 지쳤을 게야.'

곤노스케는 이오리를 달랬다.

"무서웠지? 무리도 아니다. 업어줄까?"

곤노스케가 등을 대자 이오리는 울음을 그치고 어리광을 부리면서 그의 등에 업혔다.

제사는 어젯밤으로 끝났다. 그렇게 많던 사람들은 빗자루로 나뭇잎을 쓸어버린 것처럼 모두 산을 내려가서 신사 경내와 몬젠마치 부근은 더할 나위 없이 고즈넉했다.

사람들이 남기고 간 대나무 껍질과 종잇조각이 작은 회오리바람을 타고 공중을 날아다니고 있었다. 곤노스케는 어젯밤에 탁자를 빌려서 잤던 작은 주막 안을 슬쩍 들여다보면서 지나가는데 등에 업힌 이오리가 속삭였다.

"아저씨, 아까 산에 있던 여자가 이 집에 있었어요?"

"그랬지."

곤노스케가 걸음을 멈추고 말했다.

"무사시 님이 아니라 그 여자가 먼저 붙잡혀갔어야 했는데."

방금 집으로 도망쳐온 오코는 돌아오자마자 부랴부랴 돈과 소지품을 챙겨서 길을 떠날 준비를 하다가 문 앞에 멈춰 선 곤노스케를 발견하고 집 안에서 돌아보며 중얼거렸다.

"육시랄 놈."

2

이오리를 업은 채 처마 아래에 서 있던 곤노스케는 오코의 원한에 찬 눈빛을 보고 웃으며 말했다.

"도망칠 채비를 하시는가?"

안에 있던 오코가 발끈해서 나오며 소리쳤다.

"무슨 참견이야! 그보다, 이봐 젊은이."

"왜?"

"오늘 아침엔 우리 뒤통수를 쳐서 무사시 편을 들더니, 감히 내 남편을 때려죽여?"

"자업자득. 어쩔 수 없었어."

"꼭 기억해두마."

"어쩌려고?"

곤노스케가 말하자 등에 업혀 있던 이오리가 욕을 했다.

"나쁜 년!"

"……."

오코는 안으로 홱 들어가더니 비웃으며 말했다.

"내가 나쁜 년이면 너희들은 뵤도보의 보물창고를 턴 도둑들이 아니냐. 아니, 그 도둑놈의 수하들이지."

"뭐야?"

곤노스케는 이오리를 내려놓고 토방으로 들어갔다.

"도적이라고?"

"뻔뻔한 놈."

"다시 한 번 지껄여봐!"

"두고 보면 알게 될 거다."

"말하라고!"

곤노스케가 그녀의 팔을 힘껏 움켜쥐자 오코는 갑자기 비수를 뽑아들더니 곤노스케를 공격했다. 곤노스케는 지팡이를 왼손에 들고 있었지만, 그걸 쓸 것도 없이 손목을 비틀어 비수를 빼앗고는 그녀를 처마 아래로 집어던졌다.

"도둑이야! 보물창고를 턴 도둑놈들이다!"

아까부터 왜 그렇게 말하는지 이유는 알 수 없었지만 어쨌든 오코는 그렇게 외치면서 거리로 뛰쳐나갔다.

곤노스케는 오코에게서 빼앗은 비수를 그녀의 등을 향해 던졌다. 비수가 오코의 폐를 꿰뚫자 그녀는 비명을 지르면서 쓰러졌다. 그런데 어디에 숨어 있었는지 그때 맹견 검둥이가 한 번 큰 소리로 짖더니 오코의 몸으로 달려들어 상처에서 흘러나오는 피를 핥고는 하늘을 향해 음산하게 짖어댔다.

"앗! 저 개의 눈이……."

이오리는 소스라치게 놀랐다. 미친개의 눈이었다. 그러나 개의 눈만 이상한 것이 아니었다. 이 산 위에 있는 사람들은 오늘 아침부터 모두 미친개의 눈을 하고 무슨 일이 있는지 소란을 떨고 있었다.

어젯밤부터 오늘 아침 사이에 밤낮을 가리지 않고 인파와 등불로 북적이는 제사의 혼잡한 틈을 타서 누군가 뵤도보의 보물창고를 털었던 것이다.

물론 외부인의 소행임이 분명했다. 보물창고 안에 있던 고검古劍과 거울 같은 물건들은 없어지지 않았지만, 다년간 모아온 사금과 반원형의 금붙이 등 돈이 되는 것들은 모두 수백 관이나 한꺼번에 없어졌다고 한다.

단순히 풍문 같지는 않았다. 방금 전, 산 위에 그처럼 많은 포졸들이 깔려 있던 이유도 그 때문인지도 모른다.

아니, 오코가 거리로 뛰쳐나가 지른 고함 소리에 인근에 사는 주민들이 우르르 몰려나온 것만 봐도 분명한 사실인 듯했다.

"여기다. 이 안이다."

"보물창고를 턴 도적들이 이 안으로 도망쳐 들어갔다."

사람들이 멀리서 에워싸고 돌을 주워 집 안으로 던지기 시작했다. 그것만 보더라도 산 위의 주민들이 얼마나 흥분했는지 알 수 있었다.

3

곤노스케와 이오리는 산등성이를 타고 가까스로 도망쳤다. 지치부에서 이루마 강 쪽으로 내려가는 쇼마루 고개正丸峠 위였다. 여기까지 도망쳐오자 자신들을 보물창고를 턴 도적인 줄 알고 죽창과 사냥총을 들고 쫓아오던 주민들의 모습도 보이지 않았다.

곤노스케와 이오리는 그렇게 자신들의 안전은 확보했지만, 무사시의 안부는 알 수 없었다. 아니, 불안감만 더욱 깊어졌다. 이제 와서 생각해보니 무사시는 보물창고를 턴 도적의 수괴로 포박된 것이 틀림없었다. 그리고 그가 다른 일로 자수한 행위도 오해를 사서 지치부의 감옥으로 끌려간 것이다.

"아저씨, 무사시노가 멀리 보이기 시작했어요. 그런데 스승님은 어떻게 됐을까요? 아직 잡혀 있을까요?"

"글쎄다. 지치부의 감옥으로 압송되어 지금쯤은 곤욕을 치르고 있을 게야."

"아저씨, 스승님을 구할 수 있을까요?"

"있고말고. 억울하게 누명을 쓴 거니까."

"제발 스승님을 구해주세요. 이렇게 부탁드려요."

"무사시 님은 내게도 스승이나 다름없는 분이니 네가 부탁하지 않아도 반드시 구해낼 생각이다."

"예."

"어린 네가 같이 있으면 방해만 될 것 같구나. 여기까지 왔으니 무사시노의 초암까지는 혼자 갈 수 있겠지?"

"갈 수는 있지만……."

"그럼, 혼자 먼저 돌아가 있거라."

"아저씨는요?"

"난 지치부로 가서 무사시 님이 처한 상황을 살필 생각이다. 만약 관리들이 덮어놓고 무사시 님을 계속 감옥에 가둬둔 채 누명을 뒤집어씌우려고 한다면 파옥을 해서라도 구해내야지."

곤노스케는 그렇게 말하면서 들고 있던 지팡이로 땅을 쿵 굴렀다. 지팡이의 위력을 잘 알고 있는 이오리는 두말없이 고개를 끄덕이고 여기에서 곤노스케와 헤어져 무사시노의 초암으로 돌아가기로 했다.

"아주 똑똑하구나."

곤노스케는 칭찬을 하고 다시 타일렀다.

"무사시 님을 무사히 구출해서 함께 돌아올 때까지 초암에서 얌전히 기다려야 한다."

곤노스케는 그렇게 말하고 지팡이를 옆구리에 끼고 지치부로 향했다.

이오리는 홀로 남겨졌다. 그러나 외롭다는 생각은 들지 않았다. 원래 광야에서 자란 데다 미쓰미네로 올 때와 같은 길로 돌아가는 것이라 길을 잃을 염려도 없었다.

다만 조금 졸렸다. 미쓰미네에서 산등성이를 타고 도망치는 동안 한숨도 자지 못했다. 밤과 버섯, 새고기 따위로 허기는 달랬지만, 고갯마루에 이를 때까지는 전혀 자지 못했다.

따스한 가을 햇살을 받으며 꾸벅꾸벅 졸면서 걷던 이오리는 이윽고 사카모토坂本에 이르자 결국 길가의 풀숲에 들어가 드러눕고 말았다.

이오리의 몸은 부처님의 형상을 새긴 바위에 가려져 있었다. 이윽고 그 바위에 석양빛이 엷게 비칠 무렵 바위 앞에서 누군가가 소곤소곤 이야기하는 소리가 들렸다. 그 소리에 잠에서 깬 이오리는 갑자기 뛰어나가면 그들이 놀랄 것 같아 계속 자는 체했다.

4

한 사람은 바위에, 한 사람은 나무 등걸에 앉아 잠시 쉬고 있는 듯했다. 그 두 사람이 타고 온 것으로 보이는 두 마리의 짐말이 조금 떨어진 곳에 있는 나무에 묶여 있었다. 안장에는 옻칠한 두 개의 상자가 양 옆으로 걸려 있고, 한쪽 상자의 팻말에 이렇게 쓰여 있었다.

서쪽 성곽 개축 공사 용무

야슈野州 옻칠 가게

그 팻말로 보아 두 무사는 에도 성의 개축에 관계가 있는 도편수의 부하이거나 옻칠을 감독하는 자의 부하인 듯싶었다.

하지만 이오리가 풀숲에서 몰래 엿본 바로는 두 사람 다 인상이 험악한 것이 느긋해 보이는 관리의 인상과는 영 딴판이었다.

한쪽은 이미 쉰은 넘어 보이는 늙은 무사였는데 몸집이나 골격은 젊은 사람을 능가할 정도로 건장했다. 삿갓에 쓰여 있는 관菅이라는 글자가 석양빛을 강하게 반사하고 있어서 삿갓 아래의 얼굴은 잘 보이지 않았다.

또 그의 맞은편에 있는 무사는 열일고여덟의 마른 청년이었는데, 마에가미前髮(관례 전의 남자가 이마 위에 땋아 올리는 머리)가 잘 어울리는 얼굴에 소방나무의 검붉은 물감을 들인 천으로 입 주위를 가리고 고개를 끄덕이며 미소를 짓고 있었다.

"아버지, 어떻습니까? 옻칠 상자를 이용하자는 생각이 그대로 들어맞지 않았습니까?"

젊은이가 말하자 아버지라고 불린 늙은 무사가 맞장구를 쳤다.

"너도 솜씨가 꽤 많이 늘었구나. 천하의 이 다이조도 옻칠 상자는 생각하지 못했다."

"모두 아버지께 가르침을 받은 덕분이지요."

"이놈이 늙은 아비를 놀리는구나. 앞으로 4, 5년쯤 지나면 그때는 네가 시키는 대로 해야 할지도 모르겠다."

"그야 당연하지요. 젊은 사람은 자라기 마련이고, 늙어가는 사람은 아무리 조바심을 내도 나이를 먹게 마련이니까요."

"네가 보기에도 내가 조바심을 내는 것 같으냐?"

"이런 말씀을 드려서 죄송하지만, 남은 세월이 많지 않다는 걸 알고 뭐라도 해놓으려고 애쓰는 마음이 보여 안타까울 따름입니다."

"내 마음을 꿰뚫어볼 만큼 너도 어느새 훌륭한 청년이 되었구나."

"이제 그만 가시지요."

"그래, 발밑이 어두워지기 전에 어서 가자."

"불길한 말씀 마십시오. 발밑은 아직 충분히 밝습니다."

"하하하하, 넌 젊은 혈기에 어울리지 않게 미신을 너무 믿는구나."

"그거야 아직 이 길로 들어선 지 얼마 되지 않아서 배짱이 부족한 탓이겠지요. 바람 소리에도 괜히 심장이 쿵쿵 뜁니다."

"그건 자신의 행위를 여느 도적과 같다고 생각하기 때문이다. 천하를 위해서라고 생각하면 두려운 마음 따윈 생기지 않을 게야."

"늘 그리 말씀하셔서 저도 그렇게 생각해보곤 하지만, 도둑질은 역시 도둑질이지요. 그래서 뭔가 좀 께름칙한 느낌을 지울 수 없습니다."

"어허, 그런 나약한 소리는 집어치우라니까."

늙은 무사도 속으로는 뭔가 켕기는 게 있는지 짜증스럽게 중얼거리고는 옻칠 상자를 매단 안장 위로 올라탔다.

복면을 한 젊은이도 가볍게 안장 위로 뛰어올라 먼저 출발하려는 늙은 무사의 말을 앞질러 가며 말했다.

"제가 앞장서겠습니다. 무슨 일이 있으면 곧바로 신호를 보낼 테니 방심하지 마십시오."

두 사람은 말을 타고 무사시노 쪽을 향해 나 있는 내리막길을 내려가기 시작했다. 이윽고 말머리도 삿갓도 노을 속으로 사라졌다.

옻칠 상자

1

바위 뒤에 누워 있던 이오리는 우연히 두 사람의 이야기를 듣고 좀 이상하다고만 생각했지, 그 내용까지는 알 수 없었다.

두 사람이 말을 타고 떠나자 이오리도 이내 뒤따라 걷기 시작했다.

"……."

앞서 가는 두 사람이 수상해하며 한두 번 뒤를 돌아보았지만, 이오리의 나이와 모습을 가늠하더니 경계할 필요가 없다고 생각했는지 그 후에는 전혀 개의치 않는 모습이었다.

이윽고 밤이 되자 앞뒤를 분간할 수 없을 정도로 사방이 어두워졌다. 그리고 길은 무사시노 들판에 이르기까지 거의 내리막길이었다.

"아버지, 저기 오기마치야扇町屋의 등불이 보입니다."

복면을 한 젊은이가 안장 위에서 손으로 가리켰을 때 길도 마침내 평탄해졌고, 앞쪽 평야에는 이루마 강물이 머리를 풀어헤친 듯 어둠 속에서 구불구불 흘러가고 있었다. 앞서 가는 두 사람은 아무런 경계심도 없는 듯했지만, 뒤에서 걸어가는 이오리는 세심한 주의를 기울이며 의심을 받지 않도록 조심하고 있었다.

'저 두 사람은 도적이 분명해.'

이오리도 그것만은 알고 있었기 때문이다.

도적이 얼마나 무서운지 이오리는 잘 알고 있었다. 한 해 걸러 한 번씩 자신이 태어난 호덴 마을에 비적들이 쳐들어와서 계란 한 알, 콩 한 톨도 남기지 않고 모조리 약탈해갔던 참상을 똑똑히 기억하고 있었다. 또 도적들은 아무렇지도 않게 사람을 죽인다는 막연한 관념이 어려서부터 뇌리에 콱 박혀 있었던 터라 그들의 눈에 띄면 죽임을 당하고 만다는 선입관도 있었다.

이오리는 그렇게 무서워하면서도 옆길로 빠지지 않고 오히려 그들 뒤에 바싹 붙어서 따라가고 있었다. 그 이유는 간단했다.

'미쓰미네 신사의 보물창고를 부수고 재물을 훔쳐간 도적은 분명 저 둘이야.'

이오리는 마음속으로 그렇게 단정하고 있었기 때문이다. 아까 바위 뒤에서 수상하다고 생각한 순간 뇌리에 그런 생각이 스치고 가자 이오리는 망설이지 않고 직감적으로 행동했다.

이윽고 이오리와 짐말이 오기마치야 거리로 접어들었다. 뒤에 있는 말을 탄 늙은 사내가 앞서 가는 젊은이를 보고 손짓을 하며 말했다.

"조타로야, 이 근처에서 뭘 좀 먹고 가도록 하자. 말한테도 먹이를 줘야 하고 나도 담배 한 대 피우고 싶구나."

두 사람은 희미한 등불이 새어 나오는 주막 바깥에 말을 매어 놓고 안으로 들어갔다. 젊은 사내는 입구 끝에 앉아서 밥을 먹으면서도 연신 짐말을 감시하더니 밥을 다 먹자마자 밖으로 나와 이번에는 말에게 건초로 만든 여물을 먹였다.

2

그동안 이오리도 밖에서 군것질을 하고 있었는데, 두 사람이 주막거리에서 떠나는 모습을 보고는 입을 오물거리면서 쫓아갔다.

길은 다시 어두워졌지만 무사시노는 풀이 무성한 평지였다. 두 사람은 말 위에서 이따금 이야기를 나누었다.

"조타로야."

"예."

"기소 쪽에 미리 파발은 보냈느냐?"

"예, 보냈습니다."

"그럼, 오늘 밤 기소 쪽 사람들이 머리 무덤(참수한 적의 머리를 매장한 곳에 공양하기 위해 만든 무덤)의 소나무 아래에서 기다리고 있겠구나."

"그럴 겁니다."

"시간은?"

"한밤중이라고 했으니까 지금 가면 시간이 맞을 겁니다."

늙은 무사는 젊은이를 조타로라고 불렀고 젊은이는 그를 아버지라고 불렀다.

'부자지간인가?'

그런 생각이 들자 이오리는 더 무서워졌다. 그리고 자신의 힘으로는 도저히 잡을 수 없는 상대라 거처를 알아놓고 나중에 관아에 신고하면 자연스럽게 스승에게 죄가 없다는 것이 밝혀지고 감옥에서도 풀려날 것이라고 생각했다.

그의 생각대로 일이 순조롭게 풀릴지는 의문이었지만, 미쓰미네의 괴도라고 생각한 그의 직감만은 틀리지 않은 듯했다.

주위에 아무도 없다고 여긴 두 사람이 큰 소리로 주고받는 이야기나 행동거지를 보면 의심스러운 점이 한둘이 아니었다.

강 건너 마을은 이미 늪처럼 깊은 잠에 빠져 있었다. 두 마리 말은 불빛도 없는 거리를 지나 머리무덤 언덕으로 올라갔다. 오르막길 입구에 '머리무덤 소나무, 이 위'라고 적힌 바위가 있었다. 이오리는 그 부근에서 절벽 안으로 숨어들었다.

언덕 위에 커다란 소나무 한 그루가 서 있는 것이 보였고, 그 소나무에 말 한 필이 매여 있었다. 그리고 소나무 아래에 나그네 차림의 낭인 셋이 무릎을 끌어안고 목이 빠져라 누군가를 기다리고 있다가 갑자기 벌떡 일어나며 소리쳤다.

"아, 다이조 님이다."

그들은 말을 타고 언덕으로 올라온 두 사람을 보고 반색을 하며 격조의 정을 나누기도 하고 무사함을 기뻐하기도 했다.

이윽고 그들은 날이 밝기 전에 무언가를 끝내려는 듯 서둘러 움직이기 시작했다. 다이조의 지시에 따라 소나무 아래에 있는 커다란 돌을 치우고는 한 사람이 괭이를 들고 그곳을 파기 시작하자 흙과 함께 묻혀 있던 금과 은이 모습을 드러냈다. 훔칠 때마다 그곳에 숨겨놓았는지 실로 엄청난 양이었다.

마에가미에 복면을 쓴 조타로라고 불린 젊은이도 타고 온 말에서 옻칠 상자를 모두 내린 다음 뚜껑을 부수고 안에 있던 것들을 흙 위에 쏟았다. 옻칠 상자에서 나온 것은 옻이 아니었다. 미쓰미네 신사의 보물창고에서 자취를 감춘 사금과 귀금속 등이었다. 구덩이 속에서 파낸 것과 합치면 몇 만 냥은 족히 될 금과 은이 수북이 쌓여 있었다.

그들은 그것을 다시 몇 개의 가마니에 나누어 담더니 말 세 마리의 등에 단단히 붙들어 맸다. 텅 빈 상자와 필요 없는 물건들은 모두 구덩이에 다시 넣고 흙으로 깨끗이 덮었다.

"이걸로 됐다. 아직 날이 밝으려면 시간이 꽤 있으니 담배나 한 대 피울까?"

다이조가 그렇게 말하고 소나무 밑동에 주저앉자 나머지 네 사람도 땅을 고르고 빙 둘러 앉았다.

3

기소의 약재상 다이조가 신심을 다지기 위해 전국을 돌아다니겠다며 나라이의 본가를 떠난 지 올해로 4년째였다. 그의 족적은 간토 지방에 고루 미쳤다. 신사와 사찰이 있는 곳이라면 나라이의 다이조라는 공양 명패가 걸려 있지 않은 곳이 없을 정도였지만, 그 돈이 어디에서 나오는지는 아무도 몰랐다.

어디 그뿐인가. 작년부터는 에도 성시의 시바 부근에 거처를 마련하고 전당포를 열어 마을의 오가작통의 일원이 되었고, 마을 내의 신망도 두터웠다.

그런 다이조가 일전엔 혼이덴 마타하치를 시바우라의 먼 바다로 데리고 가서 신임 쇼군인 히데타다를 암살하지 않겠느냐며 돈으로 꼬드기더니, 이번엔 미쓰미네 신사의 제사를 틈타 그곳의 재물을 훔쳐내서 수년간 머리무덤의 소나무 아래에 묻어두었던 돈과 함께 가마니에 넣어 세 마리의 말 등에 잔뜩 실었던 것이다.

세상은 무섭고, 모르는 것이 인간의 겉과 속이다. 그렇다 해서 모든 것을 그렇게 의심한다면 끝이 없게 되어 결국에는 자신이라는 존재조차 의심하게 되고 만다.

하기야 총명한 인간이라면 누구나 알아서 조심하겠지만, 그 총명함이 결여된 마타하치 같은 인간은 허망하게도 교묘한 다이조의 꾐에 넘어가 돈 때문에 스스로 무서운 모험의 길로 들어서고 말았다.

마타하치는 지금쯤 필시 에도 성 안에 있을 것이다. 그리고 다이조와 약속한 대로 회화나무 아래에 묻어놓은 총포를 파내서 쇼군 히데타다를 저격할 날을 기다리고 있을 터였다. 그때가 자기 파멸의 날이라는 것도 모른 채.

어쨌든 다이조는 수상한 인물이다. 마타하치 같은 경솔한 자가 속절없이 그에게 넘어간 것은 어쩌면 당연한 일인지도 모른다. 아케미도 지금은 그의 첩과 같은 신세가 되어버렸고, 더 놀라운 것은 무사시가 몇 년 동안 제자로 데리고 있던 조타로까지 어느새 열여덟 살의 건장한 청년이 되어서 다이조를 아버지라 부르고 있다는 사실이었다.

어떤 연유가 있다 한들 도적인 그를 받들며 아버지라 부르고 있다는 사실을 안다면 무사시보다 오쓰가 얼마나 실망할지 충분히 짐작이 가고도 남는다.

한편, 소나무 아래에 빙 둘러앉아서 일행들과 반 시진 가깝게 이런저런 의논을 한 다이조는 이쯤에서 기소로 자취를 감추고 에도로는 돌아가지 않는 편이 안전할 것이라는 결론을 내렸다.

그러나 시바에 있는 전당포에는 가재도구는 제쳐두고라도 태워 없애야 할 문서들도 있었고, 아케미도 남겨두고 왔기 때문에 누구 한 명은 그 뒤처리를 하러 가지 않으면 안 되었다.

"조타로가 좋겠군. 그런 일은 조타로를 보내는 게 제일 낫습니다."

그러고는 모두가 이구동성으로 결정해버렸다.

이윽고 가마니를 실은 세 마리의 말과 다이조를 포함한 네 명의 기소 사내들은 날이 밝기 전의 어둠을 틈타 고슈甲州 가도 쪽으로 빠져나갔고, 조타로는 혼자 에도 쪽을 향해 떠났다.

사람들이 모두 떠나자 새벽녘의 샛별이 아직도 밝게 빛나고 있는 언덕 위로 이오리가 모습을 나타냈다.

"흐음, 누구를 쫓아가야 되지?"

이오리는 결단을 내리지 못하고 옻칠 상자의 텅 빈 속처럼 어둠에 싸인 주위를 두리번거렸다.

두 제자

1

가을 하늘은 오늘도 청명했다. 강한 햇살이 피부 속까지 스며드는 듯했다. 도둑들은 대개 이처럼 청명한 하늘 아래에서는 떳떳하게 다니지 못할 것 같지만 조타로에게선 그런 어두운 그림자를 전혀 찾아볼 수 없었다.

조타로는 마치 이제부터 큰 뜻을 펼치고자 하는 이상으로 가득 찬 청년처럼 한낮의 무사시노 들판을 의기양양하게 걸어가고 있었다. 다만 때때로 무언가 마음에 걸리는 게 있는지 뒤를 돌아보곤 했다. 하지만 그 또한 자신의 어두운 단면에 두려움을 느끼는 눈빛은 아니었다. 그저 오늘 아침 가와고에川越를 떠날 때부터 이상한 아이가 자신의 뒤를 몰래 따라오고 있었기 때문에 돌아보는 눈빛일 뿐이었다.

'길을 잃었나?'

그런 생각이 들기도 했지만 길을 잃을 만큼 어리숙해 보이는 얼굴은 아니었다.

'나한테 볼일이 있나?'

일부러 걸음을 멈추고 기다리면 소년은 어딘가로 모습을 감춰버리고, 자신을 앞질러 가지도 않았다.

그래서 조타로도 마음을 놓아서는 안 되겠다고 생각하고 일부러 길이 없는 참억새 속에 숨어서 소년의 행동을 지켜보고 있었더니, 갑자기 미행하던 사람을 놓친 소년은 몹시 당황한 기색을 보이면서 사방을 두리번거리며 조타로를 찾고 있는 모습이었다.

조타로는 어제처럼 복면으로 입 주위를 가리고 있다가 참억새 속에서 벌떡 일어서며 소리쳤다.

"꼬마야!"

불과 4, 5년 전까지만 해도 자신이 꼬마라고 불렸지만 어느새 지금은 다른 사람을 그렇게 부를 만큼 장성한 조타로였다.

"앗!"

깜짝 놀란 이오리가 무의식적으로 도망치려고 하다가 어차피 도망칠 수 없다는 것을 깨달은 듯 일부러 태연한 표정을 지으며 성큼성큼 걸어가기 시작했다.

"꼬마야, 어디까지 가니? 잠깐만 기다려봐."

"무슨 일이죠?"

"일은 네가 나한테 있는 것 같은데? 숨겨봐야 소용없다. 가와고에부터 날 미행했잖아."

"아니요."

이오리는 고개를 가로저으며 말했다.

"난 주니소十二社의 나카노中野 마을로 돌아가는 길이에요."

"아니야, 그렇지 않아. 분명 내 뒤를 미행한 게 틀림없어. 누구의 부탁을 받았는지 말해라."

"몰라요."

조타로는 슬금슬금 뒷걸음질 치는 이오리의 멱살을 잡고 말했다.

"말해."

"나…… 난…… 아무것도 몰라요."

"이놈이."

조타로는 이오리의 멱살을 더 세게 잡으며 소리쳤다.

"넌 관아의 끄나풀이거나 누구한테 부탁을 받은 게 틀림없다. 첩자지? 아니 첩자의 자식이겠구나."

"내가 첩자의 자식이면…… 넌 도둑이냐?"

"뭐라고?"

조타로가 깜짝 놀라며 노려보자 이오리는 조타로의 손을 뿌리치고 목과 몸을 밑으로 빼더니 바람을 일으키며 잽싸게 저편으로 도망쳤다.

"앗, 저놈이."

조타로도 바로 뒤를 쫓아갔다.

수풀 저편에 벌집을 늘어놓은 것 같은 초가지붕이 몇 채 보였다. 노비도메野火止 부락이었다.

2

부락에 대장장이가 살고 있는 듯 어디선가 망치 소리가 떵, 떠엉, 한가롭게 들렸다. 빨간 가을 풀뿌리 주변은 두더지가 파헤쳐놓은 흙이 말라 있었고, 민가의 처마에 널어놓은 빨래에선 물방울이 뚝뚝 떨어지고 있었다.

"도둑이다, 도둑이야!"

길가에서 아이가 갑자기 큰 소리로 외쳤다. 곶감이 매달려 있는 처마 아래와 어두운 마구간 옆에서 사람들이 우르르 몰려나왔다.

이오리는 그들을 향해 손을 휘저으며 소리를 질렀다.

"저기서 지금 날 쫓아오는 복면을 한 사내가 지치부에서 부처님의 보물을 훔친 도적 중 한 명이니 모두들 나와서 붙잡아주세요. ……어, 어, 저기 왔어요."

부락 사람들은 너무나 갑작스러운 그의 고함 소리에 처음에는 영문을 몰라 어리둥절한 표정으로 멍하니 서 있었지만, 이오리가 손가락으로 가리키는 쪽을 보니 정말로 복면으로 얼굴을 가린 젊은 무사가 이쪽으로 바람같이 달려오고 있었다. 하지만 농부들은 여전히 달려오는 그를 보고만 있을 뿐이어서 이오리가 다시 소리쳤다.

"저자가 보물창고를 털었어요. 도둑이라구요. 거짓말이 아니에요. 정말로 저자는 지치부의 도적들과 한패예요. 빨리 붙잡지 않으면 도망쳐버릴 거예요!"

이오리는 그렇게 용기가 없는 병사들을 지휘하는 장군처럼 목소리를 높였지만 부락 사람들은 좀처럼 반응을 보이지 않았다. 태평한 얼굴을 한 농부들은 이오리가 외치는 소리에 당황한 눈빛과 주저하는 태도를 조금 보였을 뿐, 팔짱을 낀 채 남의 일 보듯 하고 있었다.

그러는 동안 조타로가 바로 눈앞까지 다가오자 이오리는 다람쥐처럼 잽싸게 어딘가로 숨어버렸다. 조타로는 그것을 아는지 모르는지, 길 양옆에 늘어선 부락 사람들을 바라보면서 발걸음을 늦추고 누구든 참견하는 자가 있으면 가만두지 않겠다는 듯 천천히 지나갔다.

부락 사람들은 숨을 죽인 채 조타로를 지켜보고 있었다. 보물창고를 턴 도적이라고 해서 얼마나 흉악한 도적일까 하고 생각했지만, 뜻밖에도 아직 열일고여덟의 잘생기고 늠름한 청년이

어서 사람들은 아까 소리를 친 아이가 장난을 친 게 아닐까 하고 생각할 정도였다.

한편 이오리는 아무리 목이 터져라 외쳐도 도둑을 잡으려는 정의감에 불타는 사람이 아무도 없자 어른들의 비열함에 서글픔을 느꼈지만, 그렇다고 자신의 힘으로는 어떻게 할 수가 없었기 때문에 한시라도 빨리 나카노 마을의 초암으로 돌아가서 그 근처에 살고 있는 친한 사람들에게도 알려주고 관아에도 고발하여 놈을 붙잡아야겠다고 생각하게 되었다.

그리하여 이오리는 노비도메 부락의 뒷길로 빠져나가 한동안은 밭도 길도 없는 수풀 속에서 걸음을 재촉했다.

얼마 후 눈에 익은 삼나무 숲이 저편으로 보였다. 이제 10정만 더 가면 예전에 폭풍우가 몰아칠 때 무너진 초암 터가 나타날 것이라며 용기를 내서 다시 달리기 시작했다.

그때 두 팔을 벌리고 그의 앞을 가로막는 자가 있었다. 옆길에서 갑자기 튀어나온 조타로였다. 순간 이오리는 가슴이 철렁했지만, 이제는 자기 구역에 왔다는 안도감과 도망쳐봐야 소용없다는 생각에 뒤로 펄쩍 물러서면서도 허리에 차고 있던 칼을 뽑아 들고 짐승이라도 만난 것처럼 허공을 향해 휘두르며 소리쳤다.

"빌어먹을, 덤벼라!"

3

칼을 뽑아들었다 해도 꼬마라고 얕잡아본 조타로는 맨손으로 이오리에게 달려들었다. 그의 목덜미를 잡으려는 생각이었지만 이오리는 소리를 지르며 조타로의 손을 피하더니 옆으로 열 자나 뛰어 물러났다.

"쥐새끼 같은 놈!"

조타로는 분한 표정으로 쫓아가다가 문득 오른손 끝에서 따뜻한 액체가 뚝뚝 떨어지는 것을 느끼고 대수롭지 않게 팔을 들어 보니 팔뚝에 두 치 정도의 칼자국이 나 있었다.

"앗, 당했다."

조타로는 이오리를 다시 보게 되었다. 이오리는 평소 무사시에게 배운 대로 자세를 잡았다.

눈.

눈.

눈.

항상 무사시에게 듣던 잔소리가 힘이 되어 무의식중에 이오리의 눈에 어려 있었다. 이오리의 얼굴에서 눈밖에 보이지 않는 듯했다.

"살려두어서는 안 되겠군."

조타로가 눈싸움에서 진 것처럼 중얼거리며 허리에 차고 있는 꽤 긴 칼을 뽑았을 때였다. 그때까지도 설마 하며 얕잡아보고 있던 이오리가 처음에 적의 팔뚝을 벤 것에 자신감을 얻었는지 칼을 번쩍 치켜들더니 달려들었다.

그렇게 달려드는 모습도 평소 무사시에게 달려들던 모습과 똑같았다. 조타로는 그 칼을 막아냈지만 팔에도, 정신적으로도 의외의 압박감을 느꼈음이 분명했다.

"건방진 놈!"

조타로도 이제는 전력을 다했다. 특히 자신들의 안위를 위해서라도 보물창고를 턴 사실을 알고 있는 꼬마를 살려둘 수가 없었다.

조타로는 기를 쓰고 달려드는 이오리의 공격을 무시하고 정면에서 단칼로 베려고 밀고 나갔다. 그러나 이오리는 조타로보다 훨씬 민첩했다.

'벼룩 같은 놈이다.'

조타로는 긴장했다. 그러는 사이에 이오리가 갑자기 달리기 시작했다. 도망가는가 싶었더니 걸음을 멈추고 다시 덤벼들었다. 이번엔 조타로가 공격하자 교묘하게 피하고 다시 도망쳤다.

이오리는 현명하게 그런 식으로 적을 조금씩 마을 쪽으로 유인해가려는 것 같았다. 그리고 마침내 초암이 있던 자리와 가까운 잡목림 속까지 조타로를 유인했다.

해는 벌써 기울어져서 숲속에는 짙은 어둠이 깔려 있었다. 조타로는 험악한 표정으로 먼저 숲속으로 뛰어든 이오리의 뒤를 쫓아왔지만, 이오리의 모습이 보이지 않자 한숨 돌리면서 사방을 두리번거렸다.

"이놈, 어디로 숨었느냐?"

그러자 바로 옆에 있는 큰 나무의 가지 위쪽에서 나무껍질과 나뭇잎이 팔랑팔랑 목덜미로 떨어졌다.

"저기 있군."

조타로는 하늘을 올려다보며 소리쳤다. 나뭇가지 끝의 하늘은 짙은 어둠에 싸인 채 별만 한두 개 보일 뿐이었다.

4

나무 위에서는 아무 대답도 들리지 않고 이슬만 떨어질 뿐이었다. 조타로는 잠시 생각에 잠겨 있다가 이오리가 저 위로 도망친 것이 분명하다고 단정 짓고 커다란 나무를 두 팔로 얼싸안더니 조심조심 타고 올라가기 시작했다. 그러자 아니나 다를까 나무 위에서 무엇인가 움직였다. 이오리는 조타로가 올라오자 원숭이처럼 나무 꼭대기로 기어 올라갔지만 이내 더는 올라갈 데가 없었다.

"이놈!"

"……."

"날개가 없으니 더는 도망치지 못할 거다. 살려달라고 애원해 봐. 그럼 목숨만은 살려줄 수도 있으니까."

"……."

이오리는 나뭇가지 사이에 새끼 원숭이처럼 웅크리고 앉아 있었다.

조타로는 밑에서 슬금슬금 기어 올라갔다. 하지만 이오리가 끝까지 아무 말도 하지 않자 손을 뻗어 이오리의 발목을 잡으려고 했다.

"……."

이오리가 여전히 입을 다문 채 바로 위에 있는 가지로 발을 옮기자 조타로는 그가 발을 두었던 가지를 양손으로 잡고 몸을 쭉 뻗었다.

"이얍!"

그 순간, 이오리는 기다리고 있었다는 듯 오른손에 들고 있던 칼로 가지를 내려쳤다.

조타로의 체중까지 실린 나뭇가지는 이오리의 칼을 맞고 우지끈 소리를 내며 나뭇잎 사이에서 춤을 추듯 조타로와 함께 땅으로 떨어졌다.

"이 도둑놈아, 맛이 어떠냐?"

이오리가 나무 위에서 소리쳤다. 우산을 펼치고 떨어지듯 나뭇가지가 나뭇가지에 걸리면서 떨어졌기 때문에 조타로는 어느 한 군데도 다치지 않았다.

"또 당하고 말았구나."

조타로는 다시 하늘을 올려다보며 이번엔 표범이 나무를 타는 기세로 이오리의 발밑을 향해 기어 올라갔다.

이오리는 밑에 있는 나뭇가지를 향해 칼을 마구 휘둘렀다. 양손을 쓸 수 없는 조타로는 함부로 다가갈 수 없었다.

이오리는 몸집은 작지만 영리했다. 조타로는 나이가 많은 만큼 상대를 얕잡아보고 있었다. 이런 나무 위에서는 영원히 결판이 날 것 같지 않았다. 아니, 몸집이 작은 이오리가 위치로 보아서 오히려 유리한 편이었다.

그러고 있는 동안 이 숲의 삼나무 가로수 너머에서 퉁소를 부는 소리가 들려왔다. 물론 그의 모습은 보이지 않았고 어디에서 부는 것인지도 알 수 없었지만, 퉁소 소리가 두 사람의 귀에 들리는 것으로 보아서는 그날 밤 근처 어딘가에 퉁소를 부는 사람이 있는 것만은 틀림없었다.

이오리와 조타로는 퉁소 소리를 듣자 잠시 싸움을 멈추고 캄캄한 나뭇가지 위에서 호흡을 가다듬었다.

"……꼬마야."

조타로는 침묵을 깨고 다시 한 번 이오리의 그림자를 향해 이번에는 조금 타이르듯이 말했다.

"겉보기와는 달리 고집이 센 모습은 감탄할 만하다. 누구의 부탁을 받고 내 뒤를 밟았는지 그것만 말한다면 목숨만은 살려주겠다. 어때?"

"당치도 않다."

"뭐라고?"

"이래 봬도 나는 미야모토 무사시의 첫 번째 제자인 미사와 이오리三沢伊織다. 도둑놈 따위한테 목숨을 구걸한다면 스승님의 이름을 더럽히지 않겠느냐. 당치도 않다, 이 바보야."

5

조타로는 깜짝 놀랐다. 아까 나무 위에서 땅으로 떨어졌을 때보다 더 놀랐다. 너무나 뜻밖의 말에 자신의 귀를 의심할 정도였다.

"뭐, 뭐라고? 다시 한 번 말해봐라. 다시 한 번."

그렇게 되묻는 조타로의 목소리가 심하게 떨리자 이오리는 더욱 기가 살았다.

"잘 들어. 미야모토 무사시의 첫 번째 제자, 미사와 이오리라고 했다. 내 말에 놀랐냐?"

"놀랐다."

조타로는 솔직하게 인정하고 의심과 친근함이 반씩 뒤섞인 말투로 물었다.

"꼬마야, 스승님은 건강하시냐? 그리고 지금은 어디에 계시느냐?"

"뭐?"

이번에는 이오리가 기분 나쁜 듯 슬금슬금 다가오는 그를 피하며 말했다.

"스승님이라고? 무사시 님은 너 같은 도둑을 제자로 삼을 분이 아니야."

"도둑이라니 듣기가 거북하군. 이 조타로는 그런 나쁜 사람이 아니다."

"뭐, 조타로?"

"네가 정말 무사시 님의 제자라면 한 번쯤 내 얘기를 들은 적이 있을 거다. 내가 너만 할 때 몇 년 동안 난 무사시 님을 스승으로 모시고 있었으니까."

"거짓말, 거짓말 하지 마."

"아니, 정말이다."

"그런 속임수에 넘어갈 줄 알아?"

"정말이라니까."

조타로는 스승인 무사시에게 품고 있는 평소의 열정을 그대로 드러내며 갑자기 이오리의 곁으로 가서 그를 안으려고 했다.

이오리는 믿을 수 없었다. 조타로가 자신의 몸을 감싸며 너와 난 형제이자 제자라고 한 말을 이성적으로 이해해보려고 했지만, 오히려 나쁘게 해석하고 아직 칼집에 넣지 않은 칼로 조타로의 옆구리를 찌르려고 했다.

"앗, 잠깐만!"

조타로는 몸을 움직이기가 불편한 나뭇가지 사이에서 가까스로 이오리의 손목을 잡았다. 그러나 그 순간 이오리가 나뭇가지를 잡고 있던 손을 놓으며 온몸으로 달려들자 조타로는 이오리의 목덜미를 잡은 채 나뭇가지를 딛고 몸을 일으키고 말았다. 당연히 두 사람은 서로 뒤엉킨 채 허공에서 무수한 나뭇잎과 나뭇가지를 흩날리며 땅바닥으로 떨어졌다.

앞서 조타로가 혼자 떨어졌을 때와는 달리 이번엔 둘이 한꺼번에 떨어졌기 때문에 그 무게와 속도로 인해 두 사람은 땅바닥에 떨어진 뒤 한동안 가슴을 맞댄 채 정신을 잃고 있었다.

이곳의 잡목림은 삼나무로 죽 이어져 있다. 그 삼나무 숲 사이에 폭풍으로 부서진 무사시의 초암이 있었다. 하지만 무사시가 지치부로 떠나는 날 아침 마을 사람들이 약속한 대로 그날부터 부서진 초암을 다시 짓기 시작했고, 벌써 지붕과 기둥이 새롭게 올라가 있었다.

아직 무사시도 돌아오지 않았는데 벽도 문도 없는 이 집의 지붕 아래에 오늘 밤은 등불이 켜져 있었다. 어제 에도에서 수해를 입은 사람들을 살피러 온 다쿠안이 무사시가 돌아오기를 기다린다며 혼자 묵고 있었던 것이다.

하지만 이 세상에서 혼자 지낸다는 것은 어려운 일인 모양이다. 어젯밤엔 이 집에서 홀로 오도카니 등불을 밝히고 보냈는데, 오늘밤엔 그 등불을 보고 행각승 한 명이 저녁을 먹으려는데 따뜻한 물을 좀 얻을 수 있겠느냐며 찾아왔다.

아까 잡목림까지 들렸던 통소 소리는 이 늙은 행각승이 다쿠안에게 들려주려고 분 통소 소리였지 싶다. 시간도 마침 그가 떡갈나무 잎으로 싼 밥을 밥알 한 톨까지 다 핥아먹었을 무렵이었으니까.

천하의 대사

1

노승은 눈병 때문인지 노안 때문인지 뭔가를 할 때마다 손으로 더듬거렸다. 다쿠안이 딱히 바란 것도 아닌데 한 곡 연주하겠다며 불기 시작한 퉁소도 초심자처럼 서툴렀다.

하지만 다쿠안은 그의 연주를 들으면서 무언가를 느낄 수 있었다. 그가 불고 있는 퉁소에는 시인이 아닌 사람의 시처럼 기교는 없지만 진정성이 담겨 있었다. 음운의 높낮이는 맞지 않았지만, 어떤 마음으로 불고 있는지 그 마음만은 충분히 헤아릴 수 있었다. 세상을 버린 이 늙은 행각승이 퉁소로 호소하고 있는 것은 바로 참회였다. 퉁소 소리는 거의 처음부터 끝까지 참회를 하며 흐느끼는 듯한 대나무 소리였다.

다쿠안은 가만히 그 연주를 듣는 동안 그가 걸어온 생애가 어떤 것이었는지 짐작할 수 있을 것 같았다. 위대한 사람이건 평범한 사람이건 인간의 내적인 생애라는 것은 그리 큰 차이가 없다. 차이가 있다면 그 내적인 생애의 내용이나 번뇌를 넘어서 나타난 외적인 모습이고, 이 행각승과 다쿠안도 한 자루 퉁소를 통해 형체가 없는 마음과 마음을 들여다본다면 어느 누구나 과거는 매한가지이고 그저 번뇌에 가죽을 뒤집어씌운 인간에 지나지 않았다.

"흐음, 어디선가 뵌 적이 있는 분 같은데……."

다쿠안이 중얼거리자 행각승도 눈을 껌벅이며 말했다.

"그렇게 말씀하시니 저도 아까부터 어디선지 들어본 것 같은 목소리인 듯싶습니다. 혹시 스님께서는 다지마의 슈호 다쿠안 스님이 아니십니까? 미마사카의 요시노고에 있는 싯포 사七宝寺에 오랫동안 머물렀던……."

다쿠안도 퍼뜩 생각난 듯 구석에 있는 어슴푸레한 등잔불의 심지를 돋운 후에 물끄러미 그의 하얗고 성긴 수염과 움푹 들어간 볼을 바라보았다.

"아, 아오키 단자에몬青木丹左衛門 님이 아니십니까?"

"예. 그럼 역시 다쿠안 스님이셨군요. 이처럼 쇠락한 모습이나 보여드리고, 어디 쥐구멍이라도 있다면 찾아 들어가 숨고 싶습니다. 스님, 옛날의 아오키 단자에몬과 똑같이 대해주시기 바랍니다."

"여기서 다시 뵙게 되다니 정말 뜻밖입니다. 싯포 사에 있을 때니까 벌써 10년이나 되었군요."

"그리 말씀하시니 찬비를 맞은 듯 괴로울 따름입니다. 이젠 들판의 백골이나 다름없는 몸, 그저 자식을 생각하며 어둠 속을 헤매고 다닐 뿐입니다."

"자식이라니요? 자제분이 있으셨습니까? 그럼 자제분은 대체 지금 어디서 어떻게 지내고 있습니까?"

"들려오는 소문에 의하면 예전에 제가 사누모讚甘의 산에서 붙잡아 천 년 묵은 삼나무 우듬지에 붙들어 매서 괴롭힌, 당시엔 다케조라 불리던 미야모토 무사시의 제자가 되어 간토에 와 있다고 합니다."

"뭐요, 무사시의 제자라고요?"

"그런 이야기를 들었을 때의 참회와 부끄러움이란……. 제가 무슨 낯으로 그 사람 앞에 나설 수 있겠습니까? 한때는 자식도 잊고 무사시에게도 이런 모습을 보이지 않겠다고 깊이 뉘우치기도 했지만, 역시 부모된 입장에서 자식을 만나고 싶은 마음은 어쩔 수가 없나 봅니다. 손꼽아 헤아려보니 조타로도 올해로 열여덟. 이제는 어른이 된 모습을 한 번만이라도 볼 수 있다면 죽어도 여한이 없을 것 같아 부끄러움도 버리고 얼마 전부터 이곳 아즈마東 가도를 돌아다니고 있는 중입니다."

2

“허면 조타로라는 그 어린 제자가 아오키 님의 아드님이었단 말이군요.”

다쿠안도 처음 듣는 이야기였다. 어찌 된 일인지 오쓰나 무사시에게 조타로의 과거에 대해서는 아무 얘기도 들은 적이 없었다.

아오키 단자에몬은 말없이 고개를 끄덕였다. 그의 초췌한 모습에서는 왕년의 메기수염을 기른 무사의 위풍과 왕성한 욕망의 그림자는 전혀 찾아볼 수 없었다. 다쿠안은 망연히 바라보고만 있을 뿐 위로의 말도 없었다. 이미 인간의 기름진 껍질을 벗어던지고 저승의 길로 접어든 황혼기의 인생에 입에 발린 위로의 말 따위는 건넬 수가 없었기 때문이다.

그렇다고 해서 과거를 참회하느라 앞으로의 인생은 없다는 듯 몸과 마음을 아무렇게나 굴리고 있는 모습도 가만히 두고 볼 수만은 없었다.

이 인간은 자신의 사회적인 지위가 박탈되고 모든 것을 잃었을 때 부처님의 구원이나 법열의 경지라는 것이 있다는 사실조차 놓친 것이 분명하다. 한때는 권력을 휘두르며 자기 뜻대로 세상을 주무르던 사람일수록 다른 한편에는 완고하다 싶을 정도로 도덕적인 양심을 지니고 있기 때문에 그 권력을 잃은 순간 그

양심으로 인해 자신의 여생을 스스로가 학대하려는 심리 상태가 되어버린 것일지도 모른다.

그러니까 자칫 잘못하면 그는 지금 평생의 소원으로 간직하고 있는, 무사시를 만나서 한마디 사과를 하는 것과 조타로가 훌륭히 성장한 모습을 보고 그의 장래에 대해 안심하게 된다면, 곧장 그 자리에서 근처 숲으로 들어가 목을 매고 죽을지도 모른다고 다쿠안은 생각했다.

이 남자에겐 아들을 만나게 해주기 전에 부처님을 먼저 만나게 해주어야 한다. 십악十惡의 무리, 오역五逆의 악인이라도 구원을 바라면 구원해주는 부처님을 만나게 한 후에 조타로를 만나게 해줘도 늦지 않을 것이었다. 무사시는 그 이후에 만나게 하는 것이 이 남자에게도 좋고 무사시에게도 좋을 것이다.

이렇게 생각한 다쿠안은 먼저 아오키에게 에도 성 안에 있는 이치젠 사一禪寺를 소개해주었다. 자기 이름을 대고 며칠이라도 그곳에서 묵으라고 한 것이다.

그리고 그곳에 머무르고 있는 동안 자신이 짬을 내서 찾아가 느긋이 회포도 풀고 이야기도 들어주겠다, 조타로에 대해서도 짐작이 가는 바가 있으니 후일 반드시 자신이 최선을 다해 만나게 해주겠다, 너무 초조해하지 말고 쉰, 예순 이후에도 장수를 꿈꾸는 천국이 있는가 하면 할 일이 있는 인생도 있다, 자신이 갈 때까지 이치젠 사에서 주지 스님께 그런 이야기라도 청해서 듣는 것이 좋지 않겠느냐고 덧붙였다.

다쿠안은 이런 식으로 그를 잘 타일러서 무사시의 암자에서 떠나보냈다. 다쿠안의 그런 마음이 제대로 전해졌는지 단자에몬은 몇 번이나 고맙다고 인사를 하고는 거적과 퉁소를 등에 짊어지고 잘 보이지 않는 눈을 대나무 지팡이에 의지해서 떠났다.

그곳은 언덕이었기 때문에 아래로 내려가는 길이 미끄러울 것을 우려해 단자에몬은 숲 쪽으로 들어갔다. 발길은 삼나무 숲의 샛길에서 잡목림의 샛길로 자연스럽게 이어졌다.

"……?"

한동안 걸어가던 단자에몬의 지팡이 끝에 무언가가 걸렸다. 눈이 완전히 보이지 않는 것은 아니어서 단자에몬은 몸을 숙이고 둘러보았다. 잠시 동안은 아무것도 보이지 않았지만, 이윽고 나무 사이로 흘러드는 푸른 별빛에 사람 둘이 이슬에 젖은 채 쓰러져 있는 모습이 어렴풋이 보였다.

3

단자에몬은 무슨 생각을 했는지 길을 다시 되돌아가서 초암을 들여다보며 말했다.

"다쿠안 스님, 방금 떠났던 단자에몬인데 요 앞 숲속에 웬 젊은이 둘이 나무에서 떨어져 정신을 잃은 채 쓰러져 있더군요."

다쿠안이 그 말에 일어나서 밖으로 얼굴을 내밀자 단자에몬이 말을 이었다.

"공교롭게도 가진 약도 없고, 이처럼 눈도 잘 보이지 않아 물을 줄 수도 없습니다. 근처에 사는 고시의 자식이거나 들로 놀러 온 무가의 형제인 듯 보이는 소년들입니다. 죄송하지만 좀 가셔서 구해주셨으면 합니다."

다쿠안은 알았다며 곧 짚신을 신고 언덕 아래로 보이는 초가지붕을 향해 큰 소리로 누군가를 불렀다.

그러자 지붕 아래에서 누군가가 나와 언덕의 초암을 올려다보았다. 그 집에 살고 있는 농부였다. 다쿠안은 그를 향해 횃불과 대나무 통에 물을 담아서 곧장 올라오라고 덧붙였다.

그 횃불이 초암 쪽으로 올라올 무렵 다쿠안에게 다시 길을 물은 단자에몬은 언덕 아래로 내려갔다. 그리고 언덕 중간에서 올라오는 횃불과 엇갈려 지나갔다.

만일 단자에몬이 처음에 헤맸던 길로 갔더라면 분명 횃불 아래에 비친 조타로를 볼 수 있었을 것이다. 그러나 에도로 가는 길을 다시 물었던 탓에 조타로를 보지 못하고 그대로 어둠을 향해 떠나고 말았다.

하지만 그것이 불행인지 다행인지는 세월이 흐른 뒤에야 알 수 있는 일이다. 인생사란 훗날 되돌아보았을 때에만 그것이 다행인지 불행인지 알 수 있게 마련이다.

물을 담은 대나무 통과 횃불을 들고 재빨리 올라온 농부는 어제는 물론 오늘도 이 초암을 수리하는 일을 거들어준 마을 사람 중 한 명이었다. 그는 무슨 일인가 하고 의아한 표정으로 다쿠안을 따라 숲속으로 들어갔다.

이윽고 횃불의 붉은 불빛이 단자에몬이 두 사람을 발견한 장소를 비췄다. 하지만 조금 전 광경과는 조금 차이가 있었다. 단자에몬이 발견했을 때는 조타로와 이오리가 서로 겹쳐서 쓰러져 있었지만, 지금 보니 조타로는 깨어나서 멍하니 앉아 있고 옆에 쓰러져 있는 이오리를 깨워서 묻고 싶었던 것들을 물어야 할지 아니면 이대로 도망치는 것이 나을지 망설이고 있는 듯 이오리의 몸에 한 손을 대고 깊은 생각에 잠겨 있었다.

그러다 횃불이 보이면서 사람의 발자국 소리가 들리자 조타로는 바로 일어설 자세를 취했다.

"어?"

다쿠안의 옆에서 농부가 활활 타오르고 있는 횃불을 내밀었다. 순간 조타로는 상대가 딱히 경계할 만한 사람이 아니라고 생각하고 안심한 듯 다시 자리에 앉으며 그들을 올려다보았다.

다쿠안은 정신을 잃었다는 사람이 그곳에 앉아 있었기 때문에 처음엔 놀라서 '어?' 하고 반응했지만, 이윽고 서로의 모습을 물끄러미 바라보고 있는 동안 다쿠안이 지른 외마디 감탄사는 그대로 중대한 놀라움을 나타내는 말이 되어 두 사람의 입에서 동시에 터져 나왔다.

다쿠안은 몸집이 훌쩍 커지고 얼굴이며 모습 또한 달라진 조타로를 한동안 알아보지 못했지만, 조타로는 다쿠안을 한눈에 알아보았다.

4

"조타로가 아니냐?"

이윽고 다쿠안이 눈을 크게 뜨면서 말했다. 다쿠안은 자신을 올려다보던 조타로가 갑자기 놀란 듯 두 손으로 땅을 짚은 모습에 비로소 그를 알아보았던 것이다.

"예, 예. 그렇습니다."

다쿠안의 모습을 보자 조타로는 예전의 코흘리개 어린아이로 돌아간 듯 그저 송구스러워할 뿐이었다.

"흐음, 네가 조타로란 말이냐? 어느새 이렇게 어엿한 청년이 되었구나."

조타로의 어른스러운 모습에 놀라며 한동안 바라보던 다쿠안은 우선 이오리부터 치료해야겠다고 생각했다.

다쿠안이 이오리를 안아보았다. 체온은 분명히 느껴졌다. 대나무 통의 물을 먹이자 의식이 되돌아온 이오리는 주위를 둘러보며 눈을 끔뻑이더니 갑자기 큰 소리로 울기 시작했다.

"아프니? 어디가 아픈 거야?"

다쿠안이 묻자 이오리는 고개를 저으며 아픈 데는 없지만 스승님이 없고, 또 스승님이 지치부의 감옥으로 끌려갔는데 그것이 무섭다며 울면서 호소했다.

그의 울음도 호소도 너무나 갑작스러운 일이었기에 다쿠안은 쉽사리 그 뜻을 이해할 수 없었지만, 천천히 자초지종을 듣고 보니 과연 예사롭지 않은 일이 일어났다며 이윽고 이오리와 같은 걱정을 하게 되었다.

두 사람이 주고받는 대화를 옆에서 듣고 있던 조타로는 온몸에 소름이 끼친 듯 기겁을 하며 조금 떨리는 목소리로 말했다.

"다쿠안 스님, 드릴 말씀이 있습니다. 어디 사람이 없는 곳에 가서……."

이오리는 울음을 그치고 의심이 가득 찬 눈초리로 다쿠안 곁으로 가더니 조타로에게 손가락질을 하며 말했다.

"다쿠안 스님, 저자는 도적과 한패예요. 저자가 하는 말은 모두 거짓말이니 믿으면 안 돼요."

조타로가 노려보자 이오리는 언제든지 상대해주겠다는 눈빛으로 맞받았다.

"둘 다 싸우지 마라. 너희들은 본시 같은 스승을 모시는 동문이 아니냐? 내 결정에 맡기고 따라오너라."

초암으로 돌아오자 다쿠안은 둘에게 명해서 초암 앞에 모닥불을 피우게 했다. 농부는 할 일이 끝나자 언덕 아래에 있는 자기 집으로 돌아갔다.

다쿠안은 모닥불 옆에 앉아 두 사람에게도 사이좋게 모닥불 주위에 앉으라고 말했지만, 이오리는 좀처럼 모닥불 곁으로 다가오지 않았다. 조타로와 같은 스승을 모시는 동문이라는 다쿠안의 말이 영 못마땅한 표정이었다.

하지만 다쿠안과 조타로가 정답게 옛이야기를 나누고 있는 모습을 보자 은근히 샘이 났는지 어느새 그도 모닥불 곁으로 와서 불을 쬐며 잠자코 조타로와 다쿠안이 낮은 목소리로 주고받는 이야기를 듣고 있었다.

조타로는 부처님 앞에서 참회하는 여인처럼 눈물까지 글썽이며 묻지 않은 말까지 전부 털어놓았다.

"……예, 그렇습니다. 스승님 곁을 떠난 지 꼭 4년째입니다. 그동안 저는 나라이의 다이조란 분의 손에 자랐고, 그 사람의 가르침을 받으며 그 사람의 큰 야망과 세상 돌아가는 이야기를 매일 들었습니다. 그러다 보니 그 사람을 위해서라면 목숨을 버려도 아깝지 않겠다는 마음을 갖게 되었습니다. 그 후로 오늘까지 다이조 님의 일을 도왔지만 도적이라는 소리를 듣게 되다니 정말 억울합니다. 저도 무사시 스승님의 제자, 스승님의 곁을 떠났어도 스승님의 정신과는 하루도 떨어져 있다고 생각하지 않았습니다."

5

조타로는 말을 이었다.

"다이조 님과 저는 천지신명께 우리의 목적을 남에게 토설하지 않겠다고 약조했기 때문에 그것이 무엇인지는 비록 다쿠안 스님일지라도 말씀드릴 수 없습니다. 하지만 스승이신 무사시 님이 보물창고를 털었다는 누명을 쓰고 지치부의 감옥으로 끌려간 이상 모른 체하고 있을 수는 없습니다. 내일이라도 당장 지치부로 가서 범인은 나라고 자수하고 스승님이 풀려나시도록 하겠습니다."

다쿠안은 조타로의 이야기를 그저 고개만 끄덕이며 잠자코 듣고 있다가 갑자기 고개를 들더니 물었다.

"그럼, 보물창고를 턴 것은 너와 다이조란 사람이 한 일이 틀림없느냐?"

"예."

조타로는 하늘을 우러러 조금도 부끄러울 것이 없다는 말투로 대답했다. 그러나 다쿠안이 뚫어지게 바라보자 조타로는 대답과는 달리 이내 눈을 내리깔고 말았다.

"그럼, 역시 도적이 분명하구나."

"아닙니다. 결코 여느 도적과는 다릅니다."

"도적에도 종류가 있다더냐?"

"허나 저희들에겐 사욕이 없습니다. 일반 백성을 위해 단지 공공의 재물을 움직일 뿐입니다."

"무슨 말인지 모르겠구나. 허면 네가 하는 도둑질은 의적질이라는 말이냐? 중국 소설 같은 데 자주 나오는 협객이니 검협이니 하는 괴물이 그 아류인……."

다쿠안은 퉁명스럽게 말했다.

"그에 대해 말하자면 자연히 다이조 님의 비밀을 털어놓는 것이 되기 때문에 지금은 뭐라 하셔도 말씀드릴 게 없습니다."

"하하하, 내 꼬임에는 넘어오지 않겠다는 말이로구나."

"하여간 스승님을 구하기 위해서 저는 자수를 하겠습니다. 스승님께는 나중에라도 부디 잘 말씀드려주시기 바랍니다."

"나는 그런 부탁은 들어줄 수 없다. 무사시는 애초에 누명을 쓴 것이니 네가 자수하지 않더라도 분명 풀려날 게다. 그보다 너는 날 통해서 부처님께 진실된 마음을 털어놓을 생각은 없느냐?"

"부처님께 말입니까?"

조타로는 한 번도 생각해본 적이 없다는 듯 되물었다.

"그래."

다쿠안이 당연하다는 듯 말했다.

"네가 하는 이야기를 들어보니 세상을 위해서라거나 남을 위해서라고 자랑스러운 듯 말하는데 그것은 다른 사람을 위해서라기보다 너 자신을 위해서가 아니더냐? 네 주위에는 불행한 사람이 아무도 없느냐?"

"누가 됐건 자신의 일신만을 돌보다가는 천하의 대사를 이룰 수가 없습니다."

"어리석은 놈!"

다쿠안은 일갈하며 조타로의 뺨을 후려쳤다. 조타로는 느닷없이 뺨을 맞고 두 손으로 뺨을 감싼 채 어쩔 줄을 몰라 했다.

"자신이 근본이 아니더냐. 모든 것은 자신으로부터 발현發顯하는 것이다. 자기 자신도 돌보지 못하는 자가 다른 사람을 위해 무엇을 할 수 있단 말이냐!"

"아니, 저는 자신의 욕망 따위는 생각하지 않는다고 말씀드린 것입니다."

"닥쳐라. 너는 네 자신이 인간으로서 아직 미숙한 존재라는 것을 모르겠느냐! 세상에 대해 티끌만큼도 모르는 녀석이 세상을 다 안다는 표정으로 터무니없는 대망에 정신을 빼앗긴 것만큼 무서운 것은 없다. 조타로, 너나 다이조가 무슨 일을 하는지 이제야 알겠구나. 더 이상 묻지 않겠다. 바보 같은 녀석. 덩치만 커

졌지 마음은 한 치도 자라지 않았구나. 뭐가 분해서 그리 우느냐? 가서 코나 풀어라."

6

조타로는 다쿠안에게 그만 자라는 말을 듣고 어쩔 수 없이 근처에 있던 거적을 뒤집어쓰고 누웠다. 다쿠안과 이오리는 이내 잠이 들었지만 조타로는 잠을 잘 수 없었다. 밤새 감옥에 갇혀 있을 스승을 생각하며 마음속으로 죄송하다고 몇 번이나 사죄했다.

하늘을 보고 누워 있는 조타로의 눈에서 눈물이 흘러 귓구멍으로 들어갔다. 조타로는 옆으로 돌아누워 다시 생각했다.

'오쓰 님은 어떻게 됐을까? 오쓰 님이 있었다면 더 볼 면목이 없었을 텐데. 스님의 손찌검은 아팠지만, 오쓰 님이 있었다면 때리는 대신 내 멱살을 잡고 울면서 나무랐을 거야.'

그렇다 해도 다른 사람에겐 토설하지 않겠다고 다이조와 맹세한 비밀은 누구에게도 털어놓을 수 없었다. 날이 밝으면 다시 다쿠안에게 꾸중을 들을지도 모른다.

조타로는 지금 도망쳐야겠다고 생각하고 몸을 일으켰다.

"……."

벽도 천장도 없는 초암을 빠져나가는 것은 식은 죽 먹기보다 쉬웠다. 그는 곧장 밖으로 나왔다. 별을 올려다보았다. 서두르지 않으면 곧 날이 샐 것 같았다.

"이놈, 멈추거라."

걸음을 옮기려던 조타로는 등 뒤에서 난 소리에 화들짝 놀랐다. 마치 자신의 그림자처럼 다쿠안이 등 뒤에 서 있었다. 다쿠안은 그의 곁으로 와서 어깨에 손을 얹었다.

"무슨 일이 있어도 자수를 하겠다는 거냐?"

"……."

조타로가 말없이 고개를 끄덕이자 다쿠안은 측은하다는 듯 말했다.

"그리도 개죽음을 당하고 싶은 거냐? 이 생각 없는 놈아."

"개죽음이라니요?"

"그래. 넌 네가 범인이라고 자수하면 무사시가 풀려날 거라 생각하지만 세상이 그리 호락호락하지만은 않다. 관리들은 네가 나에게는 말하지 않았던 사실까지 전부 실토하지 않으면 납득을 하지 않을 것이다. 무사시는 무사시대로 감옥에 계속 잡아두고 너를 1년이고 2년이고 살려둔 채 고문할 것이 뻔해."

"……."

"그것이 개죽음이 아니고 무엇이냐? 정말로 스승의 누명을 벗기고자 한다면 먼저 네 자신의 몸부터 씻어내지 않으면 안 될 것이다. 자, 관아에서 고문을 받는 것이 좋겠느냐, 아니면 내게 털어놓는 것이 좋겠느냐?"

"……."

"나는 부처님의 제자이니 내가 묻는다고 해서 내가 네 죄를 심판하는 것은 아니다. 부처님의 가슴에 여쭤보고 중간에서 전해 줄 뿐이야."

"……."

"그것도 싫다면 또 다른 방법이 있다. 어젯밤 나는 우연히 네 부친인 아오키 단자에몬을 여기서 만났다. 부처님의 뜻인지 바로 그 뒤에 자식인 널 다시 만나게 되었구나. 단자에몬은 내가 소개한 에도의 절에 있을 것이다. 어차피 죽을 것이라면 아버지를 한 번 만나고 난 후에 죽어도 상관없지 않을까? 그리고 내 말이 맞는지 틀리는지도 네 부친에게 물어보도록 해라."

"……."

"조타로, 네 앞에는 세 가지 길이 있다. 내가 지금 말한 세 가지 방법이다. 그 가운데 하나를 선택하도록 해라."

다쿠안은 그렇게 말하고 잠자리로 돌아갔다. 어제 이오리와 나무 위에서 싸울 때 멀리서 들리던 통소 소리가 귓가에 되살아났다. 그것이 자신의 아버지였다는 말을 듣자 헤어지고 나서 아버지가 어떤 모습과 어떤 심정으로 세상을 떠돌고 있는지 묻지 않아도 가슴이 북받쳐오를 정도로 잘 알 수 있었다.

"아, 잠깐만요. 다쿠안 스님, 말하겠습니다. 다른 사람에겐 말하지 않겠다고 다이조 님께 맹세했지만 부처님께는 모든 것을 다 말씀드리겠습니다."

조타로는 갑자기 그렇게 외치더니 다쿠안의 소매를 붙잡고 숲속으로 끌고 갔다.

7

조타로는 어둠 속에서 혼자 긴 독백을 하듯 가슴속에 있는 모든 것을 털어놓았다. 다쿠안은 처음부터 끝까지 한 마디도 하지 않고 조타로의 말을 듣고만 있었다.

"이제는 더 이상 드릴 말씀이 없습니다."

조타로가 그렇게 말하고 입을 다물자 비로소 다쿠안이 물었다.

"그것뿐이냐?"

"예, 이게 답니다."

"됐다."

다쿠안도 그렇게 말하더니 반 시진이나 아무 말이 없었다. 삼나무 숲 위로 뿌옇게 동이 트기 시작했다. 까마귀 떼가 시끄럽게 울어댔다. 새벽안개로 주위가 하얗게 보였다. 다쿠안은 피곤한 듯 삼나무 밑동에 앉아 있었다. 조타로는 다쿠안의 꾸지람을 기다리고 있는 듯 나무에 기댄 채 고개를 숙이고 있었다.

"……터무니없는 놈들과 얽히고 말았구나. 이 거대한 천하가 어떻게 움직이고 있는지도 보지 못하는 불쌍한 자들이로군. 하지만 일을 벌이기 전이어서 그나마 다행이다."

이렇게 중얼거렸을 때의 다쿠안은 더 이상 아무것도 걱정하지 않는 표정이었다. 그는 품속에서 도저히 갖고 있을 것 같지 않은 황금 두 냥을 꺼내 조타로에게 건네면서 당장 길을 떠나라고 말했다.

"한시라도 빨리 서두르지 않으면 너뿐 아니라 네 부친과 스승에게도 화가 미칠 것이다. 당장 멀리 떠나거라. 특히 고슈 가도에서 기소木曾 가도는 피해야 할 것이다. 어제 오후부터 이미 검문소의 검문이 한층 엄해졌으니 말이다."

"스승님은 어떻게 되는지요? 저 때문에 그렇게 되셨는데 이대로 떠날 수는……."

"그 문제는 내가 알아서 처리하마. 2년 후든 3년 후든 일이 잠잠해지면 무사시를 찾아가서 사죄를 하면 될 것이다. 그때는 나도 잘 말해주마."

"……그럼."

"아, 잠깐만."

"예."

"가는 길에 에도에 잠깐 들르도록 해라. 아자부麻布 마을에 있는 쇼주안正受庵이라는 사찰에 가면 네 부친이 먼저 당도해 계실 게다."

"예."

"여기 다이토쿠 사大德寺의 인가印可가 있으니 쇼주안에서 삿갓과 가사를 받아 한동안이라도 승려 차림으로 네 부친과 함께 길을 떠나거라."

"꼭 승려 차림을 해야 합니까?"

"이런 얼빠진 놈. 네가 무슨 죄를 지었는지 모르느냐? 넌 도쿠가와 가의 신임 쇼군을 저격하고 그 혼란을 틈타 이에야스 님이 계시는 슨푸駿府에도 불을 질러서 이 간토 지방을 혼란에 빠뜨려놓고 거사를 일으키려는 어리석은 자들의 하수인 중 하나란 말이다. 달리 말하면 역도란 말이야. 붙잡히면 목이 달아날 것은 자명한 일."

"……."

"가거라, 날이 더 밝기 전에 어서."

"스님, 한 마디만 더 여쭙겠습니다. 도쿠가와 가를 무너뜨리려는 자는 어째서 역도이고, 도요토미 가를 쓰러뜨리고 천하를 가로챈 자는 어째서 역도가 아닌지요?"

"난 모른다."

다쿠안은 조타로를 그저 무서운 눈으로 노려볼 뿐이었다. 그것은 어느 누구도 설명할 수 없는 것이었다. 다쿠안은 조타로를 논리적으로 납득시킬 수는 있었지만, 아직 자기 자신조차 그 이유를 확신하지 못하고 있었다. 그러나 날이 갈수록 도쿠가와 가에 활을 당기는 자를 역적이라고 불러도 이상하지 않은 세상으로 변해가는 것만은 확실했다. 그리고 그 거대한 시대의 흐름을 거스르는 자는 반드시 오명과 비운을 뒤집어쓴 채 시대의 뒤편으로 사라져버린다는 것도 부정할 수 없는 사실이었다.

석류

1

그날 다쿠안은 이오리를 데리고 아카기 언덕에 있는 호조 아와노카미의 집으로 갔다. 지난번에 왔을 때와는 달리 현관 옆에 있는 단풍나무에 노랗게 단풍이 들어 있었다.

"계시느냐?"

어린 하인에게 묻자 아이는 잠깐 기다리라며 안으로 뛰어 들어갔다.

얼마 후 안에서 나온 신조가 부친은 지금 성에 가시고 안 계시니 들어와서 기다리라고 권했다.

"성에 가셨단 말인가? 마침 잘됐군."

다쿠안은 그렇게 말하고 자기도 지금 성으로 가려는데 이오리를 당분간 이곳에 묵게 해달라고 부탁했다.

"알겠습니다. 걱정 마십시오."

이미 아는 사이였던 신조가 이오리를 힐끗 보며 웃었다. 그리고 성에 들어가겠다면 가마를 준비하겠다고 마음을 써주었다.

"부탁하겠네."

가마를 준비하는 동안 다쿠안은 단풍나무 아래에 서서 나뭇가지를 올려다보다가 문득 생각난 듯 물었다.

"참, 에도의 부교 직을 뭐라고 하던데?"

"마치町 말씀입니까?"

"그래, 그 마치부교町奉行(에도 · 오사카 · 슨푸 등지에 두고 시중의 행정 · 사법 · 소방 · 경찰 따위의 직무를 맡아보았음. 또 에도 이외에는 각기 지명을 앞에 붙였음)라는 직제가 새로 생겼다더군."

"호리 시키부쇼유堀式部少輔 님이십니다."

가마가 준비되자 다쿠안은 이오리에게 장난치지 말고 얌전히 있으라고 이르고 가마에 몸을 실었다. 가마가 단풍나무 아래를 지나 천천히 문밖으로 나갔다.

이오리는 벌써 그 자리에 가만히 있지 못하고 마구간을 들여다보고 있었다. 마구간은 두 동이 있었는데, 밤색과 흰색 등 명마들이 많았고 모두 건강했다. 이오리는 밭에서 일도 하지 않는 말을 왜 이렇게 많이 기르고 있는지 이상하게 생각했다.

'그래, 전쟁 때 쓰는 거겠지.'

이윽고 나름대로 해석하고 말의 얼굴을 보고 있으려니 같은 말이라도 무가에서 사육하는 말과 들판에 풀어놓은 말의 얼굴이 달랐다.

말은 어렸을 때부터 친구였다. 이오리는 말이 좋았다. 아무리 보고 있어도 싫증이 나지 않았다.

그때 현관 쪽에서 신조가 큰 소리로 무슨 말인가를 했다. 이오리는 야단을 맞을 줄 알고 뒤를 돌아보자 현관에 방금 들어온 듯한 깡마른 노파가 무서운 얼굴로 지팡이를 짚고 서서 댓돌에 서 있는 신조를 노려보고 있었다.

"집에 계시는데 안 계신다고 따돌린다니 그게 무슨 말이오? 당신 같은 생판 처음 보는 노인에게 아버님이 계시든 안 계시든 뭐 하러 그런 거짓말을 하겠소? 안 계시니 안 계신다고 한 것이오."

노파의 태도가 신조를 화나게 한 모양이다. 신조의 말에 노파도 화를 내며 말했다.

"기분이 상했소? 아와노카미 님을 아버님이라고 부르는 것을 보니 그대가 이 댁의 자제인 듯한데, 내가 대체 몇 번이나 이 문을 두드렸는지 아시오? 대여섯 번이면 말도 하지 않겠소. 그때마다 안 계신다고 하니 그런 생각이 드는 것도 무리는 아니지 않소?"

"몇 번을 찾아왔는지는 모르지만 아버님은 사람을 만나는 걸 좋아하지 않으시오. 만나지 않겠다는데 억지로 찾아오는 것도 잘못이오."

"사람을 만나는 걸 싫어한다고? 그것 참 딱한 노릇이군. 허면 그대의 아버지는 어째서 사람들과 함께 살고 계시는 거요?"

오스기는 이를 드러내며 오늘도 만나지 못하면 절대로 돌아가지 않겠다는 표정이었다.

2

요지부동이란 말이 있는데 오스기의 태도가 딱 그랬다. 오스기는 사람들이 자신을 노인이라고 업신여긴다는 자격지심이 남들보다 훨씬 강했다. 그래서 업신여김을 당하지 않으려는 긴장감이 그녀에게 이런 태도를 갖게 한 듯했다.

젊은 신조는 이런 응대에 서툴렀다. 말을 잘못했다가는 말꼬리를 잡고 늘어질 판이었다. 한두 번 호통으로는 눈도 깜빡하지 않고 오히려 이따금 누런 이를 드러내며 비웃기까지 한다.

신조는 오스기의 무례한 태도를 보고 칼을 빼 겁이라도 주고 싶었지만, 초조해하면 지는 것이라는 생각이 들어 그만두었다. 또 그래봤자 이 노파에게 소용이 있을지도 의심스러웠다.

"아버님은 안 계시지만 우선 거기 앉는 게 어떻겠소? 내가 알 만한 일이라면 나한테 말해도 되고."

신조가 화를 꾹 참으며 그렇게 말하자 이번엔 생각 외로 효과가 있었다.

"스미다 강가에서 우시고메까지 걸어오는 것도 예삿일이 아닌지라 실은 다리도 아프니 말씀대로 앉도록 하겠소."

오스기는 이내 댓돌 끝에 앉아 다리를 쭉 뻗으면서도 혀는 피곤하지 않은 기색이었다.

"이보시오, 아드님. 방금처럼 친절하게 말씀하시니 이 늙은이도 큰소리를 낸 것이 부끄럽구려. 그럼, 찾아온 용건을 말할 테니 아버님이 돌아오시거든 꼭 전해주시오."

"알았습니다. 그래, 아버님께 말씀드리고 싶다거나 주의를 주고 싶다는 것이 무엇이오?"

"다름이 아니라 사쿠슈의 낭인 미야모토 무사시에 관한 이야기요."

"음, 무사시가 어쨌다는 거요?"

"그놈은 열일곱 살 때 세키가하라 전투에 참전하여 도쿠가와 가에 칼을 겨눈 놈이오. 더구나 고향에서는 나쁜 짓을 수도 없이 일삼아서 누구 하나 무사시를 좋게 말하는 이가 없소. 게다가 수많은 사람을 죽이고 이 늙은이와도 원수가 져서 각지로 도망쳐 다니는 못된 낭인이오."

"아, 잠깐만요."

"아니, 내 말을 마저 들으시오. 그뿐 아니라 그놈은 내 아들의 정혼자인 오쓰를 유혹해서는……."

"잠깐, 잠깐만요."

신조는 그녀의 말을 손으로 제지하며 물었다.

"대체, 할멈의 목적이 무엇이오? 왜 그렇게 무사시의 험담을 하고 다니는 거요?"

"모르는 소리! 세상을 위해서요."

"무사시를 참소하는 게 어찌 세상을 위한다는 것이오?"

"가르쳐드리리까?"

오스기는 정색을 하며 말했다.

"듣자 하니 교활한 무사시가 어떻게 했는지 모르지만 이 댁의 호조 아와노카미 님과 다쿠안 스님의 천거로 머잖아 무사시가 쇼군 가의 사범으로 들어갈 것이라고 하더이다."

"그런 소문은 누구에게 들었소?"

"오노 도장에 갔던 자로부터 똑똑히 들었소."

"그러니까 그것이 어쨌다는 것이오?"

"무사시라는 놈은 방금 말한 바와 같이 천하의 나쁜 인간이오. 그런 놈을 쇼군 가에 천거하는 것조차 께름칙한데 사범이라니 당치도 않은 일이오. 쇼군 가의 사범이라면 천하의 스승. 무사시 따위가 어찌 언감생심 욕심을 낼 수 있겠소? 참으로 몸이 떨려 말도 나오지 않는구려. ……나는 그것을 아와노카미 님께 간하러 온 것이오. 아시겠소?"

3

신조는 무사시를 신뢰하고 있었다. 아버지와 다쿠안이 무사시를 쇼군 가의 사범으로 천거한 일도 물론 잘된 일이라고 반겼다.

그래서 오스기가 떠들어대는 말을 꾹 참고 듣고 있어도 저절로 낯빛이 변하고 말았지만, 입에서 침을 튀기며 떠들어대는 오스기는 그런 신조의 표정 따위는 안중에도 없는 듯했다.

"그런 이유로 아와노카미 님께 간해서 그만두시도록 하는 게 세상을 위하는 길이라 생각하는 것이오. 그대도 부디 무사시의 교묘한 말에 속아넘어가지 않기를 바라겠소."

듣고 있자니 끝이 없었다. 신조는 더 이상 듣고 싶지 않아서 시끄럽다고 소리를 치고 싶었지만 그랬다가는 오히려 더 물고 늘어질 것 같았다.

"알았소."

신조는 불쾌함을 꾹 참고 오스기를 쫓아내듯 말했다.

"무슨 뜻인지 잘 알았으니 아버님께 전하도록 하겠소."

"잘 부탁드리리다."

오스기는 다짐을 두고 겨우 목적을 달성했다는 듯 짚신을 끌며 문밖으로 뚜벅뚜벅 걸어 나갔다.

그때 누군가 고함을 쳤다.

"어이, 할망구!"

오스기는 깜짝 놀라 걸음을 멈추고 소리쳤다.

"누구냐?"

주위를 두리번거리며 찾아보니 나무 뒤에 숨어 있던 이오리가 말 흉내를 내며 이를 까 보이면서 무언가 딱딱한 것을 집어 던졌다.

"이거나 먹어라."

"아야."

오스기가 가슴을 누르며 땅에 떨어진 것을 내려다보니 근처에 몇 개 떨어져 있는 석류 중 하나가 터져 있었다.

"이놈이!"

오스기는 다른 석류 하나를 주워 손을 번쩍 들었다. 이오리가 욕을 하면서 도망치자 오스기는 마구간이 있는 모퉁이까지 쫓아가서 옆을 돌아본 순간 이번엔 부드러운 무언가가 얼굴로 날아와 뭉개졌다.

말똥이었다. 오스기는 침을 퉤퉤 뱉었다. 얼굴에 묻은 말똥을 손가락으로 긁어내자 눈물이 함께 주르륵 흘러내렸다. 이런 어처구니없는 꼴을 당하는 것도 다 자식을 위해 길을 나섰기 때문이라는 생각이 들자 오스기는 몸서리를 치며 서러움이 복받쳤다.

"……."

이오리는 멀리 도망가서 몸을 숨긴 채 고개만 내밀고 있었다. 그런데 오스기가 서럽게 울고 있는 모습을 보자 그녀가 측은하다는 생각이 들면서 무슨 큰 죄를 지은 것처럼 두려움이 밀려왔다. 이오리는 노파에게 가서 사과를 하고 싶어졌다. 그러나 그의 가슴에는 아직 스승인 무사시를 욕한 것에 대한 분노가 남아 있었다. 하지만 또 노파가 울고 있는 모습은 그를 슬프게 했다. 이오리는 이러지도 저러지도 못하고 손톱만 깨물고 있다가 절벽 위에 있는 방에서 신조가 부르자 살았다는 듯 절벽을 따라 뛰어 올라갔다.

"이오리, 저녁때의 빨간 후지 산이 보이니 이리 와서 보거라."

"아, 후지 산."

이오리는 후지 산을 보는 순간 모든 것을 잊어버렸다. 신조도 모든 것을 잊어버린 듯한 표정이었다. 오늘 일을 부친에게 전하겠다는 생각은 애초에 전혀 없었다.

몽토

1

히데타다 신임 쇼군은 이제 갓 서른을 넘겼다. 부친인 오고쇼大御所, 즉 도쿠가와 이에야스는 1대 패업을 9할가량 완성해놓고, 지금은 슨푸 성으로 물러나 말년을 보내고 있었다. 이에야스는 "여기까지는 내가 이루어놓았으니 나머지는 네가 완성해야 한다."며 쇼군 직을 서른 언저리의 히데타다에게 물려주었다.

이에야스의 업적은 평생 전쟁을 통해 이룩한 것이었다. 공부는 물론 수련과 결혼, 가정생활까지 전쟁을 하지 않을 때가 없었다. 그 전쟁은 이제 오사카 쪽과 건곤일척의 대전쟁을 남겨두고 있기는 하지만, 그것은 긴 전쟁의 끝을 의미하기도 했다. 사람들은 그 일전으로 길고 긴 센고쿠 시대가 막을 내리고 진정한 평화의 시대가 올 것이라고 기대하고 있었다.

오닌의 난 이후 참으로 오랜 세월 전란이 이어졌다. 사람들은 평화가 오기를 애타게 기다리고 있었다. 무가는 몰라도 일반 백성들은 진정한 평화만 찾아온다면 도요토미든 도쿠가와든 아무 상관이 없는 듯했다.

이에야스는 히데타다에게 쇼군 직을 물려줄 때 "네가 해야 할 일이 무엇이냐?"라고 물었다고 한다. 히데타다가 그 자리에서 "건설이라고 생각합니다."라고 대답하자 이에야스가 크게 안심했다는 이야기가 측근들로부터 전해지고 있다.

히데타다의 그런 신조는 지금의 에도에 그대로 나타나고 있다. 오고쇼도 인정하고 있는 그의 에도 건설은 과감하고 신속하게 대규모로 추진되고 있었다.

이와는 반대로 다이코太閤 도요토미 히데요시의 아들인 히데요리秀頼를 옹호하는 세력인 오사카 성에서는 전쟁 준비에 여념이 없었다. 장성들은 모두 음모를 꾸미며 검은 장막 속에 숨어 있었고, 밀사를 통해서는 교서敎書가 각 번으로 분주히 오갔다. 낭인과 장수들은 누구든 제한 없이 받아들였고, 화약과 총알을 쌓아놓고 칼과 창을 갈고 해자를 깊게 파며 전쟁 준비를 게을리 하지 않았다.

오사카 성을 중심으로 하는 다섯 개 지방의 백성들은 당장이라도 다시 전쟁이 벌어질 수 있다고 생각하는 반면, 에도 성 주변의 백성들은 이제 안심하고 살 수 있다고 생각하고 있었다.

따라서 백성들은 필연적으로 불안한 오사카 쪽에서 에도로 속속 옮겨오고 있었다. 그것은 또 민심이 도요토미를 버리고 도쿠가와의 치세를 더 바라고 있는 것처럼 보이기도 했다.

실제로 전란에 지친 서민들은 도요토미 쪽이 이겨서 전란이 계속되기보다는 도쿠가와 가가 어서 전란을 끝내고 패권을 잡기를 바라고 있었다.

이런 세상의 민심은 도쿠가와와 도요토미, 어느 한쪽에 후손의 운명을 맡길 것인지 아직 거취를 정하지 못하고 있는 각 번의 다이묘와 그 신하들에게도 영향을 미쳐서 그들은 에도 성을 중심으로 하는 마을의 구획 정리와 하천의 토목공사, 성 개축 같은 새로운 시대로 가는 건설 사업에 힘을 보탰다.

오늘도 히데타다는 평복 차림으로 옛 성의 본성에서 나와 새로 짓는 성의 건설 현장을 돌아보며 눈과 귀, 가슴에 울리는 건설 현장의 소음 속에서 시간 가는 줄 모르고 있었다. 그의 곁에는 수행무사인 도이土井, 혼다本田, 사카이酒井 등의 로추老中(에도 막부에서 쇼군에 직속되어 정무를 통할하던 최고의 직책. 또는 그 사람)와 근신近臣 들을 비롯해 승려 등의 모습도 보였는데, 히데타다는 약간 높은 곳에 의자를 내오게 해서 잠시 쉬고 있었다.

그때 목수들이 일하고 있는 모미지 산紅葉山 아래에서 분주한 발소리가 들렸다.

"이놈!"

"저기다!"

"이놈, 게 섰거라!"

예닐곱 명의 목수들이 우물을 파는 한 인부의 뒤를 쫓고 있었다.

2

마치 우리에서 뛰쳐나온 토끼처럼 인부 한 명이 도망쳐 다니고 있었다. 그는 목재 사이에 숨었다가 미장이의 오두막 뒤로 돌아 들어가더니 다시 그곳에서 뛰쳐나와 통나무 위로 기어 올라가서 울타리 너머로 도망치려고 했다.

"고얀 놈!"

뒤쫓아온 사람들 중 두세 명이 통나무 위로 기어 올라가고 있는 인부의 발목을 붙잡았다. 인부는 톱밥 속으로 굴러 떨어졌다.

"이놈!"

"이 흉측한 놈!"

"잡아서 족쳐!"

그들은 인부의 가슴팍을 발로 짓밟고 얼굴을 걷어차더니 멱살을 잡고 끌어내 뭇매를 놓았다.

"……."

우물 파는 인부는 한 마디 비명조차 지르지 않았다. 믿을 것은 땅바닥밖에 없다는 듯 납작 엎드려 있었다. 발에 차여도 멱살이 잡혀도 곧장 바닥에 엎드리며 필사적으로 땅바닥을 끌어안았다.

"무슨 일이냐?"

도편수와 감독관이 달려오더니 사람들을 헤치며 소리쳤다.

"조용히 해."

목수 한 명이 흥분된 어조로 감독관에게 고했다.

"저자가 곱자를 짓밟아버렸습니다. 곱자는 무사의 칼과 같은 것으로 저희에겐 영혼과 같은 것입니다."

"흥분하지 말고 차분하게 말해봐."

"어찌 흥분하지 않을 수 있겠습니까? 무사님은 칼이 짓밟히면 어찌 하시겠습니까?"

"알았다. 허나 쇼군 님께서 지금 공사장을 한 바퀴 돌아보시고 저편 언덕 위에서 쉬고 계시는 중이다. 보기에 안 좋으니 물러가 있거라."

"예."

잠시 진정되는가 싶더니 그들은 다시 말했다.

"그럼, 이놈을 저쪽으로 끌고 가자. 이놈에게 목욕재계를 시키고 발로 밟은 곱자를 두 손으로 들게 한 다음 사죄를 받도록 하자고."

"처벌은 우리가 할 테니 너희들은 어서 자리로 돌아가서 일이나 해."

"남의 곱자를 밟아놓고 조심하라고 하니까 사과도 하지 않고 변명만 늘어놓았습니다. 이런 기분으로는 도저히 일을 할 수 없습니다."

"알았다, 알았어. 반드시 벌을 내리도록 하겠다."

감독관은 엎드려 있는 인부의 목덜미를 움켜잡고 소리쳤다.

"얼굴을 들어라!"

"예."

"아니, 넌 우물 파는 자가 아니냐?"

"예, 그렇습니다."

"모미지 산 아래의 작업장은 서고 공사와 서쪽 성곽의 뒷문 벽을 칠하는 일만 남아 있어서 미장이와 정원수, 목공 들은 있어도 우물 파는 인부는 한 명도 없을 텐데?"

"그렇습니다."

목수들이 미심쩍어하는 감독관의 말에 맞장구를 쳤다.

"이자는 어제오늘 다른 사람들이 일하는 작업장에 와서 괜히 어슬렁거리다가 흙발로 곱자를 밟기에 뺨을 한 대 갈겼습니다. 그랬더니 건방지게도 뭘 잘했다고 대들어서 모두들 화가 난 나머지 이런 소란이 일어난 것입니다."

"그래, 너는 무슨 일로 서쪽 성곽의 뒷문 공사장을 어슬렁거리고 있었느냐?"

감독관은 우물 파는 인부의 파랗게 질린 얼굴을 뚫어지게 쳐다보았다. 우물 파는 인부치고는 곱상하게 생긴 마타하치의 외모와 야리야리한 몸집도 주의 깊게 보니 더욱 의심스러웠다.

3

히데타다의 곁에는 수행 무사와 근신, 승려 등이 둘러싼 채 경호를 하고 있었다. 그리고 히데타다가 있는 언덕을 중심으로 멀리 빙 둘러싸고 요소요소마다 감시병들이 이중으로 삼엄한 경계를 펼치고 있었다.

작업장에서 일어나는 사소한 사고에도 즉각 반응하는 그 감시병들이 무슨 일인가 하고 마타하치가 두들겨 맞은 현장으로 달려와서 감독관에게 사건의 경위를 듣더니 주의를 주었다.

"쇼군 님께서 보시면 좋을 게 없으니 눈에 띄지 않는 곳으로 끌고 가도록 하게."

일리가 있는 말이라 감독관은 도편수에게 일러 인부들을 각자의 작업장으로 돌려보내고, 마타하치는 달리 조사할 것이 있는지 감독관들이 대기하는 곳으로 데리고 갔다.

감독관들의 대기소는 공사장에 여러 곳이 있었는데, 현장을 감독하는 관리들이 쉬거나 교대로 기거하는 오두막이었다. 토방의 화로에 큰 주전자를 걸어두고 관리들이 따뜻한 물을 마시러 오거나 짚신을 바꿔 신기 위해 오기도 했다.

마타하치는 그 오두막 뒤에 딸려 있는 싸리광 속에 갇혔다. 그곳은 싸리뿐 아니라 물건을 놔두는 헛간으로 쓰였는데, 단무지 통과 절임 통, 숯가마 등이 쌓여 있었다. 이곳에 드나드는 자들은 취사를 맡은 하인들이었다.

"이자는 수상한 데가 있으니 조사가 끝날 때까지 여기에 가둬두고 잘 살피도록 해라."

하인들은 마타하치를 감시하라는 명령을 받았지만 결박은 하지 않았다. 죄인으로 판명나면 곧 그쪽으로 넘겨질 테고, 또 이 공사장 자체가 이미 에도 성의 엄중한 해자와 성문 안에 있어서 그럴 필요를 느끼지 못했기 때문이다.

감독관은 마타하치를 가둬놓고 우물 파는 인부들의 책임자와 그쪽 감독관을 통해서 마타하치의 신원과 평소의 행실 따위를 알아볼 생각인 듯했지만, 그 또한 그의 용모가 인부답지 않은 점만 의심스러웠지 딱히 수상한 점이 있는 것도 아니어서 오두막에 갇힌 마타하치는 며칠이나 그대로 방치된 채 아무 조사도 받지 않았다.

그러나 마타하치는 그 일분일초가 사지로 걸어가는 듯한 공포 그 자체였다. 그는 혼자서 일이 발각된 것이 틀림없다고 단정 지었다. 그 일이란 말할 것도 없이 그가 나라이의 다이조에게 사주를 받고 기회를 엿보고 있던 쇼군 히데타다를 저격하는 일이었다.

다이조의 사주를 받고 우물 공사 감독관인 운페이의 알선으로 성 안으로 들어온 이상 마타하치는 언제든 결행을 하겠다는 각오가 되어 있었겠지만, 오늘까지 몇 번이나 공사장을 순시하는 히데타다와 마주치고도 회화나무 밑에 묻어두었을 총포를 파내서 쇼군을 저격할 수 없었다.

다이조에게 협박을 당했을 때는 싫다고 하면 그 자리에서 죽임을 당할 것 같았고 돈도 필요했기 때문에 한다고 약속했다. 하지만 막상 에도 성 안에 들어오자 비록 이대로 평생 우물 파는 인부로 지내는 한이 있더라도 쇼군을 저격하는 끔찍한 일 따위는 할 수 없다고 생각을 고쳐먹고, 다이조와의 약속을 잊기 위해서라도 흙투성이가 되어 다른 인부들과 섞여 일을 했다. 그런데 더 이상 그렇게 할 수 없는 일이 일어나고 말았던 것이다.

4

그 일이란 서쪽 성곽의 뒷문 안에 있는 회화나무가 모미지 산에 서고를 짓기 위해 다른 곳으로 옮겨 심어지게 된 것이다.

우물 파는 인부들이 모여 있는 작업장과는 꽤 멀리 떨어져 있었지만, 마타하치는 다이조가 미리 손을 써서 회화나무 아래에 총포를 묻어두었다는 사실을 알고 있었기 때문에 늘 남몰래 그 곳에 주의를 기울이고 있었다.

그는 식사시간 때나 일을 하다가 아침저녁으로 짬이 날 때면 그 문 근처에 와서 회화나무가 아직 뽑히지 않은 것을 확인하고 안심하곤 했다. 그리고 언젠가 사람들이 보지 않는 틈을 타서 나무 밑에서 총포를 파내 다른 곳에 가져다 버리려고 남몰래 고심하고 있었다.

그래서 그는 실수로 목수의 곱자를 밟아 그들의 노여움을 사서 쫓기게 되었을 때도 몰매를 맞는 것보다 총포가 발각되는 것이 더 두려웠다. 그 두려움은 그 후에도 가시지 않고 어두운 오두막 안에서 매일 그를 괴롭혔다.

'회화나무가 벌써 옮겨졌을지도 몰라. 땅을 파면 그 속에 있던 총포가 발견될 것이고, 당연히 조사가 시작되겠지. 이번에 끌려 나가면 목숨은 없다.'

마타하치는 매일 밤 식은땀을 흘리며 죽는 꿈을 몇 번이나 꾸었다. 저승은 회화나무로 뒤덮여 있었다.

어느 날 밤, 마타하치는 또다시 어머니 꿈을 꾸었다. 어머니는 지금의 자기 처지를 불쌍하다고 말해주지도 않고 누에를 키우는 소쿠리로 때리며 화를 냈다. 마타하치는 소쿠리 속에 가득 들어 있는 하얀 누에고치를 뒤집어쓴 채 도망쳐 다녔다. 그러자 누에고치 귀신처럼 흰머리를 산발한 어머니가 자신을 계속해서 쫓아왔다. 꿈속의 마타하치는 땀에 흠뻑 젖어서 절벽에서 뛰어내렸지만 어찌 된 일인지 몸은 어둠의 나락으로 한없이 떨어지기만 했다.

"잘못했습니다, 어머니!"

아이처럼 비명을 지른 순간 잠에서 깼다. 잠에서 깨자 또다시 꿈보다 더 무서운 현실로 돌아와 마타하치는 공포에 떨며 어쩔 줄을 몰랐다.

'그래…….'

마타하치는 그 공포에서 자신을 구해내기 위해 모험을 하기로 마음먹었다. 그것은 회화나무가 아직 제자리에 있는지 확인하러 가는 것이었다.

에도 성 밖으로 도망치는 것은 불가능한 일이지만, 이 오두막에서 회화나무 근처까지 가는 것은 그리 어려운 일이 아니라고 생각했다. 헛간은 당연히 자물쇠로 잠겨 있었지만, 불침번이 지키고 있지는 않았다. 그는 절임통을 발판으로 삼아 창을 부수고 밖으로 나왔다. 그리고 목재와 돌을 쌓아둔 곳을 지나 파헤쳐져 있는 흙산 등을 엄폐물로 삼아서 서쪽 성곽의 뒷문 근처까지 기어와 살펴보니 커다란 회화나무는 아직 그 자리에 그대로 서 있었다.

"아!"

마타하치는 가슴을 쓸어내렸다. 아직 나무를 다른 곳으로 옮겨 심지 않았기 때문에 자신의 목숨도 붙어 있는 것이라고 생각했다.

"지금이다."

그는 어딘가로 가더니 곡괭이를 들고 왔다. 그리고 회화나무 아래를 파기 시작했다. 그곳에서 자신의 목숨을 파내겠다는 듯이.

"……."

곡괭이로 한 번 내려치고는 그 소리에 놀라 날카로운 눈으로 사방을 살폈다. 다행히 순찰을 도는 보초들의 모습은 눈에 띄지 않았다. 곡괭이질은 점점 대담해졌다. 마침내 구덩이 주위에 흙이 언덕처럼 쌓였다.

5

마타하치는 땅을 파는 개처럼 정신없이 주변을 파헤쳤다. 하지만 아무리 파도 땅속에서는 흙과 돌밖에 나오지 않았다.

'누가 먼저 파낸 건 아니겠지?'

마타하치는 슬슬 불안해지기 시작했다. 그럴수록 곡괭이질을 멈출 수 없었다. 얼굴과 팔은 땀으로 흥건하게 젖었고, 그 땀에 흙이 튀어 흙탕물을 뒤집어쓴 듯한 모습으로 온몸을 헐떡이고 있었다.

퍽!

퍽!

곡괭이질이 둔해지고 숨이 가빠오면서 머리가 어질어질했지만 마타하치는 멈추지 않았다. 이윽고 무언가 곡괭이 끝에 걸렸다. 가늘고 긴 것이 구덩이 바닥에 있었다. 그는 곡괭이를 내던지고 구덩이로 손을 집어넣었다.

"있다."

하지만 총포라면 녹이 슬지 않도록 기름종이에 싸서 넣어두든가 상자에 넣어두었을 텐데 손끝에 닿는 감촉이 왠지 이상했다. 그래도 기대감을 안고 무 뽑듯 쑥 뽑아서 보니 그것은 바로 사람의 다리나 팔로 보이는 백골이었다.

"……."

마타하치는 다시 곡괭이를 집어들 기력조차 없었다. 뭔가 또 꿈을 꾸고 있는 건 아닌가 하는 의심조차 들었다. 회화나무를 올려다보자 밤이슬과 별이 반짝이고 있었다. 꿈은 아니었다. 나무의 잎사귀를 하나하나 셀 수 있을 만큼 의식은 또렷했다. 분명 나라이의 다이조는 이 나무 아래에 총을 묻어놓겠다고 했다. 그 총으로 히데타다를 쏘라고 했다. 거짓말일 리가 없다. 그런 거짓말을 해봐야 그에게 득 될 것은 아무것도 없으니까.

그러나 총포는커녕 녹슨 쇠붙이 하나 나오지 않는 것은 어떻게 된 일일까?

"……."

없으면 없는 대로 또 불안했다. 파헤친 나무 주위의 흙을 발로 휘저으며 다시 찾아보았다. 그때 그의 등 뒤에서 누군가 다가왔다. 지금 막 온 것 같지는 않고, 심술궂게도 아까부터 숨어서 마타하치의 행동을 지켜보고 있었던 것 같다. 그가 갑자기 마타하치의 등짝을 때리더니 웃으며 말했다.

"있더냐?"

가볍게 맞기는 했지만 마타하치는 온몸이 마비되면서 자신이 파놓은 구덩이 속으로 고꾸라질 뻔했다.

"……?"

뒤를 돌아본 마타하치는 한동안 멍한 눈빛으로 상대를 바라보다가 이윽고 정신이 돌아온 듯 신음 소리를 냈다.

"따라오너라."

다쿠안은 마타하치의 손을 잡아끌었다.

"……."

마차하치의 몸은 경직된 채 움직이지 않았다. 다쿠안의 손을 차가운 손톱 끝으로 비틀어 뿌리치려고 한다. 그리고 온몸을 부들부들 떨고 있다.

"오지 않을 거냐?"

"……."

"따라오라고 하지 않았느냐!"

다쿠안이 엄한 눈으로 나무라듯 말하자 마타하치는 무슨 말인지 알아들을 수 없는 말로 웅얼거렸다.

"거, 거길. ……거기, 뒤처리를……."

그러고는 발끝으로 흙을 구덩이에 밀어 넣으며 자신의 행동을 감추려고 하자 다쿠안이 측은한 듯 말했다.

"쓸데없는 짓은 그만두거라. 인간이 지상에 그린 일체의 행위는 백지에 먹물을 떨어뜨린 것처럼 영원히 지울 수 없다. 방금 네가 한 일을 발끝으로 흙을 덮으면 사라질 것이라고 생각한다면 너는 인생을 헛 산 것이다. 자! 오너라. 너는 큰 죄를 지은 죄인이니 그 대가를 치러야 하지 않겠느냐."

다쿠안은 그래도 마타하치가 움직이지 않자 그의 귓불을 잡고 끌고 갔다.

6

다쿠안은 마타하치가 탈출한 헛간을 알고 있었다. 다쿠안은 마타하치의 귓불을 잡고 하인들이 자고 있는 방을 들여다보며 문을 두드렸다.

"일어나라. 어서 일어나!"

하인들이 일어나서 나오더니 다쿠안을 수상한 눈으로 쳐다보다가 늘 히데타다 쇼군의 곁에서 쇼군은 물론 중신들과도 기탄없이 이야기를 나누던 스님이라는 것을 깨닫고 공손하게 물었다.

"무슨 일이신지요?"

"무슨 일이냐고?"

"예?"

"된장 광인지 절임 광인지 모르지만 어서 그곳을 열어라."

"그 헛간에는 지금 수상한 놈을 가둬두었는데 꺼내실 물건이라도 있으십니까?"

"아직 잠이 덜 깬 모양이구나. 그 안에 가둬두었던 자가 창문을 부수고 탈출한 것을 내가 붙잡아 왔으니 문을 열라는 말이다."

"아니, 그자가 말입니까?"

하인들은 놀라 숙직인 감독관을 깨우러 갔다.

얼마 후 감독관이 부랴부랴 나와서 사죄를 하며 윗분들의 귀에 이 사실이 들어가지 않도록 해달라고 몇 번이나 부탁했다. 다쿠안은 말없이 고개를 끄덕이고는 열린 헛간 속에 마타하치를 집어넣더니 자신도 따라 들어가서 안에서 문을 닫아버렸다. 밖에 있는 사람들은 영문을 몰라 서로 얼굴을 쳐다보며 그냥 서 있었다.

잠시 후 다쿠안이 얼굴을 내밀더니 사람들에게 말했다.

"자네들이 쓰는 면도칼이 있거든 잘 갈아서 하나 빌려주게."

사람들은 무엇에 쓰려는 것인지 의심스러웠지만, 이 스님에게 그런 걸 물어봐도 되는지 안 되는지 판단이 서지 않아서 일단 면도칼을 갈아서 건네주었다.

"좋아, 됐어."

면도칼을 받아 든 다쿠안이 이제 그만 돌아가서 자라고 명령조로 말하자 그들은 거역하지 못하고 각자 자신의 방으로 물러갔다.

헛간 내부는 어두웠다. 하지만 부서진 창으로 별빛이 희미하게 비쳐 들어왔다. 다쿠안은 싸리나무 더미에 걸터앉아 있었고, 마타하치는 고개를 숙인 채 멍석 위에 앉아 있었다.

두 사람은 말이 없었다. 면도칼이 다쿠안의 손에 있는지, 아니면 바닥에 놓여 있는지 신경이 쓰였지만 마타하치의 눈에는 보이지 않았다.

"마타하치."

"……."

"회화나무 아래를 파보니 무엇이 나오더냐?"

"……."

"나 같으면 파내 보였을 게다. 하지만 그것은 총포가 아닌 무에서 유, 공空인 몽토夢土에서 세상의 실상을 말이다."

"……예."

"예라고 대답은 했지만, 너는 그 실상을 전혀 모를 것이다. 아직 꿈속에 있는 것이 틀림없어. 어차피 너는 갓난아이와 같은 순진한 녀석이니 하나하나 가르쳐주는 수밖에 달리 도리가 없겠구나. ……그래, 네가 올해로 몇 살이지?"

"스물여덟입니다."

"무사시와 동갑이구나."

다쿠안이 그렇게 말하자 마타하치는 두 손으로 얼굴을 가리며 훌쩍훌쩍 울기 시작했다.

7

울고 싶은 만큼 실컷 울라는 듯 다쿠안은 말없이 지켜보고만 있었다. 이윽고 마타하치가 울음을 그치자 다시 입을 열었다.

"무섭다고는 생각하지 않느냐? 회화나무는 너의 무덤이 될 뻔했다. 너는 네 손으로 네 무덤을 파고 있었어. 너는 그 무덤에 네 목까지 처넣고 있었단 말이다."

"사, 살려주십시오, 다쿠안 스님!"

마타하치는 느닷없이 다쿠안의 무릎에 매달리며 소리쳤다.

"이제야 깨달았습니다. 저는 나라이의 다이조란 자에게 속았습니다."

"아니, 아직 너는 진심으로 깨닫지 못했다. 나라이의 다이조는 너를 속인 것이 아니야. 욕심쟁이에다 순진하고 겁쟁이인 주제에 보통 사람이 할 수 없는 대담한 일도 감히 저지를 수 있는, 세상에 둘도 없는 어리석은 자를 발견하고 교묘하게 이용하려 했을 뿐이다."

"제가 얼마나 어리석었는지 알았습니다."

"대체 너는 다이조가 누군 줄 알고 이 일을 맡은 것이냐?"

"모르겠습니다. 그것은 지금까지도 풀지 못한 수수께끼입니다."

"그도 세키가하라의 패잔병 중 한 명이다. 이시다 지부石田治部와는 막역한 사이였던 오타니 교부大谷刑部의 가신인 미조구치 시나노溝口信濃라는 자야."

"아니, 그럼 수배자란 말입니까?"

"그렇지 않고서야 히데타다 쇼군의 목숨을 노릴 까닭이 없지 않느냐. 이제 와서 새삼 놀라다니 참으로 어처구니가 없구나."

"아니, 저에게 말하길 그는 그저 도쿠가와 가에 원한이 있다, 그들이 일본의 패권을 잡는 것보다 도요토미의 세상이 되는 편이 만인을 위해서 좋다, 그러니 자신의 원한뿐 아니라 세상을 위해서라고……."

"그가 그렇게 말했을 때 너는 어찌 그자의 속내를 좀 더 신중하게 살피지 못했느냐? 그저 막연히 그자의 말만 믿고 자신의 무덤이 될지도 모르는 구덩이를 팔 용기를 내다니. 너의 그 용기가 참으로 무섭구나."

"어떻게 하면 되겠습니까?"

"어떻게 하면 되겠냐니?"

"스님."

"놓아라. 나한테 아무리 매달려도 너무 늦었다."

"하지만 아직 쇼군 님께 총을 쏜 것은 아니니 제발 살려주십시오. 반드시 새 사람이 되겠습니다."

"아니다. 총을 묻으려고 오던 자가 도중에 일이 생겨서 오지 못하게 됐을 뿐이다. 다이조의 농간에 놀아나 그자의 무서운 계책에 따라 조타로가 지치부에서 무사히 에도에 돌아왔더라면 그날 밤에 회화나무 아래에 총이 묻혔을지도 모른다."

"예? 조타로라면 혹시?"

"아니, 그런 건 아무래도 상관없다. 어쨌든 네가 마음에 품었던 대역죄는 부처님도 용서하지 않으실 것이니 살려는 생각 따위는 하지 말거라."

"그럼, 도저히 안 되겠다는 말씀입니까?"

"당연한 결과다."

"자비를 베풀어주십시오."

다쿠안은 벌떡 일어서더니 매달리며 울부짖는 마타하치를 발로 차서 떼어버리고 헛간의 지붕이 날아갈 듯 큰소리로 호통을 치며 노려보았다.

"어리석은 놈!"

마타하치는 원망스러운 눈으로 다쿠안의 눈을 바라보다 고개를 숙이더니 죽음이 두려운 듯 통곡을 했다.

다쿠안은 싸리나무 더미 위에 두었던 면도칼을 손에 쥐더니 마타하치의 머리 위로 가져갔다.

"마타하치, 어차피 죽을 목숨이라면 겉모습만이라도 부처님의 제자가 되어 가도록 하거라. 두 눈을 감고 조용히 무릎을 꿇어라. 삶과 죽음은 한 겹의 눈꺼풀과 같으니 그렇게 울 만큼 무섭지 않을 것이다. 마타하치, 그리 서러워하지 말거라. 내가 고이 보내주도록 하마."

꽃이 지고, 꽃이 피다

1

로추의 방은 밀실과도 같았다. 이 방에서 주고받는 정사에 대한 논의가 밖으로 새어나가지 않도록 빈 방과 복도가 몇 겹으로 에워싸고 있었다.

얼마 전부터 다쿠안과 호조 아와노카미는 자주 그 자리에 참석해서 하루 종일 무언가를 논의하는 일이 잦았다. 히데타다의 재가를 얻기 위해 중신들이 히데타다 앞으로 나아가거나 또 문서함을 들고 본채와 그곳 사이를 오가는 일도 빈번했다.

"기소에 갔던 사자가 돌아왔습니다."

그날 로추의 방으로 보고가 올라오자 로추들은 학수고대하고 있었다는 듯 직접 듣겠다며 사자를 별실로 들였다.

사자는 신슈信州 마쓰모토 번松本藩의 가신이었다. 며칠 전에 로추의 방에서는 기소의 나라이에 있는 약재상에서 다이조라는 자를 잡아들이라는 명을 띄웠다. 이에 곧 수배를 내렸지만 다이조 일가는 벌써 가게를 접고 가미카타上方(교토 부근) 쪽으로 자취를 감춰 그 행방을 아는 자가 없었다.

사자는 다이조의 집을 수색한 결과, 일반 백성의 집에는 있을 수 없는 무기와 탄약부터 오사카 쪽과 주고받은 문서들 중 미처 없애지 못한 것들이 다소 남아 있었고, 그것을 후일 증거로 삼기 위해 말에 실어 성으로 보냈지만 우선 급한 대로 이런 경위를 알리기 위해 한 발 먼저 왔다고 고했다.

"한 발 늦었군."

로추들은 혀를 차며 아쉬워했다.

다음 날, 로추들 가운데 한 명인 사카이 가의 가신이 가와고에에서 올라온 보고를 했다.

"분부대로 즉시 미야모토 무사시라는 낭인을 지치부의 감옥에서 방면했습니다. 때마침 마중을 온 무소 곤노스케라는 자에게 정중하게 오해의 연유를 밝히고 인계하였습니다."

이 사실은 곧바로 사카이 다다카쓰酒井忠勝를 통해 다쿠안에게 전해졌다. 다쿠안이 고맙다고 말하자, 다다카쓰는 자신의 영지 안에서 벌어진 과오라며 되레 사과했다.

"무사시라는 분께도 잘 말씀드려주십시오."

다쿠안이 가슴에 품고 온 일들은 이처럼 에도 성에 머물러 있는 동안 하나하나 해결되었다. 그리고 시바의 전당포, 다이조가 살던 나라이야에는 마치부교가 가서 가재도구며 비밀문서 등을 남기지 않고 몰수했고, 아무것도 모르고 빈 집을 지키던 아케미는 부교쇼에서 보호하고 있었다.

어느 날 밤, 다쿠안은 히데타다의 방으로 찾아가서 그 후의 경과에 대해 보고한 후에 이렇게 덧붙였다.

"세상에는 아직 수많은 나라이의 다이조가 있다는 것을 꿈에도 잊으시면 안 됩니다."

고개를 크게 끄덕이는 히데타다의 모습을 본 다쿠안은 그가 세상 물정을 잘 아는 사람이라는 판단이 들어서 다시 덧붙였다.

"그런 수많은 자들을 일일이 붙잡아서 조사하고 처벌하다가는 그 일에 하루해가 질 것이고, 그러면 2대 쇼군의 대업은 이룰 수 없을 것입니다."

히데타다는 그리 옹졸한 인물이 아니었다. 다쿠안의 한 마디를 마치 백 마디처럼 곱씹으며 자기반성을 하면서 말했다.

"가벼이 처리해주시오. 이번 일은 스님의 진언에 따른 것이니 스님께 일임하겠소."

2

다쿠안은 히데타다의 배려에 깊이 감사를 표하고 작별 인사를 전했다.

"소승도 뜻하지 않게 한 달여를 성에 머물렀습니다만, 가까운 시일 내에 성을 나가서 야마토의 야규에 들러 세키슈사이 님의 병문안을 한 뒤 센난泉南으로 해서 다이토쿠 사로 돌아갈까 합니다."

히데타다는 세키슈사이라는 이름을 듣고 문득 추억이 떠오른 듯 물었다.

"야규 옹은 그 후 용태가 좀 어떻소?"

"이번엔 다지마 님도 각오를 하고 계신다고 들었습니다."

"그리 위중하시오?"

히데타다는 어릴 적 쇼코쿠 사相國寺에서 부친인 이에야스의 곁에 앉아서 만난 적이 있는 세키슈사이 무네요시石舟斎宗嚴의 모습과 자신의 유년시절을 떠올리고 있었다.

"그리고……."

다쿠안이 침묵을 깨고 다시 말했다.

"일전에 로추들에게도 말씀드려 양해를 구했습니다만, 아와노카미 님과 소승이 천거한 바 있는 미야모토 무사시를 사범으로 발탁하여주시기를 아울러 청하는 바입니다."

"음, 그 일도 이미 들었소. 일찍이 호소카와 가에서도 촉망받던 인물이라니 야규, 오노도 있지만 한 가문쯤은 더 받아들여도 될 것이오."

다쿠안은 이것으로 모든 일이 처리된 듯한 심정이었다. 이윽고 다쿠안은 히데타다의 앞에서 물러났다. 히데타다는 다쿠안에게 마음이 담긴 선물을 하사했지만, 다쿠안은 그것을 모두 성시에 있는 사찰에 기탁하고 평소와 다름없이 지팡이를 들고 삿갓을 쓴 모습으로 성을 나섰다.

그런데도 사람들은 다쿠안이 정사에 관여하였다며 야심을 품고 있다거나 도쿠가와 가에 이용당해서 오사카 쪽 정보를 때때로 가져다주는 밀사라고 뒤에서 험담을 했다. 하지만 다쿠안은 흙에서 일하는 백성들의 행복과 불행에는 늘 관심을 갖고 있었지만, 일개 에도 성이나 오사카 성의 성쇠 따위는 눈앞의 꽃이 피고 지는 것만큼도 관심이 없었다.

그런데 다쿠안은 쇼군에게 작별 인사를 하고 에도 성에서 나오기 전에 한 사내를 제자로 데리고 왔다.

다쿠안은 히데타다에게 위임받은 권한으로 성을 나오기 전에 공사장에 있는 감독관의 오두막에 들러 헛간 문을 열게 했다. 어둠 속에는 머리를 말끔하게 민 젊은 중이 고개를 숙이고 우두커니 앉아 있었다. 그가 걸친 법의는 일전에 다쿠안이 이곳을 다녀간 다음 날 인편에 보내준 것이었다.

“아…….”

젊은 중은 열린 문에서 비치는 햇빛에 눈이 부신 듯 고개를 들었다. 그는 혼이덴 마타하치였다.

"나오너라."

다쿠안이 문밖에서 손짓을 했다.

"……."

마타하치가 일어서다가 다리가 마비된 듯 비틀거리자 다쿠안이 그의 손을 잡아주었다.

"……."

마타하치는 드디어 형벌을 받는 날이 왔다는 듯 모든 것을 체념한 채 두 눈을 감고 있었다. 다리가 후들후들 떨렸다. 자신의 목을 칠 날카로운 칼날이 눈앞에 어른거렸다. 수척해진 뺨 위로 눈물이 흘러내렸다.

"걸을 수 있겠느냐?"

"……."

무슨 말인가 하려고 했지만 목소리가 나오지 않았다. 마타하치는 다쿠안에게 부축을 받은 채 힘없이 고개만 끄덕였다.

3

중문을 나섰다. 다몬多門(성의 석축 위에 이어 지은 건물, 무기고와 방벽을 겸했음)을 지났다. 히라카와 문平河門을 빠져나갔다. 몇 개의 문과 해자의 다리를 마타하치는 비몽사몽간에 걸었다. 다쿠안의 뒤를 따라 힘없이 걸어가는 발걸음은 흡사 도살장에 끌려가는 소와 같은 모습이었다.

'나무아미타불.'

'나무아미타불, 나무아미타불.'

마타하치는 한 걸음 한 걸음 형장으로 다가가고 있는 거라 생각하고 입 속에서 염불을 외고 있었다. 염불을 외고 있으면 죽음에 대한 공포가 조금은 사라지는 것 같았기 때문이다.

마침내 성 밖의 해자로 나왔다. 고지대 마을의 지붕이 보인다. 히비야日比谷 마을 주변의 논과 강줄기의 배가 보인다. 길을 오가는 마을 사람들이 보인다.

'아아, 아직 이승이구나.'

마타하치는 새삼 목숨이 붙어 있다는 것이 너무 감사했다. 그리고 다시 한 번 저 속세에서 살아보고 싶다는 집착에 눈물이 주르륵 흘러내렸다.

"나무아미타불."

"나무아미타불."

그는 눈을 감았다. 자신도 모르게 염불을 외는 소리가 입 밖으로 흘러나왔다.

다쿠안이 뒤를 돌아보며 재촉했다.

"이놈, 빨리 걷지 못할까!"

다쿠안은 해자를 따라 성의 정문 쪽으로 돌아가서 벌판을 가로질러 걸어갔다. 마타하치는 천 리나 되는 길을 걸어가는 것 같았다. 눈앞의 길이 지옥으로 이어지고 있는 것처럼 대낮인데도 캄캄하게만 보였다.

"여기서 기다리고 있거라."

다쿠안의 말에 그는 벌판 가운데에서 걸음을 멈췄다.

"예."

"도망쳐도 소용없을 것이다."

"……."

마타하치는 이미 죽음의 그림자가 드리운 듯한 얼굴을 서글프게 일그러뜨리며 고개를 끄덕였다.

다쿠안은 벌판을 벗어나 도로 맞은편으로 건너갔다. 그 앞에 장인이 백토를 바르고 있는 흙벽이 있었다. 흙벽에 이어 높은 울타리가 있고, 울타리 안에는 여느 집과는 다른 검은 건물들이 겹겹이 늘어서 있었다.

"아, 여기는?"

마타하치는 새로 지은 에도 부교쇼의 감옥과 관사를 보고 섬뜩함을 느꼈다. 다쿠안은 그중 한 곳의 문을 열고 들어갔다.

"……?"

갑자기 다리가 다시 부들부들 떨리면서 그는 자신의 몸을 지탱하지 못하고 그만 자리에 철퍼덕 주저앉고 말았다. 어디선가 메추라기가 울고 있었다. 대낮의 수풀 속에서 들리는 메추라기의 울음소리마저 저승길을 안내하는 소리처럼 들렸다.

'이 틈에…….'

마타하치는 도망칠까 생각했다. 몸은 묶여 있지 않았다. 도망치려고 마음만 먹으면 도망칠 수 있을 것 같았다.

아니다. 이미 틀렸다. 이 벌판의 메추라기처럼 숨어봤자 쇼군가의 엄명에 수색이 시작되면 숨어 있을 재간이 없다. 게다가 머리도 깎이고 법의까지 입었으니 이 모습으로는 어쩔 도리가 없다.

'아, 어머니.'

그는 마음속으로 절규했다. 새삼 어머니의 품이 그리웠다. 어머니의 품에서 떠나지만 않았다면 이런 곳에서 목이 떨어지는 일은 없었을 텐데 하는 마음에 가슴이 저려왔다.

오코, 아케미, 오쓰, 아무개, 아무개, 아무개…… 마타하치는 죽음을 눈앞에 두고 자신이 젊은 시절에 만난 여자들을 떠올려 보았지만 가슴속에서 부르고 있는 이름은 오직 하나였다.

'어머니, 어머니…….'

4

'다시 한 번 만날 수만 있다면 이번에는 어머니의 말을 거역하지 않고 어떤 효도든 다 할 텐데…….'

마타하치는 그렇게 다짐을 해보지만 모두 속절없는 후회에 지나지 않았다.

당장이라도 날아갈 목이었다.

마타하치는 목덜미가 서늘해지는 것을 느끼며 구름을 올려다보았다. 물기를 머금은 해가 금방이라도 비를 뿌릴 듯했다. 기러기 두세 마리가 날갯죽지를 보이며 근처 모래톱에 내려앉았다.

'기러기가 부럽구나!'

도망치고 싶은 마음이 꿈틀꿈틀 되살아났다.

'그래, 다시 붙잡혀봐야 본전이야.'

마타하치는 날카로운 눈으로 길 건너편 문을 바라보았다. 다쿠안은 아직 나오지 않았다.

"지금이다!"

마타하치는 벌떡 일어나서 뛰기 시작했다. 그러자 어딘가에서 누군가 호통을 쳤다.

"이놈!"

그 한 마디에 마타하치의 필사적인 마음이 꺾이고 말았다. 한 사내가 몽둥이를 들고 생각지도 못한 곳에 서 있었다. 부교쇼의 형리였다. 그는 득달같이 달려와서 마타하치의 어깻죽지를 후려쳤다.

"어딜 도망치려고?"

그는 몽둥이 끝으로 개구리 등을 짓누르듯이 마타하치를 마구 찔렀다. 그때 다쿠안이 그곳으로 왔다. 부교쇼의 우두머리와 부하 형리들도 우르르 몰려나왔다.

그 한 무더기가 마타하치의 곁으로 다가왔을 때 형리 한 명이 네댓 명의 죄수로 보이는 자들을 밧줄로 묶어 끌고 나왔다.

우두머리 형리가 처형할 장소를 골라 그곳에 거적 두 장을 깔게 하고 다쿠안을 재촉했다.

"그럼, 입회를 부탁드립니다."

형을 집행하는 자들이 슬금슬금 거적 주위를 둘러쌌다. 우두머리 형리와 다쿠안에게는 의자를 내주었다.

"일어서거라."

몽둥이에 짓눌려 있던 마타하치는 그 소리에 몸을 일으켰지만 더 이상 걸을 힘이 없었다. 그것이 답답했는지 형리가 마타하치의 멱살을 붙잡고 거적 위까지 질질 끌고 왔다. 마타하치는 으슬으슬 떨리는 목을 거적 위에 늘어뜨렸다. 메추라기의 울음소리도 더 이상 들리지 않았다. 그저 사람들이 떠드는 소리만이 벽을 넘어 들려오듯이 아득히 먼 곳에서 들리는 듯했다.

"아…… 마타하치 님?"

그때 누군가 옆에서 자신을 불렀다. 마타하치가 힐끗 옆을 보자 자신과 나란히 거적 위에 무릎을 꿇고 앉아 있는 여자 죄인이 보였다.

"앗, 아케미!"

마타하치가 그렇게 외친 순간 형리 두 명이 중간에 끼어들어 긴 떡갈나무 몽둥이로 두 사람 사이를 막았다.

"입 다물어라!"

다쿠안의 옆에 있던 우두머리 형리가 그때 의자에서 일어나 엄숙한 말투로 두 사람의 죄상을 밝혔다.

아케미는 울지 않았지만, 마타하치는 사람들 앞이라는 것도 개의치 않고 눈물을 흘리느라 형리가 고하는 죄상도 제대로 듣지 못했다.

"쳐라!"

형리가 다시 의자에 앉으며 엄숙한 목소리로 그렇게 외치자 아까부터 와리다케割竹(끝을 잘게 쪼갠 대나무. 옛날에 야경꾼이 소리를 내면서 끌고 다니거나 죄인을 때릴 때 썼음)를 들고 뒤에 웅크리고 있던 두 부하가 앞으로 뛰어나오더니 수를 세면서 마타하치와 아케미의 등을 후려쳤다.

"하나요, 둘이요, 셋이요……."

마타하치는 비명을 질렀지만 아케미는 새파래진 얼굴을 숙인 채 이를 악물고 참고 있었다.

"일곱이요! 여덟이요! 아홉이요!"

와리다케가 잘게 갈라져서 마치 대나무 끝에서 연기가 피어오르는 것처럼 보였다.

5

벌판 외곽의 도로에 사람들이 걸음을 멈추고 멀리서 바라보고 있었다.

"뭐지?"

"형벌을 당하나 봐."

"아, 장형인가요?"

"아프겠어."

"아프겠죠."

"아직 100대의 절반이나 남았군."

"세고 있었습니까?"

"……아. 이젠 비명도 지르지 못하네."

몽둥이를 든 형리가 사람들에게 다가가 몽둥이로 풀을 후려치며 소리쳤다.

"저리들 가시오!"

사람들은 다시 걸음을 옮기기 시작했다. 뒤를 돌아보니 장형이 다 끝난 듯 매를 치던 자들은 잘게 쪼개진 와리다케를 내던지고 팔뚝으로 땀을 닦고 있었다.

"수고했소이다."

"아닙니다."

다쿠안과 우두머리 형리는 서로 정중히 인사를 하고 헤어졌다. 형리들은 부교쇼 안으로 우르르 들어갔고, 다쿠안은 한동안 두 사람이 엎어져 있는 멍석 옆에 서 있다가 아무 말 없이 벌판을 건너 저편으로 가 버렸다.

"……."

"……."

비를 머금은 구름 사이로 흐릿한 햇살이 수풀 위로 쏟아졌다. 사람들이 떠나자 메추라기가 다시 울기 시작했다.

"……."

"……."

아케미와 마타하치는 꼼짝도 하지 않았다. 하지만 정신을 잃은 것은 아니었다. 온몸이 불덩어리처럼 화끈거리며 아팠고, 또 천지에 부끄러워 얼굴을 들 수 없었던 것이다.

"아, 저기 물이……."

아케미가 먼저 입을 열었다. 자신들의 멍석 앞에 조그만 물통과 국자가 놓여 있었다. 가혹한 형벌을 내리는 부교쇼에도 한 줌의 인정은 있다는 듯 묵묵히 그곳에 있었다.

아케미가 먼저 달려들어 물을 마시더니 마타하치에게 권했다.

"마셔요."

마타하치는 간신히 손을 뻗어 국자를 받아들고 꿀꺽꿀꺽 물을 마셨다. 형리도 보이지 않았고, 다쿠안도 없었다. 마타하치는 아직 정신이 온전히 돌아오지 않은 듯한 모습이었다.

"마타하치 님, 스님이 되셨나요?"

"……끝인가?"

"뭐가요?"

"형벌이 이걸로 끝일까? 아직 우리 목이 붙어 있는데."

"목숨은 붙어 있을 거예요. 의자에 있던 형리가 말했잖아요."

"뭐라고 했지?"

"에도에서 추방한다고요. 저승길로 추방하지 않아서 다행이에요."

"아니, 그럼 목숨은……."

마타하치의 입에서 새된 목소리가 흘러나왔다. 꽤나 기쁜 듯했다. 마타하치가 일어서더니 아케미는 거들떠보지도 않고 걷기 시작했다.

아케미는 손으로 헝클어진 머리를 쓸어 올리더니 옷깃을 여미고 허리끈을 고쳐 맸다. 그러는 동안 마타하치의 모습은 수풀 저편으로 작아지고 있었다.

"한심한 놈……."

아케미는 입을 삐죽이며 중얼거렸다. 와리다케로 맞은 자리가 욱신거릴 때마다 그녀는 강해지리라 마음먹었다. 그런 그녀의 마음속에서는 기구한 운명으로 인해 일그러진 성격이 세월과 더불어 한층 요염한 꽃을 피우고 있었다.

신기루

1

이 집에 맡겨진 지도 벌써 여러 날, 이오리는 장난을 치며 노는 것도 싫증이 났다.

"다쿠안 스님은 어떻게 된 거지?"

이 말의 이면에는 다쿠안이 빨리 돌아오기를 바라는 마음보다 스승인 무사시를 걱정하는 마음이 더 크게 자리 잡고 있었다. 호조 신조는 그런 이오리의 마음을 가엾게 여겼다.

"아버님도 아직 성에서 돌아오시지 않은 것으로 보아 계속 성에 머물러 계시는 모양이다. 머잖아 분명 돌아오실 테니 마구간에서 말이라도 데리고 노는 건 어떻겠느냐?"

"그럼, 그 말을 빌려줄 수 있나요?"

"그럼."

이오리는 마구간으로 달려가서 가장 좋아 보이는 말을 골라 끌고 나왔다. 어제도, 그제도, 그 말을 타고 놀았지만 그때는 신조에게 말하지 않고 탔다. 하지만 오늘은 허락을 받았으니 아무것도 거리낄 것이 없었다.

이오리는 말에 올라타자 바람처럼 뒷문 밖으로 달려 나갔다. 어제도 그제도 그가 가는 곳은 늘 똑같았다.

무가 마을, 밭길, 언덕, 논, 들판, 숲…… 늦가을 풍경이 순식간에 말 뒤편으로 사라졌다. 그리고 이윽고 은빛으로 반짝이는 무사시노 들판의 갈대밭이 눈앞에 펼쳐졌다. 이오리는 말을 세우고 산 너머에 있을 스승의 모습을 생각했다.

지치부의 산봉우리들이 들판 끝으로 아련히 뻗어 있었다. 감옥 안에 갇혀 있을 스승을 생각하자 이오리의 눈시울이 붉어졌다.

들판의 차가운 바람이 눈물이 흐르는 뺨을 스치고 지나갔다. 주위의 수풀 속에 있는 새빨간 쥐참외와 단풍이 든 풀잎을 봐도 가을이 깊어가는 것을 알 수 있었다. 이윽고 산 너머에는 서리가 내리지 않았을까 하는 생각이 불현듯 들었다.

'그래! 보고 오자.'

이오리는 마음을 먹자마자 말 엉덩이에 채찍질을 했다. 말은 참억새 물결을 가르며 눈 깜짝할 사이에 5리나 달렸다.

'아니야, 잠깐만. 어쩌면 초암에 돌아와 계실지도 몰라.'

그날따라 웬일인지 자꾸만 그런 생각이 들었다. 이오리는 초암으로 가 보았다. 지붕도 벽도 부서진 곳이 모두 깨끗이 수리되어 있었지만 안에는 아무도 없었다.

"저희 스승님을 못 보셨나요?"

이오리는 밭에서 추수를 하고 있는 사람들에게 소리쳤다. 부근의 농부들은 모두 이오리를 보자 서글픈 듯 고개를 가로저었다.

'말을 타고 가면 하루면 갈 수 있을 거야.'

이오리는 멀리 지치부까지 가기로 결심했다. 가기만 하면 무사시를 만날 수 있을 것이라는 생각에 들판을 내달렸다.

이윽고 언젠가 조타로에게 쫓기던 노비도메 역참에 이르렀다. 그런데 부락 입구는 말을 탄 사람과 짐을 실은 말, 궤짝과 가마로 북적북적했다. 마흔 명이 넘는 무사들이 길을 막고 점심을 먹고 있는 듯했다.

"아, 지나갈 수가 없잖아?"

길이 막힌 것은 아니었지만, 그 길을 지나려면 말에서 내려 말을 끌고 가야만 했다. 이오리는 귀찮은 마음에 무사시노 들판 쪽으로 가려고 말머리를 돌렸다. 그러자 밥을 먹고 있던 사내 서너 명이 뒤쫓아오며 이오리를 불렀다.

"어이, 꼬마야. 잠깐만 거기 서봐."

이오리는 말머리를 돌리며 화를 냈다.

"뭡니까?"

몸집은 작았지만 타고 있는 말이며 안장은 위풍당당했다.

2

"내려."

안장 양 옆으로 다가온 사내들이 이오리를 올려다보며 말했다. 이오리는 무슨 영문인지 몰랐지만 사내들의 얼굴을 노려보며 말했다.

"다시 돌아가려는 데 왜 내리라는 거죠?"

"잔말 말고 어서 내리라면 내려."

"싫어요."

"싫다고?"

이오리의 말이 끝나기도 전에 그들 중 한 명이 이오리의 발을 쳐올렸다. 등자에 발이 닿지 않았던 이오리는 반대편으로 굴러 떨어졌다.

"저기 있는 분이 너에게 볼일이 있다고 하시니 잔말 말고 따라와."

멱살을 잡혀서 역참 쪽으로 질질 끌려갔다. 맞은편에서 지팡이를 짚고 걸어오던 노파가 손을 들어 사내들을 제지하며 통쾌하다는 듯 웃었다.

"호호호. 잡았구나."

"아!"

일전에 호조 가를 찾아왔을 때 자신이 석류를 던졌던 노파였다. 그때와는 행색이 완전히 딴판이었다. 이 많은 무사들과 대체 어디로 가던 길이었을까?

아니, 이오리에겐 그런 생각을 할 여유 따윈 없었다. 그저 놀라서 노파가 자신을 어떻게 하려는 건 아닐까 하고 두려울 뿐이었다.

"꼬마야. 너, 이오리라고 했지? 일전에는 날 잘도 골탕을 먹였더구나."

"……."

"이놈!"

오스기는 지팡이 끝으로 이오리의 어깨를 쿡 찔렀다. 이오리는 싸울 자세를 취하려다 마을 쪽에 있는 많은 무사들이 모두 이 할망구의 편이라면 이길 도리가 없을 것 같아 눈물을 글썽이며 꾹 참았다.

"무사시는 겁쟁이 제자들만 키우나 보구나. 너도 그중 하나더냐? 호호호."

"뭐, 뭐라고……?"

"상관없지 뭐. 무사시에 대해선 지난번에 호조 님의 아들에게 입이 닳도록 이야기를 했으니까."

"나, 난 할멈한테 볼일이 없으니 이만 갈 테야."

"아니, 난 아직 볼일이 남았다. 오늘은 대체 누구의 심부름으로 우리 뒤를 밟은 거냐?"

“뒤를 밟긴 누가 뒤를 밟아?”

“버르장머리가 없는 녀석이군. 그래, 네 스승이 그리 가르치더냐?”

“무슨 참견이야?”

“그 버르장머리 없는 주둥이에서 곧 울음이 터져 나오게 해주마. 자, 따라오너라.”

“어, 어디로?”

“따라오라면 따라와!”

“싫어, 난 갈래.”

“어딜!”

오스기의 지팡이가 바람을 가르며 이오리의 정강이를 후려쳤다.

“아얏!”

이오리는 저도 모르게 비명을 지르며 뒤로 나자빠지듯 그 자리에 주저앉았다.

오스기가 눈짓을 하자 사내들이 다시 이오리의 목덜미를 잡고 마을 어귀에 있는 방앗간 옆으로 끌고 갔다.

그곳에는 어느 번의 무사로 보이는 자가 번뜩이는 칼을 차고 있었다. 그는 근처 나무에 갈아 탈 말을 매어두고 방금 식사를 마친 듯 나무 그늘에 앉아서 하인이 떠온 물을 마시고 있었다.

3

무사는 잡혀온 이오리를 보더니 빙그레 웃었다. 기분 나쁜 사람이다. 이오리는 소스라치게 놀라며 눈이 휘둥그레졌다. 사내가 바로 사사키 고지로였기 때문이다.

오스기가 고지로를 향해 득의양양하게 턱을 내밀며 말했다.

"보시다시피 역시 이오리였소. 무사시 놈이 분명 음흉한 생각을 품고 우리 뒤를 밟게 한 것이 틀림없소."

"흐음……."

고지로도 그렇게 생각하고 있었다는 듯 고개를 끄덕이더니 주위에 늘어서 있는 자들을 물렸다.

"도망치면 안 되니 고지로 님이 묶어두시지요."

고지로는 다시 미소를 지으며 고개를 저었다. 이오리는 미소를 짓는 그 얼굴 앞에서 도망은커녕 일어설 수도 없어서 체념하고 있었다.

"꼬마야."

고지로가 이오리를 불렀다.

"방금 할머님이 말씀하신 게 사실이냐? 틀림없느냐?"

"아뇨, 그렇지 않아요."

"그렇지 않다니?"

"나는 그냥 말을 타고 들판을 달리려고 온 거예요. 뒤를 밟은

게 아니에요."

"그렇겠지."

고지로는 고개를 끄덕이더니 다시 물었다.

"무사시도 무사인 이상 설마 그런 비열한 짓은 하지 않을 게다. 그런데 나와 할머님이 갑자기 호소카와 가의 무사들과 함께 길을 나섰다는 것을 알았다면 필경 무슨 일인지 무사시도 수상하게 여겨 뒤를 밟고 싶은 마음이 드는 것도 인지상정일 터. 무리도 아니지."

고지로는 혼자서 그렇게 단정 짓고 이오리의 변명 따위는 들으려고도 하지 않았다.

이오리도 고지로의 말을 듣자 비로소 그와 노파가 새삼 의심스러웠다. 최근 두 사람의 신변에 어떤 변화가 생긴 것이 틀림없었다.

왜냐하면 고지로의 특징이었던 머리 모양이며 옷차림이 전과는 달리 사람을 착각할 정도로 달라져 있었기 때문이다. 마에가미는 깎았고, 누구보다 화려했던 옷차림도 아주 수수하게 바뀌어 있었다. 다만 달라지지 않은 것은 애검인 모노호시자오뿐이었는데, 긴 장검을 보통 칼처럼 만들어서 허리에 차고 있었다.

오스기도 여행 차림이었고, 고지로도 여행 차림이었다. 그리고 이곳 노비도메 역참에는 호소카와 가의 중신인 이와마 가쿠베에 이하 열 명가량의 번사藩士(제후에 소속된 무사)와 가신, 짐

말을 끄는 자들이 점심을 먹고 휴식을 취하고 있었다. 그런 무리들 속에서 고지로가 역시 일개 번사로 있는 모습을 보자 그가 전부터 뜻을 두고 있던 관직에 오른 것은 아닐까 하는 생각이 들었다. 바라던 1,000석까지는 아니더라도 400석이든 500석이든 상응하는 대우를 받고 추천한 이와마 가쿠베에의 체면도 세워주며 호소카와 가의 소속 무사가 된 것으로 봐도 틀림이 없지 싶었다.

그러고 보니 호소카와 다다토시도 머지않아 부젠豊前 고쿠라小倉로 돌아온다는 소문이 있었다. 노년의 산사이 공은 꽤 오래전부터 다다토시를 고향으로 보내달라고 막부에 탄원을 했다. 막부가 이를 허락했다는 것은 다시 말해 막부가 호소카와 가를 완전히 믿게 되었다는 신뢰의 증표라고 보는 것이 사람들의 생각이었다.

이와마 가쿠베에와 신참인 고지로를 비롯한 일행은 그 선발대로 고향인 부젠 고쿠라로 향하는 도중이었다.

4

동시에 오스기에게도 고향으로 어쨌든 한번은 돌아가야 할 사정이 생겼다. 가문을 이을 마타하치가 집을 나간 상황에서 집안의 기둥이라고 할 수 있는 오스기가 오랫동안 고향으로 돌아가지 못한 데다가 친척들 중에서 가장 믿었던 곤 숙부마저 객지에서 숨을 거두자 가문에 여러 가지 해결해야 할 문제들이 산적해 있었다.

그래서 오스기는 무사시와 오쓰에 대한 복수를 일단 뒤로 미루고 고지로가 고쿠라까지 내려가는 길에 동행을 부탁했던 것이다. 또한 도중에 오사카에 맡겨둔 곤 숙부의 유골도 찾아서 고향의 산적한 문제들을 해결하는 김에 여러 해 동안 지내지 못한 조상들과 곤 숙부의 제사를 지내고 다시 여행길에 나서기로 결심한 것이었다.

하지만 오스기는 그 와중에도 무사시를 한시도 잊은 적이 없었다.

고지로가 오노 가에서 듣고 오스기에게 들려준 소문에 따르면 무사시는 호조 아와노카미와 다쿠안의 천거로 머지않아 야규와 오노, 양가와 함께 쇼군 가의 사범이 될 것이라고 했다.

고지로에게 그 이야기를 들은 오스기는 불쾌한 표정이 역력했다. 그렇게 되는 날에는 장차 무사시에게 복수할 수 있는 길은 막힐 것이고, 게다가 그녀의 신념으로도 쇼군 가를 위해서는 이를 반드시 저지해야 할 뿐만 아니라 무사시와 같은 자의 출세를 막는 것은 세상에 본보기를 보이는 일이라고도 생각했다.

그래서 오스기는 다쿠안은 만나지 않았지만 호조 아와노카미를 찾아가거나 야규 가를 일부러 찾아가 무사시가 쇼군 가의 사범이 될 수 없는 이유를 조목조목 열거했다. 또 두 가문 외에도 연줄이 닿는 로추들의 집으로 찾아가 무사시를 참소하며 다녔다.

물론 고지로는 오스기의 그런 행동을 말리지도 않았지만, 그렇다고 부추기지도 않았다. 하지만 오스기는 한번 목표를 세우면 꼭 이뤄내야만 직성이 풀리는 성격이었다. 마치부교와 효조쇼評定所(에도 막부의 최고 재판소)에도 무사시의 과거 행실이나 행적을 나쁘게 써서 투서하거나 길거리에 뿌리고 다닐 정도였다. 고지로조차 별로 좋은 기분이 아닐 정도로 그녀의 음해 공작은 철두철미했다.

'내가 고쿠라에 가더라도 언젠가 한번은 무사시를 만날 날이 반드시 올 것이다. 또 이런저런 관계를 보니 숙명적으로도 그리 될 것 같다. 이곳의 일은 잠시 제쳐두고 그가 출셋길에서 낙마한 후 어떻게 나오는지 두고 보는 게 좋을 듯싶다.'

고지로도 그렇게 생각하고 이번에 고쿠라로 가는 길에 오스기가 동행할 것을 권했던 것이다. 오스기는 아직 마타하치에 대한 미련이 남아 있었지만, 마타하치도 곧 깨닫고 뒤를 쫓아오리라 생각하고 무사시노까지 온 것이었다.

이오리는 그런 두 사람의 일신상의 변화를 애초에 알 리가 없었고, 아무리 생각해봐도 알 수 없었다.

도망친다는 것은 엄두도 낼 수 없었고, 눈물을 보이는 행동은 스승에게 치욕을 안겨주는 일이라 생각한 이오리는 두려움을 꾹 참고 고지로의 얼굴을 빤히 쳐다보고 있었다.

고지로도 이오리의 눈을 의식적으로 노려보고 있었지만, 이오리는 그 시선을 전혀 피하지 않았다. 언젠가 초암을 혼자 지키고 있을 때 날다람쥐와 눈싸움을 하던 때처럼 코로 가늘게 숨을 쉬면서 끝까지 고지로의 눈을 똑바로 응시하고 있었다.

5

어떤 일을 당할지 몰라 두려움에 떠는 이오리의 공포는 어린아이의 기우에 지나지 않았다.

고지로는 오스기와는 달리 어린아이와 대등해질 마음 따위는 추호도 없었다. 하물며 지금의 그는 사회적인 지위도 있었다.

"할머님."

고지로가 오스기를 불렀다.

"왜 그러시오?"

"벼루상자를 가지고 있습니까?"

"있지만, 먹물이 말랐는데. 뭘 쓰시게?"

"무사시에게 편지를 쓰려고 합니다."

"무사시에게?"

"예. 거리마다 팻말을 세워놓아도 모습을 나타내지 않고, 또 거처도 알 수 없는 무사시에게 때마침 이 꼬마가 좋은 심부름꾼이 될 듯하여 에도를 떠나면서 편지 한 통 전하려고요."

"뭐라고 쓰시게?"

"미주알고주알 말할 필요는 없고, 무사시도 내가 부젠으로 간다는 소문은 들었을 테니 무사시에게 더 수련을 쌓고 부젠으로 찾아오라고 쓸 참입니다. 나는 평생 기다리고 있을 테니 자신감이 생기거든 찾아오라고 말입니다."

"그건……."

오스기는 손을 저으며 말했다.

"한정 없이 기다리는 건 곤란해요. 나는 고향 집에 돌아가서도 곧 다시 길을 나설 것이오. 그리고 앞으로 3년 안에 반드시 무사시의 목을 칠 생각이오."

"나한테 맡겨두시지요. 할머님의 소원도 무사시와 나의 일이 마무리되는 날 자연스럽게 이루어질 테니 말이오."

"허나 내 나이도 나이인지라, 내가 살아 있는 동안에 이루지 못하면……."

"몸을 잘 돌봐 오래 살면 내 검에 무사시의 피를 묻히는 날을 볼 수 있을 겁니다."

고지로는 건네받은 벼루상자를 들고 가까운 냇물에 손을 담갔다가 손가락에서 떨어지는 물방울을 벼루에 흘려 넣었다. 그는 선 채 종이에 글을 적었다. 그의 글에는 힘이 있었고, 문맥에는 재기가 넘쳤다.

"여기 밥풀 있소이다."

오스기는 밥을 쌌던 나뭇잎에 밥풀을 얹어서 내밀었다. 고지로는 편지를 봉한 후 겉봉에 이름을 쓰고 뒷면에는 '호소카와 가의 가신 사사키 간류'라고 썼다.

"꼬마야."

"……."

"그리 무서워하지 않아도 된다. 이걸 가지고 가거라. 그리고 편지에 중요한 내용이 적혀 있으니까 반드시 네 스승인 무사시에게 전해야 한다."

"……?"

이오리는 가지고 가야 할지, 단호히 거절해야 할지 생각하는 듯하더니 고개를 끄덕이며 고지로에게서 편지를 받았다.

"예……."

그리고 벌떡 일어서더니 고지로에게 물었다.

"아저씨, 이 속에 뭐라고 쓰여 있죠?"

"방금 할머님에게 이야기한 것과 같은 내용이다."

"봐도 돼요?"

"봉투를 뜯으면 안 된다."

"그래도 혹시 스승님께 무례한 내용이라도 적혀 있으면 난 가지고 가지 않을 거예요."

"안심해도 된다. 무례한 내용은 쓰지 않았으니까. 예전에 한 약속을 잊지 말라는 것과 내가 비록 지금은 부젠으로 내려가지만 꼭 다시 만나기를 기대하고 있다고 적었을 뿐이다."

"다시 만난다는 건 아저씨와 스승님의 이야기인가요?"

"그래, 생사의 갈림길에서."

고개를 끄덕이는 고지로의 뺨이 살짝 붉어졌다.

6

"반드시 전할게요."

이오리는 편지를 품속에 넣었다. 그리고 잽싸게 대여섯 간 뛰어가더니 오스기를 돌아보며 외쳤다.

"야이, 할망구 멍청이야!"

"뭐, 뭐야?"

오스기가 뒤쫓아 가려고 하자 고지로가 손을 붙잡고 쓴웃음을 지으며 말했다.

"놔두세요. 어린애 아닙니까."

이오리는 뭔가 좀 더 가슴에 맺힌 것이 남았는지, 무슨 말인가 하려고 멈춰 서 있다가 분한 듯 눈물을 글썽이며 갑자기 입을 다물어버렸다.

"꼬마야, 멍청이라는 말밖에 더 할 말은 없느냐?"

"없어요!"

"하하하하, 이상한 놈이구나. 어서 가거라."

"안 그래도 갈 거예요. 두고 봐요. 이 편지는 무슨 일이 있어도 스승님께 전해드리죠."

"그래, 꼭 전하거라."

"나중에 후회할 걸요. 당신들이 아무리 이를 갈고 덤벼들어도 스승님은 이길 수 없을 테니까."

"무사시를 닮아서 입만 살았구나. 허나 눈물을 글썽이며 스승 편을 드는 것을 보니 안쓰럽구나. 무사시가 죽거든 날 찾아오면 마당 청소라도 시켜주마."

이오리는 고지로가 놀리려고 한 말에 뼛속까지 치욕을 느꼈다. 발밑의 돌을 집어 들어 던지려는 순간 고지로가 번뜩이는 눈으로 자신을 보았다. 아니, 보았다기보다는 당장이라도 그 눈동자가 튀어나와 자신을 덮칠 것 같았다. 언젠가 밤에 보았던 날다람쥐의 눈은 고지로에 비하면 너무나 순할 정도였다.

"……."

이오리는 맥없이 돌을 내던지고 정신없이 도망쳤다. 아무리 도망쳐도 두려움을 떨쳐낼 수 없었다.

"……."

그는 무사시노 들판의 한가운데에 숨을 헐떡이며 주저앉았다. 두 시진이나 그러고 있었다. 그동안 이오리는 막연하게 자신이 스승이라고 의지하고 있는 무사시의 처지를 처음으로 생각해보았다. 어린 마음에도 적이 너무 많은 사람이라는 것을 알 수 있었다.

'나도 훌륭해지자.'

스승님을 안전하게, 그리고 오랫동안 모시기 위해서는 자신도 똑같이 훌륭해져서 스승을 지킬 수 있는 힘을 빨리 길러야 한다고 생각했다.

'내가 훌륭해질 수 있을까?'

이오리는 솔직히 자신에 대해 생각해보았다. 그러다 조금 전 고지로의 눈빛이 떠오르자 온몸에 소름이 쫙 돋았다.

'혹시 스승님도 그 사람한테는 이기지 못하는 건 아닐까?'

그런 불안감마저 들기 시작했다. 만약 그렇다면 스승님도 수련을 더 많이 쌓아야 한다고 어린아이다운 쓸데없는 걱정을 하기도 했다.

"……."

수풀 속에서 무릎을 끌어안고 있는 동안 노비도메 거리와 지치부의 산봉우리들이 하얀 저녁노을에 둘러싸였다.

'그래, 신조 님이 걱정하실지도 모르지만 지치부까지 가자. 감옥에 있는 스승님에게 이 편지를 전해드리자. 날은 저물었지만

저 쇼마루 고개만 넘으면…….'

이오리는 갑자기 타고 왔던 말이 생각나서 일어서서 들판을 둘러보았다.

"어? 내 말이 어디로 갔지?"

7

호조 가의 마구간에서 끌고 온 말이다. 나전 안장이 얹혀 있어서 도둑이 보면 그냥 둘 리가 없었다. 이오리는 휘파람을 불며 한동안 들판을 찾아 다녔다. 물인지 안개인지 옅은 연기 같은 것이 수풀 사이를 낮게 떠다녔다. 그 근처에서 말발굽 소리가 난 듯해서 달려갔지만 말은 그림자도 보이지 않았고 냇물 같은 것도 없었다.

"어? 저기……."

검은 그림자가 움직이는 것을 보고 달려갔지만 먹이를 주워 먹고 있는 멧돼지였다. 멧돼지는 이오리의 곁을 스쳐 수풀 속으로 질풍처럼 도망쳤다. 뒤를 돌아다보니 멧돼지가 지나간 자리에는 마술사가 지팡이로 선을 그은 것처럼 한 줄기 밤안개가 하얗게 지면을 기어가고 있었다.

"……?"

그런데 밤안개를 바라보고 있는 동안 안개는 물이 흘러가는 소리를 내더니 이윽고 시냇물 위에 선명한 달그림자가 떠올랐다.

"……."

이오리는 무서웠다. 어렸을 때부터 들판의 여러 가지 신비로운 현상에 대해 알고 있었다. 좁쌀만 한 무당벌레에도 신의 뜻이 깃들어 있다고 믿고 있었다. 움직이는 마른 잎사귀도 소리를 내며 흐르는 시냇물도 불어오는 바람도 이오리의 눈에는 무심한 것이 하나도 없었다. 그렇게 천지의 오묘한 기운을 느끼자 깊어가는 가을의 풀과 벌레와 물과 함께 어린 그의 마음도 한없이 쓸쓸해졌다.

이오리는 갑자기 큰 소리로 울기 시작했다. 말을 찾지 못해서 우는 것도 아니고, 부모가 없는 자신이 슬퍼서 우는 것 같지도 않았다. 팔뚝을 얼굴에 대고 얼굴과 어깨를 들썩이며 울면서 걸었다.

이럴 때 소년의 눈물은 그 자신에게도 달콤했다. 만약 그에게 사람 외의 별이나 들판의 요정이 왜 우느냐고 묻는다면 그는 울음을 멈추지도 않고 이렇게 말할 것이 분명하다.

"몰라. 내가 그걸 알면 울 리가 없잖아."

그런 그를 좀 더 다정하게 달래고 나서 다시 물어보면 그는 결국 이렇게 대답할 것이다.

"난 넓은 들판에 있으면 갑자기 울고 싶어질 때가 많아. 그리고 늘 호덴가하라의 외딴집이 어딘가에 있을 것만 같은 기분이 들어."

혼자 우는 병이 있는 소년에게는 동시에 혼자 우는 영혼의 즐거움이 있었다. 하염없이 울고 있으면 천지가 위로하고 보듬어 준다. 그렇게 눈물이 마르기 시작하면 구름 속에서 나온 것처럼 마음이 청명하게 맑아진다.

"이오리, 이오리 아니냐?"

"아아, 이오리다."

갑자기 등 뒤에서 사람들의 목소리가 들렸다. 이오리가 울어서 퉁퉁 부은 눈으로 뒤를 돌아보니 밤하늘 아래에 두 사람의 그림자가 짙게 보였다. 말 위에 앉아 있는 사람은 다른 사람보다 훨씬 커 보였다.

8

"아, 스승님!"

이오리는 말을 타고 있는 사람의 발밑으로 고꾸라지듯 달려가 등자에 매달리며 다시 한 번 소리쳤다.

"스승님. 스…… 스승님!"

그러다 문득 꿈이 아닌가 의심하는 눈빛으로 무사시의 얼굴을 올려다보더니 다시 말 옆에 지팡이를 짚고 서 있는 무소 곤노스케를 돌아보았다.

“어떻게 된 거냐?”

말 위에서 내려다보며 말하는 무사시의 얼굴은 달빛 때문인지 몹시 야위어 보였다. 하지만 그 목소리만은 이오리가 평소에 그토록 그리워하던 스승의 다정한 음성이었다.

“어째서 이런 곳에 혼자 있는 거야?”

곤노스케가 이렇게 묻더니 손을 뻗어 이오리의 머리를 쓰다듬고는 가슴 쪽으로 끌어당겼다. 만약 미리 울지 않았더라면 지금 울었을지도 모르는 이오리의 뺨은 달빛을 받아 뽀얗게 반짝였다.

“스승님이 계시는 지치부로 가려고…….”

이오리는 말하다가 무사시가 타고 있는 말의 안장과 갈기로 시선이 갔다.

“앗, 이 말은…… 내가 타고 온 말이다.”

곤노스케가 웃으며 물었다.

“네 말이냐?”

“예.”

“누구의 말인지 모르지만 이루마 강 근처에서 서성거리고 있기에 하늘이 무사시 님이 피곤한 걸 아시고 내려주신 거라 생각하고 타시라고 권한 것이다.”

"아아, 그럼 들판의 신령님이 스승님을 맞으러 일부러 그쪽으로 도망치게 한 거구나."

"그런데 네 말이라는 것도 이상하구나. 이 안장은 1,000석 이상의 녹을 받는 무사의 것일 텐데."

"호조 님 댁 마구간에 있는 말이에요."

무사시가 말에서 내리며 물었다.

"이오리, 그럼 너는 지금까지 아와노카미 님 댁에서 신세를 지고 있었던 거냐?"

"예. 다쿠안 스님이 데려다 주시며 거기 있으라고 말씀하셨어요."

"초암은 어떻게 되었느냐?"

"마을 사람들이 말끔히 고쳐주었어요."

"그럼, 이제 돌아가도 비바람 걱정은 없겠구나."

"스승님."

"왜?"

"야위셨어요. 왜 이렇게 마른 거죠?"

"옥에서 좌선을 했단다."

"옥에선 어떻게 나오셨어요?"

"나중에 곤노스케 님에게 자세히 듣도록 해라. 한 마디로 말하면 하늘이 돌봐주셨는지 어제 갑자기 무죄로 방면되었다."

곤노스케가 바로 덧붙였다.

"이오리, 이제 걱정할 것 없어. 어제 가와고에의 사카이 가에서 전령이 와서 누명을 쓴 것이라는 사실을 밝히고 정중히 사과까지 했으니까."

"그럼, 분명 다쿠안 스님께서 쇼군 님께 부탁드렸기 때문일 거예요. 다쿠안 스님이 성에 들어가셨는지 아직 호조 님 댁으로 돌아오시지 않았거든요."

이오리는 갑자기 수다쟁이가 되었다. 그는 조타로와 만난 일이며 조타로의 아버지가 행각승이 된 일, 또 오스기가 호조 가에 몇 번이나 찾아와 험담을 늘어놓은 일 등을 연거푸 이야기하다가 문득 오스기의 이야기가 나오자 생각난 듯 말했다.

"아, 그리고 스승님 또 큰일이 있었어요."

이오리는 몸을 뒤적이더니 사사키 고지로의 편지를 꺼냈다.

9

"뭐? 고지로가 편지를?"

서로 원수라고 부르는 사이일지라도 오랫동안 소식이 끊긴 사람은 그립기 마련이다. 하물며 서로 실과 바늘처럼 수련에 힘쓰는 경쟁자이기도 했다.

무사시는 마치 기다리던 소식이라도 받아 든 것처럼 편지의 곁봉을 보면서 물었다.

"어디서 만났느냐?"

"노비도메의 역참에서요."

이오리는 그렇게 대답하고 덧붙였다.

"그 무서운 할머니도 같이 있었어요."

"할머니라니, 혼이덴 가의 그 할머니 말이냐?"

"부젠으로 간다고 하던데요."

"그래?"

"호소카와 가의 무사들과 함께요. 자세한 건 편지에 씌어 있을 거예요. 스승님, 방심해서는 안 돼요. 정신 바짝 차리세요."

무사시는 편지를 품속에 넣고 말없이 고개를 끄덕여 보였다. 하지만 이오리는 그래도 마음이 놓이지 않는지 말을 멈추지 않았다.

"고지로라는 사람도 강하죠? 스승님은 그 사람과 무슨 원수가 진 거죠?"

그리고 묻지도 않았는데 오늘 있었던 일을 자세히 이야기했다.

이윽고 무사시는 수십 일 만에 초암에 도착했다. 당장 필요한 것은 불과 음식이었다. 밤이 깊었지만 곤노스케가 땔감과 물을 준비하는 동안 이오리는 마을의 농가로 달려갔다.

세 사람은 불을 피운 화로를 둘러싸고 앉았다. 빨갛게 타오르는 화로를 둘러싸고 오랜만에 서로의 무사한 모습을 확인하는 즐거움은 파란만장한 삶을 살아온 사람이 아니라면 알 수 없는 인생의 쾌락이었다.

"어?"

이오리는 소매에 가린 스승의 팔과 목덜미 등에 아직 아물지 않은 시퍼런 멍 자국이 있는 것을 보고 자신이 아픈 듯 눈썹을 찡그리며 물었다.

"스승님, 어떻게 된 거예요? 온몸에 멍이……."

그러고는 무사시의 옷 속을 들여다보려고 하자 무사시가 아무것도 아니라며 화제를 돌렸다.

"말한테도 뭐 좀 주었느냐?"

"예. 여물을 주었습니다."

"내일은 호조 님 댁에 말을 돌려드리고 오너라."

"예. 날이 밝는 대로 다녀오겠습니다."

이오리는 일찍 일어났다. 아카기 언덕 아래에 있는 저택에서 신조가 걱정하고 있을 것이 뻔해서 제일 먼저 일어나 문밖으로 뛰어나갔다. 그리고 아침을 먹기 전에 갔다 오기 위해 말 등에 타자마자 출발하려는데 때마침 무사시노 들판의 동쪽 끝에서 커다란 태양이 초원 위로 떠오르고 있었다.

"아아!"

이오리는 말을 멈추고 놀란 눈으로 태양을 바라보다가 갑자기 말머리를 돌려 초암 밖에서 소리쳤다.

"스승님, 스승님. 어서 일어나세요. 전에 지치부 봉우리에서 봤을 때처럼 커다란 태양이 오늘은 초원에서 떠오르고 있어요. 곤노스케 아저씨도 어서 일어나서 보는 게 좋을 거예요."

"그래."

어디선가 무사시가 대답했다. 무사시는 벌써 일어나서 새소리를 들으며 산책하는 중이었다. 다녀오겠다는 활기찬 목소리와 기세 좋게 달려가는 말발굽 소리에 숲에서 나온 무사시가 눈부신 초원을 바라보니 이오리의 그림자는 한 마리 까마귀가 태양 한가운데로 날아 들어가듯 순식간에 작은 점이 되더니 이윽고 태양 속으로 녹아 없어졌다.

출세의 문

1

하룻밤이 지날 때마다 낙엽이 쌓였다. 문지기가 대문을 열고 집 안을 청소하고 산더미같이 쌓인 낙엽을 태우고 아침을 먹고 있을 무렵, 호조 신조는 아침 독서와 가신들을 상대로 수련을 끝내고 우물가에서 땀에 젖은 몸을 씻은 다음 마구간의 말들을 보러 왔다.

"여봐라!"

"예."

"밤색 말은 어제 돌아오지 않았는가?"

"예. 그런데 말도 말이지만 그 아이가 대체 어디로 갔는지 모르겠습니다."

"이오리 말이냐?"

"아무리 아이들은 추운 줄도 모르고 뛰어 논다 해도 설마 밤새 말을 타지는 않았을 텐데 말입니다."

"걱정할 것 없다. 이오리는 들판에서 자랐으니까. 가끔은 들판으로 나가 보고 싶기도 하겠지."

그때 문지기 영감이 달려와 호조 신조에게 고했다.

"나리, 친구 분들께서 오셨습니다."

"친구?"

신조는 현관으로 가서 그 앞에 모여 있는 대여섯 명의 청년들을 향해 말했다.

"어이, 어서 오게."

그러자 그들도 차가운 아침 공기 속에서 신조를 향해 다가오며 반색했다.

"오랜만입니다."

"다들 모였군."

"건강하시지요?"

"보다시피."

"다쳤다는 소문을 들었습니다만."

"대단하지는 않네. 헌데 아침 일찍부터 이렇듯 모두 어쩐 일인가?"

"그, 그냥……."

그들은 서로 얼굴을 마주보았다. 이 청년들은 모두 하타모토의 자제이거나 문관의 자제로 나름 이름 있는 가문의 자식들이었다. 또 얼마 전까지는 오바타 간베에 병학소의 생도들이기도 했기 때문에, 그곳의 선생이었던 신조에게는 사제이자 제자이기도 했다.

"저리로 가세."

신조는 마당 한쪽에서 타고 있는 낙엽더미를 가리켰다. 그들은 모닥불을 둘러싸고 섰다.

"날씨가 추워지면 아직 상처 부위가 아파."

신조가 손으로 목덜미 부근을 만지며 말하자 젊은이들은 신조의 자상을 번갈아가며 보면서 물었다.

"상대가 사사키 고지로라고 들었습니다만."

"그렇네."

신조는 연기에 눈이 아려서 고개를 돌리더니 그대로 아무 말이 없었다.

"오늘 이렇게 온 것은 그 사사키 고지로 때문입니다. 돌아가신 간베에 스승님의 아드님인 요고로 님을 죽인 것도 고지로의 짓이라는 것을 어제 알아냈습니다."

"짐작은 하고 있었네만, 증거가 나왔는가?"

"요고로 님의 시신이 발견된 곳이 바로 그 이사라고 절의 뒷산이었습니다. 그 후로 저희가 조사해보니 이사라고 언덕 위에 호소카와 가의 중신인 이와마 가쿠베에라는 자가 살고 있었는데, 그자의 별채에 사사키 고지로가 기거한 사실을 알게 된 것입니다."

"그럼, 요고로 님은 혼자서 고지로를 찾아간 것이군."

"복수를 하러 갔다가 오히려 당한 듯합니다. 뒷산의 절벽 아래에서 시신이 발견되기 전날 저녁 무렵에 꽃집 주인이 요고로 님을 닮은 사람을 근처에서 보았다는데, 고지로가 죽인 후에 절벽 아래로 시신을 던진 것이 분명합니다."

"……."

이야기는 거기서 끊겼지만 그들은 낙엽이 타며 피어오르는 연기 속에서 대가 끊긴 스승의 가문을 생각하며 비통한 얼굴로 서로를 바라보고 있었다.

2

"그래서?"

신조가 불기운에 빨갛게 달아오른 얼굴을 들며 물었다.

"내게 의논할 것은 무엇인가?"

그러자 청년 한 명이 말했다.

"스승님의 가문을 앞으로 어떻게 할 것인가, 또 고지로에 대한 우리의 각오입니다."

다른 자가 덧붙였다.

"아무래도 신조 님이 중심이 되어 분명히 결정을 내리는 것이 좋을 듯하여……."

신조가 생각에 잠겨서 아무 말이 없자 청년들은 다시 말을 이었다.

"들으셨는지 모르겠지만 사사키 고지로는 호소카와 다다토시 공의 슬하로 들어가 이미 영지로 떠났다고 합니다. 스승님께서는 한을 남긴 채 돌아가시고, 요고로 님마저 고지로에게 당하고 말았습니다. 게다가 그의 칼 아래 쓰러진 동문들도 한둘이 아닌데, 이렇듯 고지로가 출세의 문으로 들어가는 것을 손 놓고 보고만 있어야 한다는 것이……."

"신조 님, 분하지 않으십니까? 오바타의 문하생으로서 이대로는 도저히……."

연기에 목이 메는지 누군가 잔기침을 했다. 낙엽이 하얀 재가 되어 날아올랐다. 침묵을 지키고 있던 신조가 비분에 찬 동문들의 이야기를 듣고 있다가 이윽고 입을 열었다.

"나는 고지로에게 맞은 칼의 상처로 인해 아직도 온전치 못한 몸이네. 말하자면 부끄러운 패자 중 한 명이야. ……당장 이렇다 할 계책도 없는데 자네들은 대체 어쩌자는 것인가?"

"호소카와 가와 담판을 지으려고 합니다."

"뭐라고?"

"그동안의 경위를 설명하고 고지로를 우리에게 넘겨달라고 말입니다."

"그 후엔 어쩔 심산인가?"

"돌아가신 스승님과 요고로 님의 무덤 앞에 놈의 목을 바칠 생각입니다."

"고지로를 결박한 채 내준다면 모르겠지만, 호소카와 가에서도 그렇게는 하지 않을 걸세. 우리 손으로 죽일 수 있는 상대라면 벌써 죽였겠지. 또 호소카와 가도 무예가 뛰어난 점을 높이 사서 그를 받아들였을 터. 자네들이 넘기라고 하면 오히려 고지로의 실력을 더 돋보이게 하는 것과 다름없는 꼴이 되어서 그런 용사라면 더욱 내놓을 수 없다고 나올 것이 뻔하네. 일단 가신으로 받아들인 이상, 비록 신참이라 해도 그리 쉽게 내줄 다이묘는 호소카와 가뿐만 아니라 어디에도 없을 거야."

"그렇다면 어쩔 수 없이 우리도 최후의 수단을 취할 수밖에 없습니다."

"다른 방법이라도 있나?"

"이와마 가쿠베에와 고지로 일행이 떠난 것은 바로 어제이니 쫓아가면 도중에 따라잡을 수 있을 겁니다. 신조 님을 필두로 여기 있는 여섯 명, 그 외에 오바타 문하생 중 뜻이 같은 자들을 규합해서……."

"기습을 하자는 말인가?"

"그렇습니다. 신조 님도 힘을 보태주십시오."

"나는 싫네."

"싫다니요?"

"싫어."

"이유가 뭡니까? 들려오는 말에 따르면 신조 님은 오바타 가의 뒤를 이어 돌아가신 스승님의 가명을 다시 일으키실 분이라고 하던데."

"누구나 자신의 적을 자기보다 뛰어나다고 생각하고 싶지 않겠지만, 솔직히 우리와 그를 비교하면 검으로는 도저히 쓰러뜨릴 수 있는 상대가 아니네. 설령 동문을 규합해서 수십 명이 달려들어도 수치만 더할 뿐이야."

"그럼, 손가락이나 빨고 있으란 말입니까?"

"나 역시 원통한 마음을 금할 수 없네. 다만 때를 기다려야 한다고 생각하네."

"정말 한가하십니다."

누군가가 혀를 차며 말하자 그 옆에서는 대놓고 비난하는 자도 있었다.

"비겁한 변명입니다."

그들은 더 이상 의논할 것이 없다는 듯 신조를 그 자리에 남겨둔 채 돌아갔다. 말을 타고 오다 문 앞에서 내린 이오리는 그들과 엇갈려서 말고삐를 잡고 저택 안으로 들어왔다.

3

이오리는 마구간에 말을 매어놓은 뒤 불 곁으로 달려왔다.

"아저씨, 여기 계셨어요?"

"이제 왔느냐?"

"무슨 생각하세요? 누구하고 싸웠어요?"

"왜?"

"방금 제가 들어오면서 보니까 젊은 무사들이 굉장히 화가 나서 나가서요. 뒤를 돌아보며 사람을 잘못 봤다느니 겁쟁이라느니 막 욕하면서 갔어요."

"하하하, 그랬구나."

신조는 웃음으로 얼버무렸다.

"그보다는 먼저 불이라도 좀 쬐렴."

"무사시노 들판을 한달음에 달려와서 그런지 몸에서 이렇게 뜨거운 김이 나는걸요."

"건강하구나. 어젯밤엔 어디서 잤느냐?"

"아저씨, 스승님이 돌아오셨어요."

"그래, 그랬을 거다."

"뭐야, 알고 계셨어요?"

"다쿠안 스님께 들었다. 아마 지치부에서 풀려나 지금쯤 돌아와 계실 거라고."

"다쿠안 스님은 어디 계세요?"

"안에 계신다."

신조는 눈짓으로 안쪽을 가리키며 물었다.

"이오리, 너도 들었느냐?"

"뭘요?"

"네 스승님이 드디어 출세하게 되었다는 낭보다. 그 기쁜 소식을 아직 못 들었단 말이냐?"

"뭐죠? 뭐죠? 가르쳐주세요. 스승님이 출세하게 되었다니 무슨 말이에요?"

"쇼군 가의 사범이 돼서 검의 아버지로 존경을 받는 날이 왔다는 거다."

"예? 정말요?"

"기쁘냐?"

"기쁘고말고요. 아저씨 그럼, 한 번만 더 말을 빌려주시지 않을래요?"

"뭐 하려고?"

"스승님한테 알려드리려고요."

"그럴 필요 없다. 오늘 안에 정식으로 로추가 네 스승님께 초청장을 보낼 거다. 그걸 갖고 내일 다쓰노쿠치辰口의 대기소로 가서 등성登城 허가가 나면 그날 바로 쇼군 님을 배알하게 될 거야. 그래서 로추의 사자가 오면 내가 맞으러 가야 한다."

"그럼, 스승님이 이리로 오시나요?"

"그래."

신조는 고개를 끄덕이고 걸음을 옮겼다.

"아침은 먹었고?"

"아니요."

"아직이냐? 그럼 빨리 먹고 오너라!"

신조는 화가 머리끝까지 나서 돌아간 동문들이 마음에 걸렸지만 이오리와 이야기를 나누는 동안 우울한 마음이 다소 가벼워졌다.

그 후 한 시진쯤 지나 로추가 보낸 사자가 왔다. 다쿠안에게 보낸 서신과 함께 내일 다쓰노쿠치의 대기소로 무사시를 데리고 오라는 전갈이었다.

신조는 그 명을 전하기 위해 말에 올라 따로 한 필의 수려한 말을 하인에게 끌게 하고 무사시가 머무르고 있는 초암으로 출발했다.

신조가 찾아갔을 때 무사시는 새끼 고양이를 무릎 위에 올려놓고 양지 바른 곳에서 곤노스케와 무언가 이야기를 나누고 있었다.

"먼저 인사를 하러 찾아가려던 참이었습니다만……."

무사시는 바로 신조가 끌고 온 말에 올라탔다.

4

감옥에서 풀려난 무사시에게는 또 쇼군 가의 사범이라는 출세의 자리가 기다리고 있었다.

하지만 무사시는 그보다도 다쿠안이라는 벗, 아와노카미라는 지기, 신조라는 호감형의 젊은이가 자신과 같은 한낱 나그네를 따뜻한 마음으로 대해주는 것에 대해 무한한 고마움을 느꼈다.

다음 날, 호조 부자는 무사시를 위해 한 벌의 의복과 부채, 가이시懷紙(접어서 품에 지니고 다니는 휴대용 종이) 등을 준비해놓고 기다리고 있었다.

"경사스러운 날이니 마음 가볍게 먹고 다녀오시게."

그들은 팥밥과 생선이 딸린 아침상을 준비하는 등 마치 자기 집안의 경사를 축하하듯 세심하게 마음을 써주었다. 무사시는 그들의 따뜻한 온정과 다쿠안의 호의를 생각해서라도 자신의 바람만 고집할 수 없었다.

무사시는 지치부의 감옥 안에서 곰곰이 생각해보았다.

호덴가하라를 개간하며 대략 2년이라는 세월을 보내는 동안 흙과 친해지고, 농부들과 함께 일하면서 자신의 검법을 치국이나 정치에 활용해보고 싶다는 야심은 품어본 적이 있었지만, 에도의 실정과 천하의 풍조는 그가 이상으로 생각하고 있는 데까지는 아직 이르지 못했다.

도요토미와 도쿠가와는, 이는 숙명적이라고도 할 수 있는, 천하의 패권을 가르는 대전쟁을 또다시 감행할 것이다. 사상이나 민심도 그로 인해 혼돈의 폭풍우를 뚫고 나가야 한다. 그리고 도쿠가와든 도요토미든, 어느 한쪽이 천하통일을 이룰 때까지는 성현의 길도, 치국의 검법도 말로는 할 수 있어도 이행될 리가 없었다.

당장 내일이라도 그런 전란이 일어난다면 자신은 어느 쪽에 가담해야 할까? 도쿠가와 쪽에 가담해야 할까, 도요토미 쪽에 가담해야 할까? 아니면 세상을 등지고 산으로 들어가서 세상이 진정되기까지 기다려야 할까?

'어느 쪽이든 지금 쇼군 가의 사범이 되어 그것에 안주하면 내가 품었던 이상은 거기서 끝날 것이 자명하다.'

무사시는 예복을 입고 멋진 안장을 얹은 말에 올라 출세의 문을 향해 아침 햇살이 반짝이는 길을 가면서도 마음 한구석에는 무언가 만족할 수 없는 응어리가 남아 있었다.

'하마下馬'라고 적힌 높은 팻말이 보였다. 덴소伝奏(상주上奏를 전하여 아뢰는 직책) 저택의 문이었다.

굵은 자갈을 깐 문 앞에 말을 매어놓는 기둥이 있었다. 무사시가 거기에서 내리자 이내 관인 한 명과 말을 돌보는 자가 달려왔다.

"어제 로추 님의 부름을 받은 미야모토 무사시라는 사람입니다. 대기소의 관인께 전해주시오."

이날 무사시는 물론 혼자였다. 잠시 기다리는 동안 아까와는 다른 자가 나와 무사시를 안내했다.

"전갈이 올 때까지 여기서 기다리십시오."

난실蘭室이라고나 할까, 다다미 스무 장 정도가 깔려 있는 넓고 긴 방에는 벽지에 춘란과 작은 새가 가득 그려져 있었다.

다과가 나왔다.

사람을 본 것은 다과가 나올 때가 마지막이었는데 그 뒤로 한나절이나 기다렸다. 벽지에 그려진 작은 새는 울지 않았고, 난초는 향기가 없었다. 무사시는 하품이 나올 지경이었다.

5

마침내 로추인 듯한, 불그레한 얼굴과 백발이 범상치 않은 늙은 무사가 나타났다.

"무사시 님, 오랫동안 기다리게 해서 죄송합니다."

그는 그렇게 말하고 무사시 앞에 앉았다.

가와고에의 성주인 사카이 다다카쓰였다. 하지만 그도 여기서는 에도 성의 신하에 지나지 않았다. 시종 한 명만 거느리고 있을 뿐 격식에 크게 얽매이지 않는 모습이다.

"부름을 받자옵고 이렇게……."

무사시는 상대방이 예의를 갖추든 말든 상관 않고 연장자에 대한 예의를 갖추며 납작 엎드려서 말했다.

"사쿠슈의 낭인, 신멘 씨의 일족, 미야모토 무니사이의 아들인 무사시가 쇼군 가의 하명을 받고 이렇듯 찾아뵈었습니다."

다다카쓰는 후덕하게 잡힌 두 겹의 턱을 몇 차례 작게 끄덕이며 인사를 받았다.

"먼 길 오느라 수고하셨소."

그리고 다소 미안한 듯한 표정으로 말했다.

"일전에 다쿠안 스님과 아와노카미 님이 천거하신 그대의 임명이…… 간밤에 어떤 연유에서인지 갑자기 보류되었소. 우리들로서도 좀처럼 납득이 가지 않아서 다시 재고해주십사 청을 올렸고, 실은 방금 전까지 어전에서 재평의가 있었소. 허나 모처럼 애쓴 보람도 없이 이전 일은 역시 인연이 없는 일이 되고 말았소이다."

다다카쓰는 뭐라 위로할지 모르겠다는 듯 다시 말을 이었다.

"훼예포폄毁譽褒貶(남을 비방하고 칭찬하고 격려하고 표창하고 핍박하고 짓밟는다는 뜻)은 세상에 흔한 일. 앞날에 대하여 너무 상심하지 마시오. 세상일이란 대개 당장 눈앞에 닥친 것만 갖고 무엇이 행이고 불행인지는 헤아리기 어려운 것이니 말이오."

무사시는 엎드린 채 대답했다.

"예……."

다다카쓰의 말이 무사시에게는 오히려 따뜻하게 들렸다. 동시에 가슴 깊은 곳에서 솟구치는 감격이 온몸을 적셨다.

자신의 부족함을 반성하기는 했지만 무사시 역시 인간이었다. 만일 아무 일 없이 임명되었다면 무사시는 이대로 막부의 신하가 되어 많은 녹봉을 받고 안주하여 이른 나이에 검의 길을 접었을지도 모른다.

"무슨 말씀이신지 잘 알았습니다. 감사할 따름입니다."

무사시는 자연스럽게 그렇게 말했다. 부끄러운 마음 따위는 전혀 없었다. 빈정거리는 말도 아니었다. 이때 무사시는 가슴속에서 일개 사범이라는 직책보다 더 큰 소임이 있다는 신의 계시를 들은 듯했다.

다다카쓰는 무사시의 그런 태도를 기특하다는 듯 물끄러미 바라보며 말했다.

"여담이지만 듣기로 그대는 무인답지 않게 풍아한 취미도 있다고 하던데, 혹여 쇼군 가에 보여드리고 싶은 작품 같은 것은 없으시오? 속인들의 중상이나 험담에는 답할 필요도 없지만, 이런 경우에 훼예포폄을 초월하여 자신의 마음과 지조를 무언의 예술로 남겨두는 것은 높은 뜻을 지닌 무인으로서의 답변이 될 줄 아오만."

"……."

무사시가 그의 말을 마음속에서 헤아리고 있는 동안 다다카쓰가 자리에서 일어나며 말했다.

"그럼, 후일 다시……."

다다카쓰는 말하면서 훼예포폄이라는 말과 속인들의 중상과 험담이라는 말을 몇 번이나 의미심장하게 반복했다. 그 말에 답할 필요는 없지만, 무사시에게는 결백한 무사의 마음과 지조를 나타내라는 뜻으로 해석되었다.

'그래, 내 체면은 상관이 없지만 나를 천거한 분들의 체면까지 더럽혀서는 안 될 것이다.'

무사시는 넓은 방 한쪽 구석에 있는 순백의 6폭 병풍에 시선이 멈췄다. 이윽고 무사시는 이 저택에 대기하고 있는 젊은 무사를 불러 사카이 님의 말씀에 따라 하나의 작품을 남겨두고 가고자 하니 가장 좋은 먹과 주홍색 안료, 그리고 소량의 푸른색 안료를 빌려달라고 부탁했다.

6

누구나 어렸을 때는 그림을 그린다. 그림을 그리는 것은 노래를 부르는 것과 같다. 그러나 어른이 되면 그림을 그리지 않게 된다. 어설픈 지혜와 눈이 훼방을 놓기 때문이다.

무사시도 어렸을 때는 곧잘 그림을 그렸다. 외롭게 지낸 그는 특히 그림 그리기를 좋아했다. 하지만 열서너 살부터 스무 살이 지날 때까지 그 그림도 까맣게 잊고 지냈다. 그 후 각지를 돌아다니며 수행을 쌓는 동안 묵게 된 많은 절이나 귀인의 저택에서 벽에 걸린 족자나 벽화를 볼 기회가 많아지자 그림을 그리지는 않아도 그림에 다시 흥미를 갖게 되었다.

언제였던가.

혼아미 고에쓰本阿弥光悅의 집에서 양해梁楷가 다람쥐와 떨어진 밤을 그린 그림을 보고 그 소박함이 지닌 왕의 기품과 먹의 깊이를 한동안 잊지 못하던 때도 있었다.

무사시가 다시 그림에 눈을 뜨기 시작한 것은 아마 그 무렵부터였을 것이다. 북송北宋과 남송南宋의 희귀한 그림들, 또 아시카가 요시마사足利義政(무로마치 막부의 8대 쇼군, 재직 1449~1473) 시절부터 등장한 명인들의 작품, 그리고 현대화로 유행한 산라쿠三楽 가, 유쇼友松 가, 가노狩野 가의 작품들을 기회가 있을 때마다 보았다.

그중에는 자연스럽게 그가 좋아하는 작품과 싫어하는 작품이 있었다. 양해의 호방한 필치는 검의 눈으로 봐도 거장의 힘을 느끼게 했고, 가이호 유쇼海北友松는 뿌리가 무인이었던 만큼 말년의 절제된 삶은 물론 그림 자체도 스승으로 삼기에 부족함이 없다고 생각했다.

또 교토 외곽의 폭포가 흐르는 절에 은둔하고 있다는 쇼카도 쇼조松花堂昭乘의 담백하고 즉흥적인 그림에도 마음이 끌렸다. 그가 다쿠안과도 막역한 친구라는 말을 듣고는 그의 그림을 흠모하는 마음이 더욱 깊어졌다.

하지만 자신이 가고자 하는 길은, 비록 같은 달을 보고 걷는다 해도, 그들과는 전혀 다른 길이라는 생각이 들기도 했다.

그래서 무사시는 이따금 다른 사람에게는 보여주지 않고 혼자 몰래 그림을 그리곤 했다. 그러나 어느덧 그도 그림을 그릴 수 없는 어른이 되어 있었다. 이성은 살아 있지만 감성이 죽어버렸다. 그저 잘 그리려고만 할 뿐 본연의 진실한 모습을 그릴 수가 없었다. 무사시는 그림을 그리는 것이 싫어져서 그만두었지만, 문득 어떤 감흥이 일면 남몰래 다시 그림을 그려보곤 했다.

양해를 모방하고, 유쇼를 따라하고, 때로는 쇼카도의 화풍을 흉내 내면서……. 그러나 조각은 두세 명에게 보여준 적이 있지만, 그림은 아직까지 남에게 보여준 적이 없었다.

"……됐어!"

그 그림을 지금 그는 그리고 말았다. 그것도 순백의 6폭 병풍에 단숨에.

그는 결투가 끝난 후 안도의 한숨을 내쉬듯이 가슴을 펴고 조용히 붓을 씻었다. 그리고 자신이 그린 그림을 쳐다보지도 않고 대기소의 넓은 방을 서둘러 나갔다. 이윽고 웅장한 성문을 나온 무사시는 뒤를 돌아보며 생각했다.

'들어가는 것이 출세의 문인가, 나오는 것이 영광의 문인가.'

사람은 없고 아직 마르지 않은 병풍만이 남아 있었다. 병풍 가득히 무사시노 들판이 그려져 있었다. 자신의 단심丹心을 과시하듯 커다란 해가 붉은색으로 칠해져 있었고, 가을 들판은 모두 검은 먹색이었다.

팔짱을 낀 채 한동안 그림 앞에 묵묵히 앉아 있던 사카이 다다카쓰가 탄식하듯 중얼거렸다.

"아아, 들판에 호랑이를 놓아주었구나."

천음

1

그날, 무사시는 무슨 생각을 했는지 다쓰노쿠치의 성문을 나와 우시고메의 호조 가로 돌아가지 않고 무사시노의 초암으로 갔다.

초암을 지키고 있던 곤노스케가 말고삐를 잡으러 곧장 뛰어나왔다.

"어서 오십시오."

여느 때와 달리 빳빳하게 풀을 먹인 예복 차림의 무사시와 아름다운 나전 안장을 보고 곤노스케는 오늘 등성했던 일이 잘 풀렸다고 지레짐작했다.

"축하드립니다. 그럼 내일부터라도 출사를 하시는 겁니까?"

무사시가 자리에 앉자 곤노스케도 멍석 끄트머리에 앉아 두 손을 바닥에 짚고 기쁜 듯 이렇게 묻자 무사시가 웃으며 대답했다.

"아니, 취소되었소."

"예?"

"기뻐하시오. 오늘 갑자기 취소되었다고 하더군."

"허, 이해가 안 가는 일이군요. 대체 무슨 연유입니까?"

"연유는 알아 무엇 하겠소. 오히려 고마운 일인걸."

"하지만……."

"그대까지 내 출세의 길이 에도 성 안에만 있다고 생각하시오?"

"……."

"나도 한때는 야심을 품은 적이 있소. 허나 내 야망은 권력이나 재물에 있지 않소. 주제넘은 소리로 들릴 수도 있겠지만, 검의 마음으로 정치의 길을 걸을 수는 없을까, 검의 깨달음으로 안민安民의 방책을 세울 수는 없을까. 검과 인륜, 검과 불도, 검과 예술…… 모든 것을 하나의 길이라 생각한다면 검의 진수는 정치의 정신과도 합치한다…… 그리 믿었고, 그리 해보고 싶었기 때문에 벼슬아치가 되려고 생각했던 것이오."

"누가 참소를 했는지 참으로 유감스럽습니다."

"또 그런 말을 하는군요. 그럴 리가 있겠소? 한때 그런 생각을 품었던 건 분명하나 그 후에…… 특히 오늘은 똑똑히 깨달았소. 내 생각은 꿈에 불과하다는 것을."

"아닙니다. 그렇지 않습니다. 올바른 정치는 고귀한 검의 길과 그 정신이 일치한다고 생각합니다."

"맞는 말이지만 그건 이론에 불과하지 실제가 아니오. 학자가 생각하는 진리와 세상 사람들이 생각하는 진리가 반드시 일치하는 것은 아니오."

"그럼, 우리가 추구하려는 진리는 실제 세상을 위해서는 아무 도움도 되지 않는다는 겁니까?"

"어리석은 소리!"

무사시는 화가 난 듯 말했다.

"이 나라가 존재하는 이상 세상이 어찌 변하든 검의 길, 대장부 정신의 길이 쓸모없는 재주로 치부되지는 않을 것이오!"

"흐음."

"하지만 깊이 생각해보면 정치의 길은 무武만이 근본이 아니오. 문무文武 양도의 깊은 깨달음의 경지야말로 무결한 정치이자 세상을 이롭게 하는 큰 길이며 검의 극치와 상통하는 것이오. 하여 아직 어리숙하기만 한 나의 꿈은 한낱 꿈에 지나지 않고, 나 자신이 문무 두 하늘을 겸손히 받들며 좀 더 단련하지 않으면 안 되는 것이오. 세상을 다스리기 전에 세상으로부터 좀 더 가르침을 받아야 하는 것이지요."

그렇게 말하고 나서 무사시는 자조 섞인 웃음을 지었다.

"……그래. 곤노스케 님, 혹시 벼루 없습니까? 없으면 전통이라도 빌려주시오."

2

무사시는 편지를 써서 곤노스케에게 건네며 말했다.

"곤노스케 님, 수고스럽겠지만 이 편지를 좀 전해주시오."

"호조 님 댁에 말씀입니까?"

"그렇소. 이 무사시의 심경은 편지에 상세히 적어놓았소. 다쿠안 스님과 아와노카미 님께도 잘 말씀드려주시오."

무사시는 그렇게 말하고 주머니 속에서 뭔가를 꺼냈다.

"그리고 이건 이오리가 내게 맡긴 물건인데 간 김에 이오리에게 돌려주었으면 하오."

그것은 예전에 이오리가 무사시에게 맡긴 아버지의 유품이라는 낡은 주머니였다.

"무사시 님!"

곤노스케는 의아한 표정으로 무릎을 당겨 앉으며 물었다.

"무슨 연유로 새삼 이오리가 맡긴 물건까지 갑자기 돌려주시는 겁니까?"

"난 한동안 사람들 곁에서 떠나 산속으로 들어갈 생각이오."

"산이면 산으로, 마을이면 마을 속으로. 어디를 가든 이오리는 제자로서 무사시 님을 섬기려고 할 텐데요. 저도 마찬가지이고요."

"그리 오래 걸리지는 않을 겁니다. 한 2, 3년만 이오리를 그대가 좀 맡아주시오."

"그럼, 모든 걸 접고 은둔하실 생각이십니까?"

"설마요."

무사시는 웃으면서 다리를 펴고 뒤로 손을 짚었다.

"한창 팔팔한 나이에 어찌……. 앞서 말한 대망도 있고, 이런 저런 욕심과 방황도 이제부터가 아니겠소? ……누가 불렀는지, 이런 노래가 있더군요."

어찌 이리도
마을이 나타나지 않는가.
너무 깊은 산속으로
들어와버렸구나.

곤노스케는 무사시가 흥얼거리는 소리를 고개를 숙인 채 듣고 있다가 부탁받은 두 물건을 품속에 넣으며 말했다.

"날이 어두워지기 시작했으니 서둘러 다녀오겠습니다."

"빌린 말도 마구간에 돌려주시오. 옷은 내가 때를 묻혀놓았으니 그냥 내가 갖겠다는 말도 함께……."

"예."

"본래 오늘 다쓰노쿠치에서 바로 아와노카미 님 댁으로 갔어야 했지만, 이번 일을 취소하라는 명이 내려지고 쇼군 가에서 나를 탐탁지 않게 여기고 있는 것이 분명한 터에 쇼군 가를 모시는 아와노카미 님에게 더 이상 누를 끼치는 것은 좋지 않을 듯하여 일부러 이리 왔다고, 편지에는 적지 않았으니 그대가 직접 잘 말씀해주시오."

"알겠습니다. 저도 오늘 밤 안으로 돌아오겠습니다."

들판 끝에서 붉은 해가 지고 있었다. 곤노스케는 말고삐를 잡고 길을 재촉했다. 스승을 위해 빌려준 안장이어서 곤노스케는 말을 타지 않았다. 아무도 보고 있지 않았고, 아무도 타고 있지 않았지만 말을 끌고 걸어갔다.

성시에 다다랐을 때는 8각刻 무렵이었다. 무사시가 왜 아직 돌아오지 않는지 걱정하고 있던 호조 가에서는 곤노스케를 바로 안으로 들였고, 편지도 다쿠안이 그 자리에서 뜯어 보았다.

3

곤노스케가 이곳에 오기 전에 이 자리에 모여 있던 사람들은 무사시의 임관이 취소되었다는 사실을 이미 알고 있었다. 그 소식을 전한 막부의 대신은 무사시의 등용이 갑자기 중지된 원인은 몇몇 로추와 부교쇼에서 무사시의 태생과 행실에 대해 여러 가지 좋지 않은 자료들을 쇼군 가에 올렸기 때문이라고 했다.

그리고 그중에서 가장 결정적인 이유는 무사시에게 적이 너무 많다는 풍문 때문이라는 것이었다. 게다가 잘못은 무사시가 저질렀고, 오랜 세월 무사시에게 원수를 갚으려고 노리고 있는 사람이 예순 살이 넘은 노파라는 얘기를 듣자 중신들은 노파를 동정하게 되었고, 그것을 계기로 무사시의 등용을 반대하는 자들이 한꺼번에 나타난 것 같다는 이야기였다.

호조 신조가 부친인 아와노카미의 부재중에 혼이덴 가의 오스기가 찾아와서 무사시에 대해 험담을 늘어놓고 갔다는 이야기를 하자 아와노카미와 다쿠안은 그제야 왜 그런 오해가 생겼는지 알게 되었다.

그런데 이해할 수 없는 것은 그런 노파가 떠들어대는 말을 곧이곧대로 믿는 세상 사람들이었다. 그것도 주막이나 우물가에 모인 사람들이라면 모르지만 분별이 있는 사람들이, 더욱이 위정자라고 하는 자들이 그런 말을 믿는다는 것이 어처구니가 없었다.

그런 와중에 무사시의 서신을 가지고 곤노스케가 오자 혹시 그에 대한 불평의 글이 아닌가 하고 펼쳐 본 것이다.

자세한 이야기는 곤노스케에게 들으시길 바라며, 이런 노래가 있다 합니다.

어찌 이리도
마을이 나타나지 않는가.
너무 깊은 산속으로
들어와버렸구나.

근래 재미있는 듯하여 외워 부르는 노래입니다. 그리고 지병인지 또 방랑벽이 도져 길을 떠나려 합니다. 아래의 한 수는 다시 길을 나서며 즉흥적으로 떠오른 것이니 재미삼아 들어주시길 바랍니다.

천지를
정원으로 여기고
바라볼 때면
나는 세상이라는
집의 문과 같구나.

곤노스케가 말했다.

"다쓰노쿠치에서 일단 이곳으로 돌아와 자세한 말씀을 올리는 것이 순서인 줄 알지만, 이미 막부의 중신들이 곱지 않은 시선으로 보는 몸이라 함부로 이곳에 드나드는 일이 좋지 않을 듯하여 일부러 초암으로 돌아오게 되었다고 스승인 무사시 님이 전해달라 하셨습니다."

그 말을 들은 호조 신조와 아와노카미가 아쉬운 마음에 급히 자리에서 일어서며 말했다.

"사려가 참 깊군. 이대로 보낸다면 우리 마음도 편치 않으련만. 다쿠안 스님, 불러봐야 오지 않을 듯하니 지금 당장 말을 타고 무사시노로 찾아갑시다."

"저, 잠깐만 기다려주십시오. 저도 같이 가겠습니다. 하지만 그전에 이오리에게 돌려주라고 하신 물건이 있는데 송구하지만 이오리를 이리로 불러주실 수 없겠습니까?"

곤노스케는 무사시가 건넨 낡은 가죽 주머니를 품속에서 꺼내 바닥에 놓았다.

4

이오리는 곧장 불려왔다.

"무슨 일이죠?"

이오리의 시선이 바닥에 놓여 있는 자신의 가죽 주머니로 향했다.

"스승님께서 이것을 네게 돌려주시며 부친의 유품이니 소중히 간직하라고 말씀하셨다."

곤노스케는 그렇게 말한 후 무사시가 잠시 자신들과 헤어져 수련을 떠날 것이니 오늘부터 당분간 자신과 함께 지내게 될 것이라는 말도 덧붙였다.

이오리는 납득이 가지 않는다는 표정을 지었다. 그러나 다쿠안과 아와노카미도 있는 자리라 마지못해 고개를 끄덕였다.

"예."

다쿠안은 그 가죽 주머니가 부친의 유품이라는 말을 듣고 이오리의 내력에 대해 이것저것 물어보자 선조는 모가미最上 가의 가신으로 대대로 미사와 이오리라고 불리는 가문이라고 했다. 또 몇 대 전 주군의 가문이 몰락하고 일족은 전란 중에 뿔뿔이 흩어진 후 여러 지방을 떠돌아다니다 부친인 미쓰에몬三右衛門 대에 이르러 겨우 시모우사의 호덴가하라에 밭을 갖게 되었고 농부가 되어 정착하게 되었다고 했다.

"다만 제게 누님이 있다고 들었는데, 아버지도 자세한 건 말씀해주시지 않았고 어머니는 일찍 돌아가셨기 때문에 어디에 있는지, 살아 있는지 죽었는지조차 모릅니다."

다쿠안은 이오리의 이야기를 듣는 동안 깊은 사연이 있는 듯한 가죽 주머니를 무릎 위에 놓고 아까부터 주머니에 든 해진 문서와 부적 주머니를 자세히 살펴보다가 갑자기 놀란 듯 눈을 크게 뜨고 종이에 적힌 글자와 이오리의 얼굴을 번갈아가며 비교해보더니 불쑥 말했다.

"이오리, 그 누이에 대해 여기 문서에 아버지가 뭐라고 쓰신 듯하구나."

"그렇긴 하지만 무슨 말인지 저도 모르겠고, 도쿠간 사德願寺의 주지 스님도 모르겠다고 하셨습니다."

"난 알 것 같구나."

다쿠안은 그 종잇조각을 사람들에게 펼쳐 보이며 수십 줄의 문장에서 앞쪽은 생략한 채 중간부터 읽어 내려갔다.

……굶주려 쓰러질지언정 두 군주를 섬길 마음이 없어 부부가 떠돌아다닌 지 벌써 여러 해. 천한 일을 업으로 삼으며 다니던 중 주고쿠中國의 어느 절에 딸자식을 조상님께 물려받은 천음天音 한 자루와 함께 배내옷에 싸서 처마 밑에 버리고 딸아이의 앞날을 기원하며 타지를 방황하였다.

그 후, 이곳 시모우사의 들판에 초가집과 밭을 얻게 되었고, 세월이 흘러 산과 강을 사이에 두고 멀리 떨어져 소식이 끊긴 지금, 오히려 자식의 행복이 무엇인지를 생각하면 이대로 흘러가는 세월이 야속하기만 하구나.

부모 됨의 한스러움은 가마쿠라 우다이진鎌倉右大臣도 이리 읊었도다.

말 못하는

사방의 짐승조차

자식을 그리는

부모 마음을 슬퍼하는구나.

두 군주를 섬기며 영화와 권세를 누리느라 무문武門의 깨달음을 더럽히는 것보다는 이 길을 택하는 것을 조상께서도 가엾이 여기시리라. 내 자식 또한 이런 결백한 아비의 자식일진대 명예를 드높일지언정 부정한 녹은 먹지 말지어다.

"이오리, 네 누이를 만날 수 있을 것 같구나. 나는 물론이고 무사시도 네 누이를 어릴 때부터 잘 알고 있다. 이오리야, 너도 같이 가자."

다쿠안은 그렇게 말하며 서둘러 자리에서 일어섰다. 하지만 그날 밤, 무사시노의 초암으로 달려간 그들은 끝내 무사시를 만나지 못했다. 날이 새기 시작한 들판 끝에는 한 조각 하얀 구름만 떠 있었다.

(9권으로 이어집니다)

요시카와 에이지 대하소설

미야모토 무사시 | 8 | 니텐二天의 권

1판 1쇄 인쇄 2020년 2월 3일
1판 1쇄 발행 2020년 2월 7일

지은이 | 요시카와 에이지
옮긴이 | 김대환
펴낸이 | 김대환
펴낸곳 | 도서출판 잇북

책임디자인 | 한나영
인쇄 | 에이치와이프린팅

주소 | (10893) 경기도 파주시 와석순환로 347, 212-1003
전화 | 031)948-4284
팩스 | 031)624-8875
이메일 | itbook1@gmail.com
블로그 | http://blog.naver.com/ousama99
등록 | 2008. 2. 26 제406-2008-000012호

ISBN 979-11-85370-33-0 04830
ISBN 979-11-85370-25-5(세트)

※값은 뒤표지에 있습니다. 잘못 만든 책은 교환해드립니다.

이 도서의 국립중앙도서관 출판예정도서목록(CIP)은 서지정보유통지원시스템 홈페이지(http://seoji.nl.go.kr)와 국가자료종합목록 구축시스템(http://kolis-net.nl.go.kr)에서 이용하실 수 있습니다. (CIP제어번호 : CIP2020002037)